英国文学解码

杜维平/著

中国文联出版社

图书在版编目（ＣＩＰ）数据

英国文学解码 / 杜维平著． -- 北京：中国文联出版社，2023.2
　ISBN 978-7-5190-5044-3

　Ⅰ．①英… Ⅱ．①杜… Ⅲ．①英国文学－文学研究－文集 Ⅳ．① I561.06-53

中国国家版本馆CIP数据核字（2023）第 026807 号

著　　者	杜维平
责任编辑	阴奕璇
责任校对	吉雅欣
装帧设计	肖华珍
出版发行	中国文联出版社有限公司
社　　址	北京市朝阳区农展馆南里 10 号　邮编　100125
电　　话	010-85923025（发行部）　　　010-85923091（总编室）
经　　销	全国新华书店等
印　　刷	三河市龙大印装有限公司
开　　本	880 毫米×1230 毫米　1/32
印　　张	12
字　　数	167 千字
版　　次	2023 年 2 月第 1 版第 1 次印刷
定　　价	65.00 元

版权所有・侵权必究
如有印装质量问题，请与本社发行部联系调换

序

　　文学是作者和读者之间玩儿的一场游戏。小说家写小说，主要是想向读者传递一条信息，或者说想表达一个——有时候不止一个——主题。但是，他很挑剔，不想让所有的读者都知道他要表达什么，只是想把他的经验和智慧传递给他的知音，传递给那些和他在思想上或者情感上能产生共鸣、对他的技艺能心领神会的人。因此，他需要对这条信息用小说的语言进行编码，迷惑和排出他不喜欢的读者。而那些心有灵犀的读者，想要得到小说家传递的信息，则需要对这些"数码"进行破译。由于他们和小说家有默契，所以那些密码往往会迎刃而解。

　　在文学作品中，这些编码就是蛛丝马迹，或者说就是细节。伟大的作家用细节建构其作品的主题。读者在阅读过程中，如果找不到作家在作品中刻意布下的由细节串连成的主题线，就无法得到作家要传递给他的信息，也就不可能成为懂得俞伯牙的钟子期。因此，对细节的玩味，在文学阅读过程中非常重要。难怪纳博科夫20世纪50年代在康奈尔大学讲文学课的时候，告诫他的学生，要"关注和把玩每一个细节"（notice and fondle details）。

  本书收录笔者这些年写的论文13篇。如果在这些文章中找共同点，那就是它们都是从细节出发，试图寻找作家的创作轨迹。笔者深知，培养对文本细节的敏感性，并非一日之功。笔者才疏学浅，肯定会有许多细节的把握还需要加强。如果每篇文章中有一两个细节的处理能够对读者有所启发，笔者就满足了。

  这些文章时间跨度较大，在整理的时候，笔者对已发表的文章做了不同程度的修改。有的文章改动幅度小，仅限于注释；有的文章改动幅度大，甚至相当于重写，连题目都做了较大拓展。由于时间较紧，加上水平有限，这些文章肯定会有许多不足之处，恳请大家批评指正。

杜维平
2022年8月于北京

目　录

哈姆莱特是人文主义者吗？ …………………………… 001

《天真与经验之歌》中的工业化主题 ………………… 028

不仅仅是玩笑
　　——《项狄传》的忍耐主题 ……………………… 062

以诗论诗
　　——英国经典浪漫主义诗歌解读 ………………… 079

华兹华斯"黄金十年"诗歌中的人性关怀 …………… 108

《我的前公爵夫人》中的两种话语并存 ……………… 143

《黑暗的中心》中的马洛和帝国主义 ………………… 167

劳伦斯在《虹》中对人生意义的探索 ………………… 202

《到灯塔去》的结构 …………………………… 228

"非洲是一片丛林"
　——《河湾》中的现代化主题 …………………… 245

从未抵达吗？
　——破解《抵达之谜》 ……………………………… 289

阿米塔夫·高希历史小说《烟河》中的道德主题 …… 316

也谈《终结的感觉》的历史主题……………………… 345

哈姆莱特是人文主义者吗？

一谈到莎士比亚作品中的人文主义思想，人们很容易联想到《哈姆莱特》里那段经典的台词："人类是多么了不得的杰作！多么高贵的理性！多么伟大的力量！多么优美的仪表！多么文雅的举动！在行为上多么像一个天使！在智慧上多么像一个天神！宇宙的精华！万物的灵长！"[①]刘炳善编写的英文版《英国文学简史》在改革开放之后的相当长一段时间内，都堪称国内英国文学史教材扛鼎之作。这本书就引用了这段话，20世纪80年代的英语专业大学生有些对这段话甚至可以熟能成诵。刘炳善在对哈姆莱特的分析中认为，哈姆莱特是人文主义者，"对人类怀有深深的敬意，对

[①] 莎士比亚：《莎士比亚全集》第五卷，朱生豪等译，人民文学出版社1997年版，第327页。本文所引《哈姆莱特》中的所有文字，除非特别标明，均引自该书，以后随文注出页码。

人的力量和命运持有坚定的信念"[1]。王佐良先生主编的《五卷本英国文学史》中提到哈姆莱特时也说:"毫无疑问,莎士比亚是把当时人文主义者理想中的英雄人物的优秀品质集中到了哈姆莱特身上。"[2] 在提到哈姆莱特的弱点时,他也只提到了"犹豫、怀疑"两点[3]。学生读文学史,往往还没有读作品,文学史中的文字已经在心底打下烙印,难以磨灭。其实,紧接着这段文字之后的话并不支持哈姆莱特是人文主义者的观点,甚至表达了他对人类的厌恶。哈姆莱特接着说道:"可是在我看来,这一个泥土塑成的生命算得了什么?人类不能使我发生兴趣;不,女人也不能使我发生兴趣。"如果我们细读戏剧文本,就会发现,哈姆莱特这个人文主义者楷模当得有些叫人不服气。纵观全剧,如果把哈姆莱特称为人文主义者,能够找出令人信服的例证并不多。自始至终,他对人生都持有一种悲观态度,

---

[1] Liu Bingshan, ed., *A Short History of English Literature*, Zhengzhou: Henan People's Press, 2006, p. 82.
[2] 王佐良、何其莘:《五卷本英国文学史·英国文艺复兴时期文学史》,外语教学与研究出版社2006年版,第142页。在该书中,哈姆莱特被写成哈姆雷特。出于行文的一致性,本文对其进行了改动。
[3] 王佐良、何其莘:《五卷本英国文学史·英国文艺复兴时期文学史》,外语教学与研究出版社2006年版,第143页。

不热爱生命，也不相信爱情，因此把他称为悲观主义者或许更合适。仔细阅读这部作品，我们会发现，他这个人文主义者的称号要打上点儿折扣。

一、抑郁症患者哈姆莱特

哈姆莱特初次登场是在第一幕第二场，地点是丹麦城堡大厅。他郁郁寡欢，垂头丧气，一双眼睛仿佛注视着地狱。他的作为国王的父亲突然莫名其妙地去世。在仅仅一个多月的时间里，他的叔父就继承了王位，并且娶了他新寡的母亲。所有这一切，让他短时间难以承受，他怀疑是叔父谋杀了他的父亲。他母亲劝他说："不要老是垂下了眼皮，在泥土之中找寻你的高贵的父亲。"（291）当所有人都退去之后，哈姆莱特的第一段独白就表达了强烈的自杀愿望："啊，但愿太坚实的肉体会溶解、消散，化成一堆露水！或者那永生的真神未曾制定禁止自杀的律法！上帝啊！人世间的一切在我看来是多么可厌、陈腐、乏味而无聊！哼！哼！那是一个荒芜不治的花园，长满了恶毒的莠草。"（292—293）人间的伊甸莠草丛生，让哈姆莱特倍感生无可恋，也不愿意担当时代的重任："这是一个颠倒混乱的时代，唉，倒霉的我却要负起重整乾坤的责任。"（311）当波洛涅斯和他告别的时候，他说了三遍"但愿我也能够向我的生命告别"（323）。考虑到哈姆莱特处境危险，需要装疯卖傻保护自己，读者或许可以把这当成疯话。但是，哈姆莱特说的的确是实话，因为他的情绪此刻确实几乎抑郁到了极点。

从心理学的角度看，家庭遭遇一系列重大突发事件打击，一时难以承受和消化，就可能导致抑郁症的发生，它属于应急事件反应。哈姆莱特的上述症状，非常符合抑郁症的特点。在由中国科普作家协会和上海市科普作家协会联合推荐的《抑郁症》一书中，我们发现，根据中国精神疾病分类及诊断标准中描述的9项症状标准（如情趣丧失、精力减退、精神运动性迟滞或激越、自我评价过低、反复出现自杀念头、睡眠障碍和性欲减退等），只要满足其中4项就可以被诊断为抑郁症。[①]哈姆莱特的症状应该远远超过4项了。尽管用中国医学标准诊断哈姆莱特心理问题还不多见，

[①] 参见李广智编《抑郁症》，中国医药科技出版社2021年版，第70页。

但是，国外对哈姆莱特的抑郁心理的研究已经非常充分。并且，近些年，已经开始有人运用流行的创伤理论（Trauma Theory）来研究哈姆莱特的病症了。[①] 本文之所以旧话重提，主要是在对哈姆莱特这一人物形象进行研究的时候，我们对他人文主义者这一形象根深蒂固，把他的形象越拔越高，忽视他非常普通的一面。

哈姆莱特抑郁的情绪不仅写在他的脸上，人人知晓，而且他自己也从不避讳。他和他的同学、好友吉尔登斯吞直言不讳地说："我近来不知为了什么缘故，一点兴致都提不起来，什么游乐的事都懒得过问；在这一种抑郁的心境之下仿佛负载万物的大地，这一座美好的框架，只是一个不毛的荒岬；这个覆盖众生的苍穹，这一顶壮丽的帐幕，这个金黄色的火球点缀着的庄严的屋宇，只是一大堆污浊的瘴气的集合。"（327）紧接着他便说了"人类是多么了不得的杰作"

[①] See Ramazani, Abolfazl, and Naghmeh Fazlzadeh, "Hamlet, 'Poor Wretch' of Elsinore: Trauma and Witness", in *Shakespearean Criticism*, Rebecca Parks, ed., Vol. 197, Gale, 2021. Gale Literature Resource Center, link.gale.com/apps/doc/H1420129524/LitRC?u=cncnu&sid=bookmark LitRC&xid=909d6f75. Accessed 20 July 2022.

那番话，以及否定人类的言论，表达他在情绪抑郁的境况下对人类的厌恶之情。

甚至第三幕第一场哈姆莱特"是生存还是毁灭"那段著名的探索人生意义的独白，那段一直被用来当作哈姆莱特是人文主义者主要证据的长篇大论，主要也是抑郁心境的反映：

> 生存还是毁灭，这是一个值得考虑的问题；默然忍受命运的暴虐的毒箭，或是挺身反抗人世的无涯的苦难，通过斗争把它们扫清，这两种行为，哪一种更高贵？死了；睡着了；什么都完了；要是在这一种睡眠之中，我们心头的创痛，以及其他无数血肉之躯所不能避免的打击，都可以从此消失，那正是我们求之不得的结局。死了；睡着了；睡着了也许还会做梦；嗯，阻碍就在这儿；因为当我们摆脱了这一具朽腐的皮囊以后，在那死的睡眠里，究竟将要做些什么梦，那不能不使我们踌躇顾虑。人们甘心久困于患难之中，也就是为了这个缘故；谁愿意忍受人世的鞭挞和讥嘲，压迫者的凌辱，傲慢者的冷眼，被轻蔑的爱情的

惨痛，法律的迁延，官吏的横暴和费尽辛勤所换来的小人的鄙视，要是他只要用一柄小小的刀子，就可以清算他自己的一生？谁愿意负着这样的重担，在烦劳的生命的压迫下呻吟流汗，倘不是因为惧怕不可知的死后，惧怕那从来不曾有一个旅人回来过的神秘之国，是它迷惑了我们的意志，使我们宁愿忍受目前的磨折，不敢向我们所不知道的痛苦飞去？这样，重重的顾虑使我们全变成了懦夫，决心的赤热的光彩，被审慎的思维盖上了一层灰色，伟大的事业在这一种考虑之下，也会逆流而退，失去了行动的意义。（340）

对这段著名的独白，学术界给予的分析简直可以用汗牛充栋来形容。在国内，站在哲学和人类的高度的分析太多了，而从心理学和个人角度的分析相对来说比较有限。虽然这段独白有"我"和"我们"的字眼使用，使文字内容具有很强的普适性和概括性，但是自杀问题的探讨，是第一幕第二场那段独白中表现出来的自杀倾向的更深层次的思考，也具有个人性。根据心理学基本知识，经常思考自杀说明抑郁程度已经达到重度。抑郁症患者在思考自杀的时候，不仅反复思考自己生命的意义，而且往往会对超出个人范畴的人类生存意义，甚至是自然界所有生命意义和宇宙的未来进行思考。思考的深邃性往往是常人难以想象的。阿尔布雷特·丢勒的抑郁题材的版画《忧郁I》（1514）中艺术家身边那些涉及哲学、神学和炼金术等领域具有高度象征性的物件就是明证。也就是说，把这段独白看作哈姆莱特心理危机的表现是说得通的，探索人生的意义并非人文主义者的专利。在独白结束后，哈姆莱特立刻就和奥菲利娅说："女神，在你的祈祷之中，不要忘记替我忏悔我的罪孽。"（343）这番话说得有些像遗言，不仅暗示该剧悲剧性结局，也表明他自杀的决心已经很坚定，并且印证他抑郁的心境一时难以摆脱。而如果我们对这段独白进行细读，就会发现更多作为人文主义者不光彩的地方。

　　梳理完倒装句和虚拟语气之后，我们就会发现，这段独白的核心语句和内容是，只是因为出于对死亡的恐惧，哈姆莱特才放弃自杀："谁愿意负着这样的重担，在烦劳的生命的压迫下呻吟流汗，倘不是因为惧怕不可知的死后，惧怕那从来不曾有一个旅人回来过的神秘之国,是它迷惑了我们的意志,使我们宁愿忍受目前的磨折,不敢向我们所不知道的痛苦飞去?"(341)"不可知的死后",有研究者解读成是"对有主观意愿自杀的惩罚"。①这是对天主教观念的认同。在剧中,奥菲利娅坠河而死。在第五幕第一场两个小丑在墓地给她挖坟的时候就讨论过,如果是自杀,就不能享受相应的超度仪式,更不用说升天堂。但是,从这句话的上下文看,哈姆莱特主要是想说,死亡是可怕的,因为它是未知的,没有一个死人可以复活。反过来说,就是没有一个活人知道死是什么样子。而哈姆莱特最后得出的不自杀的结论,应该和他害怕因自杀而死不能升天堂关系不大,这一点在后文会交代清楚。可能是考虑到死后的世界会更加复杂,所以,在这种情况下,好死还不如赖活着。

在这段独白中,如此核心观念的表达,我们看不到人文主义者对人的价值的张扬。它不仅没有把自我高扬到神或者处于宇宙 C 位的那种豪气,还显示出哈姆莱特没有责任担当,消极厌世。更具有反讽意味

---

① Roland Mushat Frye, *The Renaissance Hamlet: Issues and Responses in 1600*, Princeton: Princeton UP, 1984, p. 188.

的是，如哈姆莱特自己所说，"重重的顾虑使我们全变成了懦夫"（Thus conscience does make cowards of us all）。从这句话的原文来看，"conscience"有两层意思，"1. faculty of moral judgment（良知）；2. consciousness（意识）"①，它们是理性内容的具体体现。由此，我们可以推断出，哈姆莱特想表达的内容是，理性不仅没有使人类变得像对人类赞叹时候说的那样高贵，而且还使人类变得胆怯，丧失行动力。不仅如此，几个重要概念隐喻的使用和第五幕第一场"墓地"对三个骷髅的见证，使哈姆莱特悲观情绪表达显得更加明确和坚定。

二、宿命论者哈姆莱特

概念隐喻（conceptual metaphor）是由美国著名认知语言学家乔治·莱考夫（George Lakoff）和马克·约翰逊（Mark Johnson）在20世纪80年代在他们的著作《我们赖以生存的隐喻》（*Metaphors We Live*

---

① William Shakespeare, *Hamlet*, Robert S. Miola, ed., New York: W. W. Norton & Company, 2011, p. 84.

By，1980）中提出来的一个术语。它把作为隐喻的概念分成两个部分：始源域和概念域。具体来说，这一隐喻理论主要是用概念域理解始源域，而理解行为则需要神经系统调动人类的经验和习俗等。隐喻的概念性基本可以表达为 A 是 B。它往往隐含在句子的陈述中。从认知隐喻的视角分析莎士比亚戏剧和诗歌在近些年也非常流行。独白中表达人生无意义的隐喻是"calamity of so long life"（"人们甘心久固于患难之中"），用一个概念表示就是：漫长的人生就是一场灾难。在这个隐喻中，莎士比亚亮明了哈姆莱特的态度，即他看到人生充满各种痛苦，就是"在烦劳的生命的压迫下呻吟流汗"，它也包括独白中提到的"人世的鞭挞和讥嘲"等诸多无一亮点的内容。而哈姆莱特想到的唯一给他带来安慰或者解脱的就是死。他用概念隐喻 "to die, to sleep"[①]（"死了；睡着了"）——死亡就是一场睡眠——来表达。这个概念具有欺骗性，它只是哈姆莱特的幻想，而不是他的态度。莱考夫的概念隐喻通常是不被拓展的隐喻，这样的隐喻比较有稳定性，

[①] William Shakespeare, *Hamlet*, Robert S. Miola, ed., New York: W. W. Norton & Company, 2011, p. 57.

指涉的概念固定而明确。但是，这个隐喻被拓展了，它指涉的概念只是暂时的认识，有些不切实际。哈姆莱特还用了"consummation"（"结局"）来表达可以摆脱一切尘世烦恼的死亡状态，即完美状态。而如果从它的动词形式 consummate 来考察，它甚至含有达到性高潮的意思。但是，哈姆莱特清醒地意识到，死并不是一切的终结，因为人死了之后，还可能做梦，并且做什么样的梦还不得而知。正是通过对这一比喻的拓展，莎士比亚表现出了哈姆莱特优柔寡断的性格和死的复杂性。死的复杂性还在于，死是未知的。

哈姆莱特给死亡打的比方就是"death, undiscovered country"，即死亡是未被发现的国度。由于死亡是未知的，因而是可怕的，这无意中暴露了哈姆莱特宗教信仰方面的动摇，并且也会加剧他悲观厌世的情绪。国外研究在谈到哈姆莱特对死亡的恐惧时，往往提到天主教或者新教，或者基督教中自杀的罪恶等。其实，把死亡比作未被发现的国度，同时也蕴含对这两种宗教观念的质疑或者否定。作为一个基督徒，不管是天主教徒，还是新教徒，对死亡的恐惧，除非下地狱，都和自己作为教徒的身份不符。因为基督教的来世学

哈姆莱特是人文主义者吗？

说认为，人如果活着做善事，死后就会进入天堂，就会永远和上帝在一起。尽管没有一个活人能够知道死是什么样子，但是基督教徒也没有见过上帝是什么样子。哈姆莱特是威登堡大学的学生，一提到这所大学的名字，人们自然就会想到马丁·路德和天主教的论战以及基督教新教思想等。从哈姆莱特的父亲鬼魂还在炼狱这一点，我们就不难知道，他是天主教徒。虽然哈姆莱特出生在天主教背景的家庭，但是，他在新教氛围浓郁的威登堡大学接受新教思想的濡染是毋庸置疑的。甚至，作为一个思想活跃的大学生，处在信仰剧烈变化的时代，他的信仰也可能动摇，有可能变成不可知论者或者宿命论者。

　　托勒密的地心说此时已经受到了哥白尼日心说的挑战。这也意味着天主教向其信众宣扬的地球是宇宙的中心是错误的。人们由此不禁怀疑，既然天主教的主张有明显错误，那么它所宣扬的上帝是否真正存在？从戏剧文本来看，哈姆莱特的确对地心说和日心说已经了然于胸，因为他在写给奥菲利娅的情书里这样说：

> 你可以疑心星星是火把；
>
> 你可以疑心太阳会移转；
>
> 你可以疑心真理是谎话；
>
> 可是我的爱永没有改变。（320）

这首情诗暗含了哥白尼的日心说和托勒密学说的对立，尤其是"太阳会移转"使人很容易就想到地心说。

细心的读者可以感觉到，在戏剧文本中，谈到偶然因素的决定作用时，哈姆莱特不止一次用Fortune这个词。虽然他也用过Providence，但是这个词的含义非常宽泛，不仅可以指基督教的上帝，也可以指Fortune。在"是生存还是毁灭"这段独白中，哈姆莱特也用了"fortune"一词。尽管首字母没有大写，但是从原文来看，"The slings and arrows of outrageous fortune"（命运的暴虐的毒箭），哈姆莱特在这里指的就是喜怒无常的命运女神，因为他把"fortune"拟人化了，投石器和箭是人或者神才能使用的武器。在第三幕第二场，在和霍拉旭谈到他的品德时，哈姆莱特曾经两次提到这个词。既然不能主宰自己的命运，人生的意义也就无从谈起了。

这段独白对哈姆莱特心理活动的再现是非常细腻的，对生死的思考过程中，哈姆莱特不断地修正自己的认识。他认知过程中踌躇的轨迹把他抑郁的心境暴露无遗。这段独白表现出来的人生观没有对生命的礼赞，对生活的热爱。这和人文主义者的人生观大相径庭。

在第五幕第一场"墓地"那场戏，小丑甲在和小丑乙一起给奥菲利娅挖坟的时候，回答小丑乙提出的一个问题，即谁造出来的东西比泥水匠、船匠或是木匠更坚固？他给出的答案是掘坟的人，因为他造的房子可以一直住到世界末日。这样的回答说明，死亡是人类的永久归宿，而同它比起来，生命或者甚至是帝王的宫殿都是短暂的。哈姆莱特受这个场景的冲击非常大。

小丑甲在掘坟的时候，一共挖出三个头颅。对每个头颅哈姆莱特都有感慨。而他的感慨又集中指向人生的无意义。无论生前是政客、律师，还是他熟悉的把他背在背上上千次的郁利克，死后都只能剩下一具骷髅，无一例外。骷髅的特点是缺乏辨识度，几乎所有骷髅看起来都差不多。人活着的时候，一张脸就可以把自己和别人区分开来，他的行为、业绩等也都可以参与他的身份确认。一旦死去，肉体腐烂后就只剩下骷髅。而当小丑甲把他小时候丹麦宫廷豢养的小丑郁利克的头颅递给哈姆莱特看的时候，哈姆莱特难免"心头作恶"（403—404），他对骷髅打趣地说："现在你给我到小姐的闺房里去，对她说，凭她脸上的脂粉搽得一寸厚，到后来总要变成这个样子的。"这是所有人的最终结局。

法国19世纪著名画家德拉克洛瓦对哈姆莱特凝视郁利克骷髅这个场景有深刻的体会。他1828年画的《哈姆莱特、霍拉旭与掘墓人》蚀刻画，让骷髅处于画面的中心，凸显它的重要性和象征性。而他在1835年画的关于同一场景的一幅画则凸显哈姆莱特抑郁的神情。哈姆莱特坐在一块倾斜的墓碑上，手持郁利克骷髅，陷入关于死亡问题的沉思。这幅画很好地理解了莎士比亚的创作意图。A. C. 布莱德利认为，恰好是因为哈姆莱特这种忧郁的性格，使哈姆莱特这个思想上的巨人变成行动上的矮子，这种思想和行动的反差，成就了哈姆莱特这一个令人难以忘怀的人物形象。[①] 不过，无论是这个场景，还是他关于"是生存还是毁灭"的独白，更主要反映的是哈姆莱特的心理状态，我们不能也不应该把它们和哈姆莱特的性格混淆。可以说，是三个骷髅，让哈姆莱特心理彻底崩溃，加速他走向毁灭的进程。

哈姆莱特没有忘记，尽管骷髅已经把人的身份和业绩磨削得干干净净，荡然无存，但是泥土才是人的最终归宿。哈姆莱特由郁利克想到人类历史上伟大的统治者亚历山大高贵的尸体最后可以变成塞在酒桶口上的泥土，凯撒有尊严的尸体变成泥土后也会被人们用来砌墙。再伟大的统治者无论活着的时候多么风光无限，到死后也不过如此。而基督徒往往不会持有这样的想法，更多的时候是所谓的异教徒或者无神论者经常这么想。对基督徒来说，死往往和天堂或者地狱相联系，和泥土联系是上帝对亚当进行惩罚时候说的话。

也正是在墓地这一场景感受到的极度绝望和人生

[①] A. C. Bradley, *Shakespearean Tragedy*, New York: Macmillan Education, 1992, p. 107.

没有意义,哈姆莱特对即将到来的和雷欧提斯的决斗就充满期待,因为既然人生没有意义,还不如这场戏结束得越早越好。他对霍拉旭说:"一个人既然在离开世界的时候,只能一无所有,那么早早脱身而去,不是更好吗?"(415)而属于人的爱恨情仇也都会随着生命的结束而烟消云散。所以,替父报仇也就没有那么重要了,在这一幕他杀死叔父的时候,也没有报仇雪恨的痛快感觉。同时,他也流露出宿命论的观点:"一只雀子的生死,都是命运预先注定的。"关于把人的生死和麻雀的生死作类比,国外研究者往往会娴熟地找到《圣经·马太福音》中类似的比喻。不过也会有不同的声音。D. 道格拉斯·沃特斯就明确指出,它和基督教根本不沾边儿。① 哈姆莱特对命定论深信不疑,他还通过给霍拉旭讲他意外打开公文发现他叔父诡计的事来证实,"无论我们怎样辛苦图谋,我们的结果却早已有一种冥冥中的力量把它布置好了"(408)。如果说关于鬼魂的有无一直没有得到验证,那么,命由天定这一点哈姆莱特用亲身的经历给霍拉旭讲得清清

---

① D. Douglas Waters, *Christian Settings in Shakespeare's Tragedies*, London: Associated UP, 1994, pp. 240–241.

楚楚。他和雷欧提斯决斗前，心里已经有不祥的预感，但是，他说："注定在今天，就不会在明天；不是在明天，就是在今天；逃过了今天，明天是逃不了，随时准备着就是了。"（415）人自身努力与命运抗争注定是徒劳的。所以，在戏剧结尾，与其说他中了雷欧提斯的剑毒，还不如说他借雷欧提斯的剑杀死了自己。因为对生命意义追寻的结果是无意义，荣誉、地位、财富等一切和死亡比起来都是短暂的，只有死亡是永恒的存在。哈姆莱特死前说的最后一句话是："此外仅余沉默而已。"（421）这句话呼应了"是生存还是毁灭"那段独白中把死亡比作尚未被发现的一片国度那个隐喻，再次重申人死不能复活，死是一切的终结。这是哈姆莱特对人生的绝望和对命运的屈服，何尝不是莎士比亚对人生的绝望和对命运的屈服？

在外界环境的强烈刺激下，哈姆莱特也会偶尔精神振奋。在第四幕第四场，挪威国王的侄子福丁布拉斯为了争夺一块弹丸大小的不毛之地，率领两万大军，不惜浴血疆场，向命运、死亡和未知挑战。哈姆莱特在丹麦原野遇到这支有行动力的军队。同福丁布拉斯相比，哈姆莱特自惭形秽。他的长段独白，充满了自我批判，使他暂时摆脱了抑郁状态，终于鼓起了行动的勇气："从这一刻起，让我屏除一切的疑虑妄念，把流血的思想充满我的脑际。"（380）但是，这样的时刻在剧中少得可怜。并且，由于这一场戏是有哈姆莱特戏份最短的一场戏，又发生在视觉上焕然一新的异国和户外，而下一次哈姆莱特出场，就在第五幕第一场墓地，被小丑从坟墓中挖出来的三个骷髅打回原形，再度陷入抑郁状态，直到死亡。这样一种场景设置，似乎在提醒观众和读者，抑郁是哈姆莱特的常态，而他内心世界散发出来的人文主义光辉的时刻，如昙花盛开，转瞬即逝。

三、从哈姆莱特看莎士比亚

哈姆莱特的极度悲观情绪，使他三十岁便得出人生没有意义的结论，草草地把自己的人生画上句号。他的宿命论观点和对人生的绝望和莎士比亚是否有关系？是否在一定程度上反映了莎士比亚的人生观？关于哈姆莱特和莎士比亚的关系，布鲁姆曾经做过这样的设想："哈姆莱特发现了现实中的很多元素。要是没有他，我们可能就无法发现。他对莎士比亚本人也起到了同样的作用。"①而要通过哈姆莱特的经历了解莎士比亚本人绝非易事，因为关于莎士比亚的生平，人们知道得极少。但是莎士比亚在创作《哈姆莱特》时经历过的一些事情，还是值得一提。

在《哈姆莱特》中，哈姆莱特说："自有戏剧以来，它的目的始终是反映自然，显示善恶的本来面目，给它的时代看一看它自己演变发展的模型。"（346）这应该也是莎士比亚本人的戏剧创作观。戏剧就是给自然照一面镜子，也是对时代的记录。但是，在戏剧里也可以找到剧作家生活的影子。因为剧作家在创作的时候，他的生活经历、情绪和心境等总是难免以这样或者那样的方式被投射到他的作品中。

1596年，莎士比亚的儿子哈姆尼特（Hamnet）夭折。这是他唯一的儿子，1585年出生时还有一个龙凤胎的妹妹。莎士比亚得知儿子的死讯是在巡回演出途中。那年伦敦发生了瘟疫，他和剧团离开伦敦是暂时避开瘟疫。11岁的儿子猝然离世，对他的打击可想而

---

① Harold Bloom, "Introduction", in *Bloom's Guides*: *Hamlet*, Harold Bloom, ed., New York: Chelsea House, 2004, p. 10.

知。这个儿子从出生后，可能和他每年都见不了几面。由于当时的交通不是很便利，从老家斯特拉福给他报信，路上就要耽搁好多天。他甚至都不大可能参加儿子的葬礼。① 在中国文学中，诗人往往爱在极端痛苦的时候借笔抒怀，排遣心中淤积的情感。莎士比亚在历史剧《约翰王》中塑造了一个饱尝丧子之痛疯癫的要自杀的母亲形象。格林布拉特认为，这和莎士比亚抒发丧子之痛不无关系。②

1599 年，莎士比亚开始创作《哈姆莱特》。而当戏剧上演的时候，莎士比亚扮演了其中的哈姆莱特父亲鬼魂这一角色，也就是哈姆莱特王子的父亲，哈姆莱特和莎士比亚儿子哈姆尼特的名字只差一个字母，并且这两个单词在当时是可通用的，这或许并非巧合。在戏剧创作和演出方面，莎士比亚遇到了挑战。这几年，莎士比亚写了几部喜剧和历史剧，获得了巨大的

---

① 斯蒂芬·格林布拉特在他的《俗世威尔——莎士比亚新传》中提到，据推测，莎士比亚参加过哈姆尼特葬礼。但是推测的证据只是当时教堂记录，证明教堂给威廉·莎士比亚之子哈姆尼特办过葬礼，这并不足以证明莎士比亚本人就参加了葬礼。参见［美］斯蒂芬·格林布拉特《俗世威尔——莎士比亚新传》，辜正坤、邵雪萍、刘昊译，北京大学出版社 2007 年版，第 211 页。

② 参见［美］斯蒂芬·格林布拉特《俗世威尔——莎士比亚新传》，辜正坤、邵雪萍、刘昊译，北京大学出版社 2007 年版，第 212 页。

成功，尤其是福斯塔夫这一人物形象获得了观众包括女王的喜爱。莎士比亚在伦敦终于站稳了脚跟。但是观众的审美疲劳可能会使他置于创作危机之中。他需要尝试新的剧种——悲剧，而悲剧观众是否买账还不好说。另外，此时英国突然出现的童伶剧团颇受人们的喜爱，对成人剧团冲击非常大。在《哈姆莱特》中，莎士比亚用元戏剧的方法谈到了戏剧写作和剧团的生存状况。他邀请演"戏中戏"的剧团就曾经固定地在某一个地方演出，童伶剧团受宠后，这个成人剧团就不得不变成流动剧团。罗森克兰兹在给哈姆莱特讲童伶剧团时说："连赫刺克勒斯背负的地球都成了他们的战利品。"（329）"赫刺克勒斯背负的地球"是莎士比亚参与投资的环球剧院的招牌。在伦敦，圣保罗教堂的男童们，在中断了十年之后，将在圣保罗教堂恢复给公众进行戏剧表演。而《哈姆莱特》主演理查德·伯比奇（Richard Burbage）作为主要股东、已经闲置好几年的室内剧院黑衣修士剧院（Blackfriars Theatre）也将租给另一家男童演出公司使用。由此可见，莎士比亚在创作《哈姆莱特》的时候，事业上也面临着不小的压力。

关于伦敦的剧院，早就有严格的审查制度，以防演员在演出过程中借机发泄对国家的不满，或者煽动蛊惑观众和国家作对，甚至分裂国家。16世纪90年代，一直有剧院关闭的传闻。不过，1598年，枢密院下令只开两家剧院，莎士比亚剧团所属张伯伦勋爵剧团的环球剧院是其中一家。这一命令造成的后果是两家剧团的垄断。莎士比亚剧团演员看到商机，决定重建环球剧院。重建的环球剧院是伦敦第一家由演员出资为演员建的剧院。但是，在重建剧院的过程中，剧团发现，枢密院的命令好像失去了法律效力，伦敦的剧场在短时间内激增。同时，伦敦又突然出现许多新的演出团体。戏剧演出市场将会出现僧多粥少的局面。

　　除此之外，环球剧院在建造过程中遇到了拆迁官司、因天气导致的工期延误等问题。贾尔斯·艾伦（Giles Allen）是莎士比亚演员剧团演出场所在地的地主。土地租用期满了，但是艾伦拒绝续约，结果剧团竟然把剧院给拆了。艾伦控告剧团非法闯入私地。官司如果拖延，费用需要由剧团成员承担。官司如果拖得越久，费用就越高。而莎士比亚1596年到伦敦的时候，就已经变卖了价值60英镑的家宅、畜舍和花园等家产。此时，由于参与了剧院投资，他经济方面的压力应该不小。

更可怕的是，莎士比亚剧团和当时发生的暴动也有瓜葛。伊丽莎白女王的宠臣埃塞克斯伯爵曾经率领军队镇压爱尔兰叛乱，遭遇溃败后，他私自返回伦敦，被女王软禁。软禁期间他策划了武装暴动，暴动失败后，被女王处死。在策划暴动期间，有人找莎士比亚剧团出演《理查二世》，该剧有废黜和处死国王的情节。剧团在不知情的情况下上演了该剧。莎士比亚可能作为剧团代表参与了演出谈判。埃塞克斯被处死之后，莎士比亚难免提心吊胆，担心自己受牵连。而雪上加霜的是，他的保护人可能也是他的情人南安普顿伯爵因为随埃塞克斯伯爵出征爱尔兰也被囚禁了。

有些压力是由莎士比亚和剧团成员共同承担的，但是，为新剧院写出卖座剧本的压力则是由莎士比亚一人承担。他必须写出和新剧院设计相匹配的剧本，并且找准新的卖点。在《哈姆莱特》第三幕第二场开始时，哈姆莱特对"戏中戏"剧团成员伶甲说："请你念这段剧词的时候，要照我刚才读给你听的那样子，一个字一个字打舌头上很轻快地吐出来；要是你也像多数的伶人们一样,只会拉开了喉咙嘶叫,那么我宁愿叫那宣布告示的公差念我这几行词句。"(345)从这段文字中,我们不难看出,当时戏剧表演已经有些形式观众不买账了。在这段话之后,哈姆莱特又对当时戏剧表演的其他弊端进行了批评。观众挑表演,挑演员,也会挑剧本。《裘力斯·凯撒》就是1599年在环球剧院落成后上演的戏剧之一。根据詹姆斯·沙匹罗(James Shapiro)的分析,这部剧很可能是第一部在新剧院上演的戏剧。莎士比亚可能在当年3月就开始剧本创作。他在创作的时候,要绞尽脑汁,甚至会把剧本和新剧院的罗马建筑风格放在一起考虑,要考虑给布鲁塔斯的妻子鲍西亚的扮演者的戏份多少问题,考虑到四个重量级人物凯撒、布鲁塔斯、安东尼和凯修斯一同站在一起的场面等。①

在"是生存还是毁灭"那段独白中,哈姆莱特用"a sea of troubles"(无涯的苦难)来形容他遭受的苦难之多,这也可能是戏剧作者莎士比亚本人面对苦难

---

① 本文关于莎士比亚生平资料的写作部分主要参考了James Shapiro, *A Year in the Life of William Shakespeare-1599*, New York: Harper Collins, 2005。

的真实写照。总之,《哈姆莱特》这部剧写出了所有人都会面对的、很宏大的关于死亡的问题,也有很具体的关于个人的问题。而关于个人的问题研究空间是十分广阔的。

　　《哈姆莱特》是世界文学史上的经典之作,甚至说它是经典中的经典也不为过。它的复杂性和深刻性已经无须赘述,我们以肯定/否定的二元思维模式来评价这部作品在合理性上值得商榷。但是,过去对这部作品的评价一般都是把哈姆莱特塑造成文艺复兴时期人文主义者的典型代表,忽视了这一人物形象的其他方面内涵,或者对作品中与哈姆莱特作为人文主义者的身份相矛盾的地方故意视而不见。哈姆莱特身上人文主义者的特质在作品中是明显的,甚至不用长篇大论的证明。然而,如果从情节方面对作品进行总体把握,我们就会发现,哈姆莱特在探寻人生意义的过程中,表现出了严重的心理危机,他消极的人生观甚至可以使他人文主义者的形象黯然失色。

《天真与经验之歌》中的工业化主题

  《天真与经验之歌》(*Songs of Innocence and Experience*, 1794) 是英国 18 世纪诗人威廉·布莱克 (William Blake) 历时数年完成的一部蚀刻铜版插图诗集，包括《天真之歌》和《经验之歌》两个部分，诗集中所有诗及配画均由布莱克本人创作。在绘有《圣经》传说中人类始祖亚当和夏娃堕落题材的书名页上，布莱克用副标题的形式向读者明示了这部诗集的创作意图："表现人类灵魂的两种对立状态。"然而，仔细读完诗集中收录的诗歌，我们会发现，布莱克并非单纯地把天真与经验这两种对立状态表现出来就算完事[①]，他还让社会批判的声音从天真与经验、善与恶的对立中超拔而出，成为诗集发出的最强音。布莱克通过这些诗歌

[①] 这两种状态在诗集中并非静态对立，也并非完全对称。

要表现的主要观点是，工业化对田园牧歌式的英国侵袭造成种种社会问题，而这些问题的解决则是退回到工业化之前那种恬静的乡村生活状态。由于《天真与经验之歌》是诗画一体，其中插图并非页面装饰，而是诗歌内容不可分割的一部分，它们或展示诗歌内容，或对诗歌内容进行拓展，甚至有的插图和诗歌表现的内容相悖。本文对这部诗集工业化主题的分析会涉及一些诗歌的插图。①

一、从《伦敦》说起

《伦敦》被收录在《经验之歌》中。《天真与经验之歌》中前后两个部分诗歌有许多题目相同或者相反（即相对应）。不仅在《天真之歌》中没有和它明显相对应的诗歌，而且它还是诗集中唯一一首城市题材诗歌，诗集中其他诗歌都是以人和自然为创作题材。在题目上如此突出的这首小诗，在英国文学中非常有名，

---

① 在布莱克1827年去世前，他共完成27个《天真与经验之歌》副本，这些副本由于手工着色，不同副本插图的颜色会有变化，因此对插图的分析非常困难，本文对插图的分析，参照 Copy T。

问世两百余年一直颇受读者青睐,并且常常被收进各种文学作品选集。在我国,它是高校英国文学课上必讲的佳作。在《天真与经验之歌》这部诗集中,它可以算作是主题诗。也就是说,它是最能反映或者浓缩这部诗集主题的一首诗。理解了这首诗,这部诗集中的所有诗歌就能够串联在一起,它们的共同指向也就显得集中而明确。《伦敦》所表达的主题是,工业化给英国社会带来极大的危害,因而这一人类文明进程需要停止。接下来就让我们先仔细分析一下《伦敦》中的工业化主题。

伦敦

我走过每条独占的街道,
徘徊在独占的泰晤士河边,
我看见每个过往的行人
有一张衰弱、痛苦的脸。

每个人的每声呼喊,
每个婴孩害怕的号叫,
每句话,每条禁令,

都响着心灵铸成的镣铐。

多少扫烟囱孩子的喊叫
震惊了一座座熏黑的教堂,
不幸兵士的长叹
化成鲜血流下了宫墙。

最怕是深夜的街头
又听年轻妓女的诅咒!
它骇住了初生儿的眼泪,
又带来瘟疫,使婚车变成灵柩。[①]

London

I wander thro' each charter'd street,
Near where the chartered Thames does flow.
And mark in every face I meet
Marks of weakness, marks of woe.

---

① 这首诗选的是王佐良的译文,见王佐良《英国诗史》,译林出版社 2008 年版,第 235—236 页。本文其他译文均为笔者所译。

In every cry of every Man,
In every Infant's cry of fear,
In every voice; in every ban,
The mind-forged manacles I hear.

How the Chimney-sweeper's cry
Every blackening church appalls;
And the hapless soldier's sigh
Runs in blood down palace walls.

But most thro' midnight streets I hear
How the youthful Harlot's curse
Blasts the new-born Infant's tear,
And blights with plagues the Marriage hearse.

这首诗主要描写18世纪末伦敦街头夜景：工人、士兵、妓女等无精打采的夜行人在夜色笼罩下发出各种声音。哭声、喊声、叫骂声和叹息声交织在一起，真实地反映了处在英国社会底层的人们悲惨的生活，表现出他们对英国社会制度和工业文明的强烈不满和有力控诉。在第一诗节里,"独占"(chartered)一词作为动词在词典里的基本意思是"给……特权"或者"包租"。它充分体现出资本主义的垄断性,同时也暗指大多数人会失去本该享有的权利和机会,进而表现出强烈的平等意识。在资本主义已经很发达的英国,不仅仅是伦敦大街上的每一条街道,就连属于自然的、自由自在流淌的泰晤士河也失去了自由,被资本家为牟取暴利所占有。这个词在诗节中被重复,说明英国工业化程度此时已经相当高,并且和邻近的"ban""manacle"等用词形成上下文,暗含自由空间的匮乏。

高度的工业化不可避免地会带来人的异化。诗中的"我"所看到的每一个人"衰弱""痛苦"的脸显示出他们已经被异化。英国历史上有名的羊吃人的"圈地运动"使英国农民丧失了他们赖以维持生命的土地,从而大批涌向城市,成为雇佣工人。资本主义高度的社会化大生产和精细的社会分工使他们长期在工业革命的主要技术成果——机器上单调地做重复性的工作。慢慢地,他们的创造力和活力就会消失,徒有人的躯壳,异化成机器。不仅如此,他们还会因此丧失思考的能力。布莱克在下一诗节里说的"每个人的每声呼喊/每个婴孩害怕的号叫/每句话,每条禁令/都响着心灵铸成的镣铐",就包括这些被异化了的人。如果说身体失去自由,往往会很无助。但是,思想受到枷锁的羁绊,恐怕会令布莱克非常不满,因为枷锁是无法束缚人的思想的,除非自己给思想戴上镣铐。他对弥尔顿的《失乐园》非常推崇,其中的名言"思想自由无限"[①](the mind is its own place)他应该会非常熟悉和认同。他对人们失去独立思考的能力和反抗的意识感到非常失望,更不用说指望这些人像美国独立战争中的那些群众发挥出重要作用了。

工业文明给英国社会带来的危害具有普遍性。在伦敦大街上,布莱克看到的每个人,听到的每个声音,都在倾诉工业化给英国社会带来的灾难,第二诗节中"每"字(every)的多次重复足以说明一切。就连儿童也被卷入劳动大军中来。第三诗节中"多少扫烟囱孩子的喊叫/震惊了一座座熏黑了的教堂",就触及当时非常严重的童工问题。在资本主义社会早期,

---

① John Milton, *Paradise Lost*, Oxford: Oxford UP, 2005, p.24.

由于劳动力资源短缺，雇佣女工和童工的现象非常普遍，并且他们往往每天要工作十几个小时。由于工厂的烟道狭窄，清理烟道的工作往往只能由儿童来做。他们当中最小的只有四五岁。有些父母，由于家庭生活境况艰难，不得不把孩子卖给教堂。当然，也有一些孩子是妓女生下后遗弃的，他们被教堂收养，但是都被教堂用来做这种有损儿童身心健康的工作。儿童的喊叫意味深长。一方面，他们不仅仅是害怕漆黑的烟道，同时也在呐喊着他们作为儿童的天性被扼杀，过早地失去童年。另一方面，儿童的喊声不禁让人们认识到，本来象征圣洁和拯救灵魂的教堂在堕落，教堂和它所象征的东西正在失去意义。教堂正在变黑（blackening），表明工业文明所带来的污染正在发生。读者如果能发现"震惊"（appall）和棺材（pall）读音相近，便会知道为什么扫烟囱孩子的叫声会震惊教堂了，因为教堂在此处已经成为棺材的同义语。不过，需要指出的是，布莱克并非反对宗教，而是反对宗教机构打着宗教的名义去做违反宗教教义的事情。

在布莱克看来，在工业化造成的种种社会问题中，最触目惊心的是妇女问题。在18世纪末，英国妇女的社会地位仍然非常低下。布莱克的朋友中就有著名的女权主义先驱玛丽·沃斯通克拉夫特，她的著作《为妇女权利辩护》是女权主义理论经典。工业化在英国造成了比较严重的失业问题，它的一个重要标志就是机器取代人进行生产活动，工厂不再需要手工劳动者，只需要少量操控机器的工作人员，这就不可避免地导致大批工人失业。到19世纪初，英国甚至爆发了著名的路德派捣毁机器运动。许多妇女为生活所迫，不得不靠出卖自己的肉体过日子。她们的诅咒声和她们染上的花柳病，"骇住了初生儿的眼泪／又带来瘟疫，使婚车变成灵柩"，给英国社会迅速带来死亡。

而以"伦敦"为诗歌的标题，更值得读者深思。工业化的一个必然结果是城市化和人们根本生活方式的转变。到大城市去，到首都去，是许多人的梦想，尤其是在工业化初期的英国和今天的中国。从这首诗的写作，我们不难看出布莱克的读者意识。布莱克把处在工业化前哨的伦敦普通人的悲惨生活展示出来，意在告知他当时的读者工业化的两面性：工业化不仅创造巨大的物质财富，同时也制造贫穷。它既是天堂，也是地狱。对社会底层人来说，他们每天都受着地狱般煎熬，只是在活着而已。

在工业化笼罩下的伦敦，成人虽生犹死；儿童失去了他们固有的天真，表明他们作为儿童的一种死亡；刚刚出生的婴儿哭不出声来，也意味着死亡；本来孕育着生命的婚礼转瞬之间即变成了葬礼，则预示着人类的绝迹。在这荒原般的世界上，只有"我"（诗人）有自由，能够在大街上漫游（wander），因为"我"有着丰富的想象力。而只有人的想象力能够存活，则更说明了人们受工业化危害程度之深和布莱克对工业化所持的否定态度。

或许中国读者需要注意的是，在《伦敦》中，布莱克对工业化的批判不仅用艺术性的语言，同时还把诗歌的声音技巧用到极致，让读者能够听到他控诉的声音。"我"漫步伦敦街头是在子夜时分。由于在18世纪的伦敦大街夜晚用汽灯照明，亮度有限，他只能隐隐约约地看见那一张张"衰弱、痛苦的脸"，别的就什么也看不清楚。这样，了解世界就只能靠耳朵去听，而诗歌充满了哭声、喊声和叫骂声也就不足为奇了。他在把自己对工业化的态度糅进诗歌的声音技巧这一点上可谓苦心孤诣。

该诗的节奏大致呈现出一个从慢到快再变慢的过程，这实质上也反映了布莱克对工业化的伦敦从悲伤到愤怒的情绪转变。第一诗节节奏迟缓。这种迟缓的节奏主要是通过对长元音和双元音的有意使用实现的。尤其是头两行读来极其缓慢，像充满了悲伤的乐曲。"我"（I）字在英语中的读音是 /ai/，它在这一诗节里被重复了一次，并且还出现在第二和第四诗节中，唯独在第三诗节中没有被重复。但是，细心的读者会发现，在第三诗节第一行和第三行结尾的两个单词 cry 和 sigh 所押的尾韵恰恰是 /ai/。我们把它与"哭喊"（cry）和"叹息"（sigh）联系起来，才知道作者用心良苦。原来他是在启发读者，在每次读到双元音 /ai/ 时，都要想到这两个单词。由此可见，诗人的主要目的是想通过这一双元音来营造出英国社会哀鸿遍野的氛围。但是，这何尝不是诗人自己发出的哀叹！至少在诗歌一开始的单词"I"，他既指诗人布莱克，听起来又是他发出的一声叹息。由于批判的态度特别明显，这首诗里的"我"，已经不是第一人称叙述者或者说话人，就是诗人自己。在这一诗节中，鼻辅音 /m/ 起到的作用也很大。它以两次押头韵的方式被凸现出来，在连续两行中读者可以四次读到这个音（mark/meet，mark/mark）。这是对呻吟声（moaning）的模仿。在第二诗节和第四诗节这个鼻辅音也是以押头韵的方式出现。可见，诗人也是想强调呻吟的普遍性。

　　从第二诗节开始，长元音和双元音的使用明显减少，诗歌的节奏便逐渐加快，被动的叹息逐渐让位给主动的控诉，倾诉感显见。而到了最后一个诗节，重读音节逐渐增多，激昂的情绪达到高潮，愤怒控诉的气氛浓烈。该节第一行的每一个音节几乎都需重读。加上第四行里意象的紧密连接和叠嵌——七个单词中有四个意象——和长元音和双元音音节的增多，使人感觉到控诉的力量感。布莱克怕读者忽视《伦敦》这首诗中声音的重要性，在诗中他不止一次用了"听"（hear）这个词来提醒读者注意它。有趣的是，在第三诗节，他没直接用这个词，而是把它用类似藏头诗的形式表现出来了：

How the chimney-sweeper's cry
Every blackening church appalls;
And the hapless soldier's sigh
Runs in blood down palace walls.

不难看出，如果我们把该诗节每一行的第一个字母框在一起，就会看到"听"（HEAR）这个词。而在最后一个诗节，他在尾韵上又大做文章：他让第一行和第三行结尾的两个单词 hear 和 ear 押 /iə/ 韵，这个音使人想到 ear（耳朵）这个单词，并且很自然地会把这个单词和 hear 关联起来；而第二行和第四行结尾的单词分别是 curse 和 hearse。细心的读者会发现，hearse=hear+curse。总之，读者们在读这首诗的时候，千万不要忽略其中声音在意义建构方面起到的重要作用。

二、一个超拔而出的声音

纵览全部诗集，工业化的主题非常明显。尤其是同《天真之歌》对比，在《经验之歌》中，布莱克的批判意识更加突出，用词也更加直接、不隐晦。工业化加剧了英国方方面面的社会问题，如儿童问题、妇女问题、宗教和国家政治体制问题等。布莱克几乎是以纪实文学的文风把这些问题体现出来。

《天真与经验之歌》中的工业化主题

儿童问题令布莱克挥之不去。从《天真之歌》中《摇篮曲》舒缓的节奏,可以看出布莱克对儿童的喜爱。在《婴孩的欢乐》("Infant Joy")中,刚出生两天的婴儿名字叫欢乐(Joy),诗的说话人也祝福婴儿能够得到甜蜜的欢乐。从这一点也可以看出布莱克对童年世界的界定和命名。童年世界除了欢乐不应该掺杂其他不欢乐的内容和不和谐的声音。但是,在工业化方兴未艾的英国,社会现实并非如此。《经验之歌》中第一个以人物为题材的诗《升天节》("Holy Thursday")直奔儿童问题。

升天节是基督教节日,即复活节四十天后的星期四,纪念基督复活完成对所有使徒的嘱托后升天。在这一天,伦敦各慈善学校共计六千名儿童会列队前往圣保罗教堂礼拜感恩。作为伦敦人,布莱克每年都会看到这样的场景。在诗歌开篇,他就迫不及待地质问:

难道这是神圣的事情吗?
看到在一个富庶而肥沃的国土上,
婴儿们变得悲惨,

由冰冷而缺乏同情的手喂养。(31)[1]

这一节日的意义在于感恩耶稣基督对人类之爱,铭记基督对他的圣徒的训命——"彼此相爱"。[2]可是实际发生的事却是教士们出于一己私利,对收养的儿童缺乏关爱,导致他们惨死。布莱克从孩子们的歌声中也听出了另一种声音:"那颤抖的哭喊是歌曲吗?/能配得上叫做欢乐的歌吗?"(31)接连不断的质问,是诗人不满情绪的宣泄。而布莱克为这首诗配的插图所表现的儿童问题则更是惨不忍睹。诗歌题目上边画着一位母亲低头,看着她死去的孩子在水边的尸体。母亲头顶上方的树,伸出的是光秃秃的枝条,没有叶子。而诗行右侧是个坐着睡着的母亲和两个无人照料的孩子的画面,右侧底端画的是一个熟睡而没有人看管的儿童。工业化使英国物质财富剧增,机械化的高效率已经使这个国家无法消费完自己生产的产品,甚

---

[1] Mary Lynn Johnson and John E. Grant, eds., *Blake's Poetry and Designs*, New York: Norton, p. 31. 本文分析《天真与经验之歌》中的所有诗歌,除非特别标注,均由笔者从此书译出,翻译时没有特意考虑押韵和每个诗行的字数。以后随文注出页码。

[2]《圣经·新约全书》第13章34节。

至需要扩大殖民规模。然而,"有这么多贫困儿童,/它就是一个贫穷的国度!"这首诗里的说话人就是布莱克,而从感叹号的使用,可以看出他的愤怒。显然,此处的贫穷已经超出了物质层面而指精神贫穷。在这样的国度:

> 他们的太阳永远不会散发光芒,
> 他们的田野不长庄稼又荒凉,
> 他们的道路长满荆棘,
> 那里永远是冬季。

布莱克给出的理由是,"因为只要阳光能照到的地方,/只要雨水能落到的地方,/那里就不会有婴孩挨饿"(31)。同时,在他看来,这也是上帝对罪恶的惩罚。在《圣经·赞美诗》第107首里,上帝就是这样惩罚罪恶的:"他使江河变为旷野,/叫水泉变为干渴之地,/他使肥地变为碱地,/这都因其居民的罪恶。"

儿童不仅生活悲惨,而且往往过早地失去本该属于他们的快乐童年。布莱克在《天真之歌》中讲述的儿童大都充满了欢乐。欢乐作为这部诗集的高频词,主要被用来形容儿童。而在《经验之歌》中，布莱克用哭喊来描述他们，在分析《伦敦》诗的时候，我们已经谈过这一点。《扫烟囱的孩子》("The Chimney Sweeper")中的那个扫烟囱的孩子被这样描述："雪地上有个小小的黑东西，/难过地哭喊着：'扫啊，扫。'""黑东西"这样的物化而又辨识度难的暗示充分揭露了儿童艰苦的工作条件，而他重复的哭喊，则诉说着工作的无休止性和他的无助感。他本来拥有快乐的时光，但是，被父母卖给了教堂扫烟囱，这相当于给他"穿上了死亡的衣裳"。这首诗第二节诗头两行"因为我在荒野里很快乐，/在冬天的雪地上微笑"（35），这里的"因为"暗示了扫烟囱的孩子只有在自然中才能找到快乐。而过于早熟的孩子，不像《天真之歌》的那个听妈妈话的扫烟囱的孩子，只知道"尽义务"（14）。他批判父母没有尽养育子女的义务，而只知道尽教徒的义务，去教堂祈祷，"去赞美上帝、上帝的牧师和国王，/他们把我们的苦难编造成天堂"（35）。宗教、国家和父母应该给儿童提供保护，是儿童的天堂，结果却成了儿童的地狱，把他们的幸福建立在儿童的苦难之上。布莱克借儿童表达了对体制的不满。如果教堂只是仪式的象征，不监督信众的行为，它在人世间存在有什么意义？它是向世界播撒善还是恶？

儿童权利保护这一问题大体反映了一个社会的进步程度。为儿童争取权利，呼吁社会变革，布莱克稍显孤单，因为他同时代的人很少参与到这场儿童保卫战中来。不过，半个多世纪以后，狄更斯拾起了布莱克的接力棒，在他的《雾都孤儿》极尽讽刺之能事，揭露英国济贫院中儿童悲惨的遭遇，儿童问题引起了政府的重视。保护儿童的法律也多了起来。

关于妇女问题，布莱克对女性深表敬意。在《天真之歌》中，女性是孩子的保护人。许多诗的配画女性作为母亲的温度感和母爱的圣洁感充分地表现出来了。母子图是这部分诗配画的一道亮丽风景线。扉页画表现的是两个孩子站在母亲膝前读书，《飘荡着回声的青草地》第一幅画上半部分围着橡树而坐的几位妇女在哄在草地上玩了一天回来的孩子入睡。《摇篮曲》的第二幅配画画的是一位母亲在照看已经进入梦乡的酷似耶稣的婴儿。《小黑孩》配画中的母亲把孩子抱在膝上亲吻……这些图在很大程度上诠释母爱的纯粹、圣洁和安全感。但是，随着工业化的到来，如此温馨的画面就再也看不到了。在《经验之歌》中描写的女性是工业化的牺牲品,她们过着无比悲惨的生活。

女性在 18 世纪英国的社会地位非常卑微。笛福的小说《摩尔·弗兰德斯》中的女主人公摩尔·弗兰德斯出生在新门监狱。长大后,她在社会上要想谋得生存,唯一能做的就是偷盗。在《经验之歌》开篇,布莱克就触及女性话题。《序诗》("Introduction")配图底部,一位卧姿的裸体女性以一块湿土地为床,她四周被冰冷的海水包围,满天繁星监视着她,她的头顶就是序诗,诗歌的背景是重重云彩,给这位女性带来令人窒息的压迫感。这位女子是拟人化了的大地,她处在被囚禁状态,囚禁她的似乎是残酷"自私的人类之父"。在《大地的回答》中,她渴望爱情自由,发出愤怒的呐喊:"打碎这沉重的锁链,/ 它冻僵了我的骨头。"(30)在《伦敦》中,布莱克把性别不平等这一问题作为重点提出来。在《病玫瑰》中,他把女性问题作为工业化造成的社会问题集中探讨。

在《伦敦》诗中,妓女的叫骂声是对性别不平等发出的呐喊,她们染上的性病促发了社会生态灾难。这一点从《病玫瑰》那首短诗就可以看出来:

《天真与经验之歌》中的工业化主题

病玫瑰

哦，玫瑰，你病了。
那个看不见的虫子
在夜里飞翔
在呼啸的暴风雨中：

发现你的床
带有猩红色的欢乐，
他黑暗隐秘的爱情
毁掉了你的生命。

The Sick Rose

O Rose, thou art sick.
The invisible worm.
That flies in the night
In the howling storm:

Has found out thy bed
Of crimson joy:

And his dark secret love

Does thy life destroy. （36）

  《病玫瑰》这首诗只有 8 行，共 34 个单词，但是却具有高度象征性，是布莱克最有名的诗歌之一。国内外学术界对这首诗的分析已经非常充分，包括从女权主义角度的分析也有非常不错的成果。分析大都集中在女性的纯洁或者贞操被侵犯带来的严重后果。但是对女性得的病及致病的社会根源注意得还不够。

  诗歌的第一行就很突兀，"哦，玫瑰，你病了。"作为呼语，Rose 不仅仅可以指玫瑰花，也可以指人，比如，它也可以指一个名字叫作萝丝的女人。字母 R 大写使第二种解释至少同样有说服力。国外有学者甚至认为这句话的灵感来自一首下流诗《一个纯纯的处女》中最后一行，"萝丝，你那时病得不轻吧？"[①]（Rose, were you not extremely sick？）在这首诗的插图里，一个女人从绽放的玫瑰花里往外飞，张开双臂，一个蚯蚓缠着她的腰。这个女人的表情不同的版

[①] Leo Damrosch, *Eternity's Sunrise: The Imaginative World of William Blake*, New Haven; London: Yale UP, 2015, p. 75.

本画得不一样，有的面带微笑，有的神情紧张。但是不管她的表情如何，她显然没有意识到自己生病，所以还沉浸在"经验"的快乐中。诗中的说话人，在陈述一个受话人并未意识到也可能不愿接受的事实的时候，小心翼翼地做铺垫，已达到交际目的。而第一行诗里的 O 和 Rose 押韵内韵 /ou/，表达出说话人对萝丝的同情，似乎提醒对方意识到，自己可能真的已经受到疾病的威胁，并且愿闻其详。

而毁掉萝丝生活的"那个看不见的虫子"，被许多研究者当作男性生殖器的象征。他们认为这首诗写的是性爱的后果——经验对天真的侵犯和纯洁的失去。这种解释有一定说服力，因为在 18 世纪，英国社会对女性的约束和限制比较多。如果女性失去贞操，可能她的处境就会变得非常艰难，会失去幸福生活。不过，笔者认为，把虫子当作病毒或许更合适。至少病毒是肉眼看不见的。这首诗配画的确画了好几种虫子，包括缠住从玫瑰花里飞出来的女性身体的蚯蚓、画左上方的茧虫和正上方类似人形的虫子。它们在蚕食玫瑰花的叶子和茎。但是，它们都是看得见的。倒是从即将烂掉的玫瑰花、蔫黄的叶子和背景不健康颜色的渲染,我们明显可以看出,这朵玫瑰花正遭遇严重的瘟疫侵袭。由此我们不禁想到,在 18 世纪的英国,许多婚姻都是出于不自愿或者父母安排,所以婚姻往往不幸福,妓院就成了男性寻找快乐的场所。他们会染上性病,并且把性病传染给他们的妻子。此外,"隐秘的爱情"还暗示了另外一种可能。那就萝丝也可能是个妓女。她可能染上了性病,只是她还不知道大难临头。"howling storm"一直是很难解释的一个象征。笔者认为,它指的是工业化,把工业化当作一场风暴应该不过分,因为它来势凶猛,并且迅速地改变了人们的生活。当然,它不仅会带来工业污染,也会加重社会污染,产生各种副作用,包括妇女问题。由此可以说,这首诗尽管短小,却浓缩了 18 世纪下层社会女性悲惨的境遇。

布莱克是极端自由主义者,他反对任何形式的机构和约束,包括世俗政权、学校、婚姻和教会等。在《经验之歌》中有不止一首诗表达布莱克对体制的厌恶。《小学生》("The School Boy")这首诗就是明显的例子。在这首诗里,布莱克描写了一个在夏日清晨上学的小男孩的厌学情绪。他只能呆坐在教室里,消磨时光。布莱克为孩子辩护说:"为欢乐而生的鸟儿怎么能／蹲在笼子里歌唱。"他还把小学生比作植物,作进一步辩解:"如果柔弱的花草被剥夺了萌芽时期的欢乐,那么它们夏天就不会结出果实。"小学生更向往自然,在诗歌的开始,他说:"我爱在夏天清早就起床,当鸟儿在每棵树上歌唱。"(47)《扫烟囱的孩子》也涉及体制的问题,这一点在我们下一部分对该诗的分析中可以看到。在《伦敦》诗第三诗节描写的不幸兵士的长叹化成鲜血流下了宫墙直接把矛头指向王权。参加镇压法国革命回来的受伤士兵,由于得不到相应的抚恤政策,生活难以为继。他们的哀叹表明对国家政策和国家政权的强烈不满。在《天真与经验之歌》中,布莱克对教会的不满在好多首诗中得到体现。下面让我们以《爱的花园》("The Garden of Love")和《小流浪汉》("The Little Vagabond")为例进行分析。

教会变得腐败不堪,不再给人们带来精神安慰,而是为一己私利,盗用上帝的名义,无恶不作。教会允许孩子的父母把孩子丢下不管,在教堂做礼拜,结果造成了孩子们"苦难的天堂"(35)。在《爱的花园》中,第一人称叙述者从天真步入经验,踏进爱的花园,

"看到了我过去从未看到过的景象，/ 一个小教堂建在当中"。这是布莱克陌生化手法的运用，邀请读者重新审视教会和它所行使的职责。教堂的门上写着"你不准如何如何"（40），这和《圣经》中的"十诫"互文。但是，教士们忘记了他们的使命。《圣经·申命记》里写的"你要尽心、尽性、尽力爱耶和华你的神"这一基督教最大的诫命也和这段文字形成互文。穿黑袍的教士不再是上帝的使者，监督人们爱上帝，给人们带来精神安慰，而是充当了警察的角色，在花园里巡逻，"用荆棘捆住了我的欢乐和欲望"（40）。结果，爱的花园没有爱，"我看到的却是坟场，/ 在本该开满鲜花的地方到处都是墓碑"。这是对爱的花园最大的反讽。在布莱克看来，教会虚伪，而性爱却神圣，更谈不上罪过。在伊甸园里亚当和夏娃违反上帝的训诫，偷吃禁果，被逐出伊甸园，过着凡人的生活。然而，在人间的伊甸园里，对性爱的束缚就是残忍的杀戮。这首诗前两个诗节二四行押韵，到了第三诗节也是最后一节，布莱克放弃了押尾韵的形式，意在表现教会制造的场面混乱不堪。

在《小流浪汉》中的第一句话就是"亲爱的妈妈，

亲爱的妈妈，教堂里边好冷"（40）。这里的"冷"，既指气温，也指态度。不仅如此，教会的权力是不容置疑和挑战的。在《一个迷失的小男孩儿》（"A Little Boy Lost"）中，一个善于思考的小男孩，不解基督教"要爱人如己"的教义。在他看来，人还是最爱他自己。在教堂祈祷的时候，他说："没有人能够做到像爱自己那样爱别人。"他请教上帝："天父啊，我怎么能够爱你，/或者我的人和兄弟更多？"牧师听到他奇怪的推理，气得瑟瑟发抖。他把这个孩子当作挑战基督教教义的恶魔，结果孩子被人用铁链捆起来，用火烧死。从诗的最后一句话——"这种事会发生在英国吗？"（44）——我们可以看出布莱克对教会杀戮一个心智尚未成熟的儿童的愤怒。虽然在18世纪末的英国，不会再有对异教徒施以火刑这样的惩罚，但是残暴的思想监督，不容许异己思想的存在，是另一种意义上的戕害。

关于英国教会，布莱克深恶痛绝。他认为，教会对《圣经》教义理解教条死板。他说："双方都日夜将

053

《圣经》研窥，/ 但你我的理解黑白相悖。"①《圣经》中有惩罚、约束和憎恨，但是也有宽恕、鼓励和爱。18世纪的英国教会对《圣经》的理解显然教条和片面。贫苦是工人阶级不仅要受资本家的剥削，还要受到教会的迫害，这就使他们本来就已经非常窘困的生活雪上加霜。

从上述布莱克对英国社会由于工业化造成的种种问题的批判，我们大体可以看出，他并没有因为工业化给人来带来的巨大成就而沾沾自喜，而是首先看到它的副作用，这在工业化初期是难能可贵的。那时候，人们主要还是沉醉于工业化给人带来的巨大物质财富之中，还没有意识到它可怕的另一面。

三、回归自然

曾几何时，英国如田园诗般美丽。在长诗《弥尔顿》（*Milton*）的序言中，布莱克对它进行过描绘：

---

① ［英］威廉·布莱克:《永久的福音》,《布莱克诗集》，张炽恒译，上海社会科学院出版社2019年版，第371页。

在古代那些圣足

曾经行走在英格兰绿色的山上

上帝神圣的羔羊

看到过英格兰快乐的牧场！

受到基督眷顾的英格兰宛如人间天堂。可如今，在物质利益的驱动下，英格兰的山峦已经"被烟雾笼罩"，失去了天神脸庞的照耀；"在昏暗邪恶的工厂之间（Satanic mills）"（147）已经建不成耶路撒冷。工业化如恶魔般令人憎恶，而可以吸引神灵驻足的美丽英格兰又令人心驰神往。布莱克下定决心为自己憧憬的未来而奋斗。他坚定地说："我不会停止思想之战，/我的剑也不会在我的手里入眠，/直到我们建成耶路撒冷，/在英格兰绿色快乐的土地上。"（148）

布莱克要建的耶路撒冷，就是没有邪恶和贪婪，回归自然的生活状态。《天真之歌》中的《回声荡漾的青草地》（"The Ecchoing Green"）就刻画了这样一幅生活画面：

太阳升起来

> 使天空欢快。
> 快乐的钟声响起
> 迎接春天的到来。
> 云雀和画眉
> 还有树丛中的鸟儿
> 在四周唱得更加嘹亮
> 应和欢快的钟声。
> 将会看到我们的嬉戏
> 在回声荡漾的青草地。（13—14）

这首诗描写儿童在自然中一整天的生活。随着太阳的升起，自然界的钟声宣告春天的到来。然后是百鸟欢唱，而儿童的嬉戏玩耍则是应和自然的节拍。当太阳落下的时候，孩子们感到疲倦，不再玩耍，回家休息，青草地恢复宁静。第二天太阳将照常升起。人与自然的和谐在这首诗里表现为孩子的活动玩耍和大自然中的鸟儿活动规律的一致性。小鸟随着日出开始叽叽喳喳地歌唱，孩子们也像鸟儿一样在青草地上蹦跳玩耍，迎接新的一天。而当夜幕降临小鸟归巢的时候：

《天真与经验之歌》中的工业化主题

> 在妈妈的腿上，
> 许多姐妹兄弟，
> 像巢穴中的小鸟，
> 准备睡觉。(15)

　　自然是一切的主宰。人只是自然的一部分，和自然界中的其他事物没有什么不同。在为这首诗配的一幅插图中，布莱克着意表现了自然的保护作用。图分上下两个部分，上半部分是画，下半部分是镶嵌在另一幅画中的该诗前两个诗节文字。布莱克用厚重的颜色突出了伞形橡树。不仅树冠密实，遮幅大，树干也粗壮。这棵橡树象征自然的保护作用。橡树底下，有几个小孩儿正要在围着树干而坐的各自母亲的膝上睡觉，因为夜幕即将降临。其他玩耍的稍微大些的孩子和成年人也都在橡树的保护之下。尤其是有几个成人被画成是往橡树下走，仿佛橡树就是他们的家。在这幅画中，橡树起到了鸟巢的作用，成了人类的家园。这的确是以前的现实。而在布莱克的时代，由于工业化大潮的冲击，回归自然已经成了他的梦想，但是对大多数人来说，城市才是他们的理想家园。在涌向城市的时候，他们许多人还不知道，城市如同布莱克在《伦敦》诗所描写的那样，将是他们的梦魇。

这首诗表现出的循环式周期性，暗示的就是自然性。诗歌的题目是"The Ecchoing Green"，而诗歌以"darkening Green"（15）结尾，第一诗节写一天的开始，最后一个诗节写一天的结束，而一天的开始和结束都以日出和日落的核心意象为标志。日出以后，万物生机勃发，精力充沛；日落之时，宇宙能量收敛，精力亏减，需歇息充盈。

《保姆之歌》（"Nurse' Song"）进一步强调了《回声荡漾的青草地》所表现的主题：

青草地上传来孩子们的声音
他们的笑声从山上传来，
我心绪安宁，心潮未涌
周边一切寂静无声

只要是白天，哪怕是孩子们的欢闹嬉笑，都是安全的。"笑声从山上传来"足以说明孩子们玩儿得尽兴。而当天色将晚，危险可能降临的时候，保姆催促孩子们回家。而孩子们则想顺应自然的节奏：

> 不不，让我们玩儿吧，因为天还没黑，
> 并且我们不想睡
> 另外，小鸟儿还在天上飞，
> 羊群还全都在山上吃草（25）

孩子想和自然界中的动物一样起居，实际上这相当于他们把自己和自然画了等号。而孩子们的蹦跳和笑声，"在山间回响"（25），则说明他们与自然的和谐，以及尊重自然规律的重要性。从这几行诗，我们可以看出，儿童比成人更了解自然，他们身上自然的天性也更多。在插图中，孩子们手拉手围成一圈又蹦又跳。许多研究者对这一场景有过分析，但是他们手拉手的象征含义还没有引起人们的注意。它暗示天真的理想状态。在经验世界中，人们会形成压迫和被压迫或者上层和下层以及富有和贫穷对立的两极，而不是和谐的整体。画的右侧有一个被折断的柳树枝从半空中落下。这暗示潜在的危险。但是画左右两侧树冠连在一起，形成天然的屏障，确保孩子不受到伤害。

布莱克要达到的天真状态，就是人、自然和上帝的和谐。如果仔细看诗歌中的插图，上帝在人与自然的和谐中是不可或缺的。在《天真之歌》的《序诗》中，从云端飞来和牧童说话的小孩，《羔羊》诗中站在茅屋前和羊羔交流的小孩，《小黑孩》第二幅画中坐在树下和两个小孩儿在一起的上帝和《小男孩儿找到了》中在荒野中领着小孩儿的上帝等，这些画面都是和谐的画面，无不洋溢着交流、爱和温暖。

人类之间充满同情和爱。《一个梦》("A Dream")中迷路的蚂蚁就有甲壳虫、萤火虫和上帝引领回家。并且自然界中固有和谐的生态系统保持其成员不会受到任何伤害。而以"一个梦"为题，则暗含着对人同样的希冀，写的不只是儿童问题，是关于人类的寓言。萤火虫的光和甲壳虫的嗡嗡叫声都会有守夜人的保护和引领左右，包括最小的蚂蚁，一个都不少。并且在它们的行为中，没有任何私欲，只有利他的善举。《羔羊》("The Lamb")则是更加达到了儿童、羔羊和耶稣基督的同一，这三者都可以共享一个名字，就是"羔羊"。而插画更加增添了这三者和自然的和谐。诺顿批评版提供的插图，只截取了原图的下部，上部茂盛而纠缠在一起的藤条枝叶所散发出来的乡间生活气息也被抹去了许多。读者看到的主要是藤缠树。由于没有枝叶，藤条使人想到蛇，增加了几分人间伊甸园的不安全感。这的确是有断章取义之嫌。

在《天真之歌》中的最后一首诗《别人的悲伤》（"On Another's Sorrow"）的开始，说话人说：

> 我怎能看到别人悲伤，
> 而我自己不悲伤。
> 我怎能看到别人悲痛，
> 而不去给予体贴的慰藉。（26）

这里的说话人和布莱克本人很难区分，因为布莱克就是这样充满爱心的一个人，所以他批判社会的种种罪恶，渴望社会建立在爱、快乐、自由和平等的基础之上，而不是建立在剥削的基础之上。

不仅仅是玩笑
——《项狄传》的忍耐主题

英国18世纪小说家劳伦斯·斯特恩（Laurence Sterne）的代表作《项狄传》（*The Life and Opinions of Tristram Shandy*, Gent., 1760）第一、二卷刚一出版，便因其惊世骇俗而掀起轩然大波。人们对于这部出自牧师之手、到处充满性暗示、写作手法怪异的作品嗤之以鼻，当时大名鼎鼎的约翰逊博士对其也是持全盘否定态度，说《项狄传》是"昙花一现之作"①。不仅同时代的人都不喜欢这部小说，认为它有伤风化，不值得一读，就连20世纪英国最负盛名的批评家F. R. 利维斯也指责

---

① Alan B. Howes, *Sterne, The Critical Heritage*, London: Routledge & Kegan Paul, 1974, p. 219.

它"开着不负责任且下流的游戏玩笑"①。其实，在20世纪前25年现代主义流行的时候，这部小说就曾引起过关注。乔伊斯的《芬尼根守灵》"用多层叙述建构一个美学目的"②的创作方法就有赖于《项狄传》；俄国形式主义批评家维克多·施克洛夫斯基则认为，《项狄传》是"世界文坛最典型的小说"③。而到了20世纪60年代以后，尤其是后现代主义流行的时候，这部小说更加引人注目，被认为具备了后现代小说的几乎所有特点，尤其是它的形式格外受到青睐。本文则尝试从宗教的角度来观照这部小说的忍耐和爱的主题。

一、忍耐："靠全能的上帝"

《项狄传》中有的不只是人们津津乐道的玩笑，还有一个很严肃的主题，即人应该如何对待痛苦。通过零乱的结构，我们发现：项狄一家人所承受的是约伯

---

① ［英］F. R. 利维斯：《伟大的传统》，袁伟译，生活·读书·新知三联书店2002年版，第4页。

② Mark Loveridge, *Laurence Sterne and the Argument about Design*, London: The Macmillan Press Ltd., 1982, p.166.

③ Mark Loveridge, *Laurence Sterne and the Argument about Design*, London: The Macmillan Press Ltd., 1982, p.4.

式的痛苦。这仅从项狄一个人身上就可以看出来：小说家让他的不幸"在他出生前 9 个月就开始了"[1]，出生时斯洛普医生用产钳子把他的鼻子给夹扁了，后来他又被起了父亲认为是最不幸的名字，[2] 长到 5 岁时他的生殖器又被掉下来的窗子砸坏了。但是，斯特恩并非意在刻画一个接二连三遭遇不幸的约伯式的人物，而是竭力表达人该如何忍受痛苦这一主题。这就要求我们把注意力集中在项狄的父亲瓦尔特身上。

表面上看，特里斯特拉姆是小说的主人公，小说的名字就已经暗示了这一点，而且小说描写的中心事件也都发生在他的身上。实际上，小说家在表现痛苦这一主题上给瓦尔特的位置要比特里斯特拉姆重要一些。斯特恩写上述发生在特里斯特拉姆身上的不幸事件也是为了表现瓦尔特的痛苦。小说家对特里斯特拉姆的每一次不幸着墨都不多，而由于他的不幸所导致他父亲承受的每一次痛苦和承受痛苦的方式却都被大肆渲染。特里斯特拉姆不幸的起因只是母亲短短的一

---

[1] Laurence Sterne, *Tristram Shandy*, Howard Anderson, ed., New York: Norton, 1980, p.3. 本文所引《项狄传》中的所有文字均由笔者从该书译出，以后随文注出页码。

[2] Tristram 在英语中是悲伤的意思。

句问话，而这句话便使父亲"经常沉重地抱怨那次伤害"，并且"从他对我的一千次的观察，证实了他一开始的预感：我会在思想上和行为上都不如人家的孩子"（3）。特里斯特拉姆的鼻子被夹扁一事只是用斯洛普医生修桥（暗指鼻梁骨）来暗示，而当瓦尔特得知这个消息时，他苦不堪言之情被小说家用好几个章节来描写，痛苦从开始到结束持续了42页，中间隔了好几个故事，好像在故意拉长他的痛苦。起错名字的事用的篇幅算是多的，不过也不足一页。而对瓦尔特听到这件事后去鱼塘解脱痛苦的描写算是短的，却足足用了两个章节，并且后一个章节开始不久还特意加了一个小标题"我父亲的哀叹"。对特里斯特拉姆生殖器被砸掉一事的描写用了整整一个章节，可是此章只有半页，而瓦尔特企图用辩论来摆脱痛苦则断断续续持续了几十页。除了承受发生在特里斯特拉姆身上的不幸，瓦尔特还经历了老年丧子的痛苦。

从上一段中我们可以看出，瓦尔特经历了从起初被动地忍受到最后笑对痛苦这一忍耐方式的转变，他学会了忍耐。瓦尔特承受痛苦时用了很多方法，斯特恩让他不停地用不同的办法来对付困难，好像他的办法比困难还多。孩子鼻子被夹扁了,他想通过给孩子起个好名字以给他带来好运;名字起错了,他又尝试去更名;生殖器被砸掉了,他又想通过写《特里斯特拉姆教育手册》来使孩子在智力上过人;听到儿子的死讯,他不是停止手中的工作而是通过长篇的辩论来解除痛苦,并且真的从中"找到了快慰"。其实,项狄家族的其他主要人物也都学会了忍耐。项狄通过幽默风趣的写作来摆脱不幸,托比叔叔在战斗中受伤之后则是建了个保龄球场,用想象来忘记痛苦。斯特恩把项狄家族人的精神比作一件衣服的好里子,"你可以把外面弄出褶皱、磨坏,但是里面却是完好无损"(115)。这种永不屈服的精神是和学会忍耐分不开的。而这又不由得使我们想起斯特恩和他忍受痛苦的方式。

在一篇布道词中,斯特恩说:"我们是为痛苦而生的,毫无疑问,只要我们活在这个世界上,就要受苦……因此,一个真正令人满意的方法就是,要懂得如何接受人生这些不可避免的枯荣沉浮。"[①] 对斯特恩来说,他的一生多半是在死亡的阴影中度过

[①] Laurence Sterne, *The Sermons of Mr. Yorick*, New York: J.F.Taylor & Company, 1899, p. 253.

的。上剑桥的时候他就已经染上了肺结核,除了孩子幼年夭折和不美满的婚姻,这可能是他最大的痛苦了。但是他很快就学会了如何应付痛苦——项狄主义(shandeism),即对任何沉重的问题都不要想太多,或者说苦中求乐。从《项狄传》中我们不难看出拉伯雷的《巨人传》和塞万提斯的《堂吉诃德》对这本书的影响。前者作为文艺复兴时期的典型作品,张扬人性,强调人(而不是神)在世界上的中心位置,但是它也是医治人们痛苦的一剂良药。诚如作家本人所说的:"不错,除开一些笑料,/这里没有什么完善美好,/看见悲痛使你们忧悒枯槁,/我心里实在找不出别的材料;/与其写哭,还是写笑的好。"[①]而后者则更会给斯特恩以启发。1768年3月,当生命即将被病魔夺走的时候,斯特恩仍坚持写一部富有喜剧色彩的浪漫传奇。在一封信中,他写道:"告诉我,为什么塞万提斯能够在阴暗潮湿的监狱里写出这样一部美好而幽默的讽刺作品来。"[②]如果我们把塞万提斯的生活文本化,在阅读《堂

[①] [法]弗朗索瓦·拉伯雷:《巨人传》,成钰亭译,上海译文出版社1981年版,第3页。

[②] Lewis Perry Curtis, ed., *Letters of Laurence Sterne*, Oxford: The Clarenden Press, 1935, p.41.

吉诃德》、享受塞万提斯式的幽默的时候,想到它是出自一个处在环境恶劣的铁窗中的囚徒之手,就不难得出这样一个结论:《堂吉诃德》是写人对待痛苦的方式的。而斯特恩的特里斯特拉姆那机智、幽默的语言和项狄主义的运用不也是和塞万提斯一样以幽默的写作来笑对人生痛苦的体现吗?也正是从这一意义上我们才能更好地理解他的这句话:"它(《项狄传》)描写的是我自己。"[1]

然而,斯特恩笑对痛苦并没有简单地停留在描写自己和人生态度的层面。瓦尔特的笑中依稀可辨的是悲愤和反抗。那是狂欢的笑,是意识形态的狂欢。《项狄传》中没有《巨人传》中广场狂欢的场景,也没有塑造出庞大固埃那样得意扬扬的高大巨人形象,但是,就像拉伯雷用诙谐的民间文化来对抗欧洲封建中世纪的官方和严肃文化一样,斯特恩用讽刺和幽默与刻板的加尔文教、乏味的理性主义和严肃的古典主义等相抗衡。只是广场和全民的性质丧失了,退化成我们所看到的室内的(项狄大厅)、孤独的狂欢。不过这种狂

---

[1] Lewis Perry Curtis, ed., *The Letters of Laurence Sterne*, Oxford: The Clarenden Press, 1935, p.87.

欢的对话性依然保留着。此处所指的对话性即巴赫金意义上的对话：两种意识形态的交锋。仅从对加尔文教的反动来说，笑对痛苦本身就是一种完全不同的立场，因为在加尔文教那里是没有笑的，有的只是忍耐和痛苦的赎罪。而斯特恩的讽刺和幽默呈现的是一种不同的宗教观。

直线在《项狄传》中很重要，斯特恩用它开了不少玩笑，不止一位西方学者撰文写它的性内涵，但是还没有谁发现它宗教方面的指向。小说中描写的直线分两种，水平的和垂直的。垂直的线一般都和下落（fall）的重物有关，落下的窗框、栗子和石头。这些重物下落后所伤害的部位又都是生殖器。可见，斯特恩的隐喻是不言自明的，他是在暗指加尔文教的原罪说和禁欲说。栗子这一意象便易使人想到禁果这一含义。这显然不是斯特恩所喜欢的直线，他所喜欢的直线是水平的，"这条正确的路线是基督徒进入（天国）的捷径"。比如，线性写作，就是他最喜欢的，是他一直要达到的一种写作方式。在这部小说中它具有性暗示内容，因为斯特恩的线性写作总是在"进"（progressive）和"退"（regressive）有节奏的交替中前行。他告诫人们不要把这条线同"万有引力之线（即垂直的线）混淆"（334）。斯特恩不注重垂直的线并不是他不信仰上帝，他是不想像 17 世纪清教主义代表作《天路历程》中的主人公基督徒那样一心只想自己得救，抛开妻儿，从毁灭之城走向天国（垂直）的路。斯特恩也是虔诚的基督徒，小说中的水平线和垂直线交叉在一起不就是他画的十字吗？！直线既有性内涵，也有宗教指向。水平的直线也可以通向上帝，这一点可以从书中潜藏的一条直线，人与人之间的关系表现出来，这是与加尔文教不同的、强调人际关怀的宗教自由主义的核心内容，是下一部分要涉及的，在此不赘述。①

总之，斯特恩的幽默和讽刺绝对不仅仅是玩笑，其中蕴含着严肃的宗教主题。在《约里克先生的布道词》的第二张扉页上，作者这样写道："使能够看出笑话的人大脑放松，但这是很危险的，因为这里没有玩笑。"严格地说，《项狄传》中的玩笑和游戏是为斯特

---

① 人与人之间的关系，相对于人与上帝的关系，可以被看作一条水平的直线。十字架的竖就象征着人与上帝之间的关系，横则是人类的象征。小说中十字的意象是很丰富的，但是要细心阅读才能发现。

恩宣扬基督教教义服务的，而他在这部作品中所宣扬的教义则是学会忍耐。

二、温情：对人类的爱

在他的书信《致伊丽莎白·拉姆莉》中，斯特恩不仅展示了自己多愁善感的一面，而且还曲折地表达了自己的创作观。他这样写道："祝福你，祝福你的美德……我的拉姆莉，它是春药，你靠它吸引着我。只要这个世界是由美德和信仰来支撑，凭这美德你就会把我变成你的所有。"[1] 美德被斯特恩赋予了性的诱惑力，拉姆莉的美德则被他用来指同情心（pity）。斯特恩的传记作家凯什（Arthur H. Cash）说："同情心对伊丽莎白来说可能是一种很容易的情感，在未婚夫的心目中却真的成了一座圣殿。"[2] 斯特恩认为这种情感是"人类情感中最甜蜜、最美好的"，这个温柔之网能够

---

[1] Lewis Perry Curtis, ed., *Letters of Laurence Sterne*, Oxford: The Clarenden Press, 1935, p.11.

[2] Arthur H. Cash, *Laurence Sterne: Early and Middle Years*, New York: Routledge, 1992, p. 83.

"罩住忧郁的痛苦，软化苦难最黑暗的阴影"[1]。它也是《项狄传》的一个重要主题。

《项狄传》洋溢着人间温情。弟弟在战斗中负伤瘫痪了，哥哥瓦尔特对他无微不至地关怀和照顾；特里姆讲述自己哥哥被天主教法庭逮捕的故事时，所有在场的人都同他一起难过；托比叔叔用故事解除项狄的痛苦……小说中的每个人都多愁善感。斯特恩是第一个将多愁善感（sentimental）用于表达人间温情的人。这种温柔的情感还被他赋予了拯救的力量。托比要不是哥哥兄弟般的安慰和照顾，早就被不幸压垮；忍受痛苦煎熬的瓦尔特也常常被托比仁慈的面容所打动，看到托比仁慈的脸庞，他的痛苦"顿时融化了"（198）。在小说中托比成了怜悯的化身。他的怜悯之情已经是一种对人类的爱：不仅包括自己的同胞兄弟，还包括仆人和素不相识的人。谁有痛苦他都流泪，谁有需要他都慷慨解囊。而最值得一提的当属托比对待那只骚扰他的大苍蝇了。他把苍蝇抓住之后便放了，并且还说："我为什么要伤害你呢？ 这世界当然大得能容下你

---

[1] Lewis Perry Curtis, ed., *The Letters of Laurence Sterne*, Oxford: The Clarendon Press, 1935, p.18.

和我。"（80）这件小事对当时年仅十岁的特里斯特拉姆来说影响巨大，使他产生了"爱人类的思想"（81）。

斯特恩强调人类温柔的情感同当时流行的唯我论背道而驰。霍布斯就认为人生来就是自私的，要摆脱人的自私本性就需通过契约建立国家，把权力交给君主。而在《项狄传》中所一再强调的同情心则是试图摆脱自我中心的一种尝试。通过对别人的痛苦的感知和同情人们就会脱离自我，认识到自爱和爱他人是一回事，因为在这种怜悯的过程中，别人的经验就成了自己的经验。正因为这样，托比和特里姆在争论伤痛时总是想着对方的伤痛。

同时，斯特恩对同情心的强调也是反理性的。他认为感性比理性更能达到对事物的认识，增进人与人之间的了解，因此，属于感性内容的东西，如想象、情感、动作、表情等都是非常重要的。在他看来，人是"用衣服裹着身体，由想象控制的"（253）。想象是通向意义的直接通道。这从斯特恩写这部小说的方法就可约略窥见。在写这部小说的时候，斯特恩意识到语言是有缺陷的，因而他不时地放弃语言而求诸想象。为了让读者更好地理解这部作品，他真的给读者留下了许多艺术空白，让读者去想象：一个丢失的章节、一个空白书页让读者去画渥德曼夫人的像、两页涂黑的像门一样的长方形图案、两幅大理石似的图画让读者去揣摩其中的寓意、几幅图形所表示的小说前几卷的结构……小说中提到的那幅拉斐尔画的苏格拉底在雅典学园的那幅画，连他推理的特殊方式，都被表现出来了。

在一个理性的时代，斯特恩举起反理性的大旗，更有他宗教方面的关怀。他主要是想通过对人类温柔情感的强调来确立他所信奉的宗教——英国圣公会在宗教中的地位。

清教主义就为理性大唱颂歌。清教徒认为，"理性值得赞扬因为只有被上帝选中才拥有理性，理性使人区别于原野上的走兽。而且理性还有一种值得称道的作用，就是约束、控制那作为'罪薮之首'的欲望，即色欲、肉欲或情欲。理性对盲目崇拜的恶习倾向也有限制作用"[①]。斯特恩所讲的人间温情即仁爱，它包括同情、爱、怜悯、仁慈、谦卑等，是宗教自由主义

[①]［美］罗伯特·金·默顿：《十七世纪英格兰的科学、技术与社会》，范岱年等译，商务印书馆2000年版，第102页。

（Latitudinarianism）的体现。宗教自由主义不拘泥于宗教教条和形式，能容纳不同见解。它是在反对剑桥柏拉图主义者的运动中产生的。剑桥柏拉图主义者想诉诸理性，在过渡期在加尔文的极端主义和劳德（Laud）政治极端主义之间，把基督教重新建立起来。在道德行为方面，剑桥柏拉图主义者认为道德法律既是神示的也是理性的。正确的行为应该基于个人内在的理性，而不是基于加尔文教不肯宽恕的上帝的权威，这正是神示内容所回避的。而宗教自由主义者们则把福音和教堂作为道德行为的指导，他们拥抱的是爱、怜悯和仁慈，意在理性和神示之间达成和解。宗教自由主义的布道词也不再是论辩性的，而是道德性的，并且宗教程序被简化为对基督的信仰上。仁慈在正统宗教中本来是用于上帝对人的，而在宗教自由主义那里就用于人际之间的关怀了。它把仁爱、慷慨施恩作为日常生活伦理体系的一个部分。而这种人际关怀又迥然有别于加尔文教的"善行"，因为加尔文教"善行"的目的是出于个人获救，出于自私的功利目的。宗教自由主义极力想把圣公会教义在经过一个世纪的灾难后推到英国宗教生活的中心，它所强调的理性仅限于理性能使人认识到自身的弱点，意识到没有信仰的良好道德是不可能的。这也是斯特恩的布道词讲的一个重要内容。

在一篇题为《自识我认》("Self-knowledge")的布道词中，斯特恩说："当激情和个人愿望参与的时候，我们对自己所做出的判断是靠不住的，正像我们判断其他事物一样。"[1]而上帝让我们仁慈，他"把那种友好的温柔混在我们的本性中了，让它来检验我们太大的自爱倾向。"[2]在另一篇布道词中，他说道："我们只不过是一个树枝，我们结出的所有果实和我们所有的支持都来源于上帝的影响和供给，正如我们的救世主在《圣经》中所说的，没有他我们什么也做不了。"[3]收录在小说中的那个关于良知的布道词也谈到了这个问题。《良知的滥用》("The abuses of Conscience")是斯特恩最喜欢的布道词之一，它主要谈人的认识能力的有限性和要相信全能的上帝。在斯特恩看来，我们对生活中一系列行为所做出的判断有时是会发生失误的。

---

[1] Laurence Sterne, *The Sermons of Mr.Yorick*, New York: J.F.Taylor & Company, 1899, p. 55.

[2] Laurence Sterne, *The Sermons of Mr.Yorick*, New York: J.F.Taylor & Company, 1899, p. 73.

[3] Laurence Sterne, *The Sermons of Mr.Yorick*, New York: J.F.Taylor & Company, 1899, p. 270.

不仅自爱自私的本性会使我们的判断有失公允，而且身体"下部的私利也会上升，迷惑我们上部地区（指大脑）的官能"（91）。因此，为了避免我们滥用良知，就"有必要，绝对有必要结合另一种原则来帮助它做出判断"（95），而这条原则就是宗教。在此需要指出，宗教和道德的原则并用没有削弱宗教的意思，它意在加强宗教对人们的控制，使宗教世俗化。这也是斯特恩试图以小说的形式想达到的目的。

小说在 18 世纪的英国还是新形式的创作。它的历史比较短，也同当时流行的散文一样意在规范中产阶级行为，刻画真正的绅士形象。《项狄传》中所强调的同情心和仁慈恰恰就是作为牧师的斯特恩为英国中产阶级所确立的标准。它已不像菲尔丁的小说《约瑟夫·安德鲁斯》所表现出来的那样有争议，[①] 而在后来奥斯丁的小说《傲慢与偏见》中，则由傲慢却慷慨的达西来实施了。说到这里，我们就不难想象斯特恩为什么在小说名字前要加上常常被人们忽视的"gentleman"（绅士）这个单词了。这一标准迥然有别于 17 世纪绅

[①] See Henry Fielding, *The Adventures of Joseph Andrews*, Oxford: Oxford UP, 1970, Bkiii, Chap.13, Peter and Adams's debate about charity.

士的"英雄品德":冷静自制、富于理性、矜持、冷漠。在这个世纪里,绅士已不再是摆设、浪子,他要参与社会,要献爱心。不过,斯特恩小说中所确立的这一绅士标准背后的宗教目的却被人们忽视了。

相信上帝,按基督教的教义去做事。而基督教教义在斯特恩那里就是爱。"如果谦卑在基督性格中是那样闪亮,在他的宗教里也是一样。"(69)在他看来,一个充满同情心的人遵循像爱你自己那样爱邻人的仁慈法律,将会是忠诚的,他不会杀人、偷盗、撒谎或与人通奸。这样的过失他们很容易能感觉到,犯这样的罪不是他们的本性。就这样,斯特恩把宗教和世俗道德联系起来了。但是在他笔下,道德总是为宗教服务并受制于宗教的。

总之,在斯特恩的笔下,世界是由宗教来支撑的。而忍耐和爱则是他所宣扬的宗教的核心和支撑点。对于我们自己的痛苦我们要学会忍耐,对于别人的痛苦我们要去同情,这样就会建立起一个美好的世界了。而他把宗教道德化则表现了他想确立自己所信奉的宗教在英国的地位的良苦用心。

以诗论诗

——英国经典浪漫主义诗歌解读

在英国浪漫主义诗歌中存在着一个"以诗论诗"的现象：在布莱克、华兹华斯、柯尔律治、雪莱和济慈等每个人的主要诗作中，都有一首或几首关于诗歌创作的诗。应该说，"以诗论诗"这一现象并不为浪漫主义诗歌所独有，比如，在较早的古希腊罗马诗歌和浪漫主义之前的新古典主义诗歌中，都不难找到类似的诗歌。然而，浪漫主义诗歌所探讨的问题却常常被读者忽视。它们主要探讨诗人灵感的来源、灵感危机、想象力、诗人的主体地位以及诗人与读者的关系等问题。本文在很大程度上是对这些经典诗歌的解读，并且希望借此获得关于这些诗歌以及浪漫主义本身的一些新的认识。

一、一个"以诗论诗"的现象

英国浪漫主义诗歌诞生200年来,人们一直由于它关注自然、关注工业文明早期的社会矛盾,讴歌自由、民主和平等而喜爱它,对它的解读也大致从这几个方面入手。浪漫主义诗歌中存在着一个"以诗论诗"的现象。长期以来我们对它一直视而不见,主要原因在于它作为一个隐含的主题并不像诗人们所关注的自然、民主和自由等问题那样明显,多半是潜藏于字里行间,又不是任何一个诗人永恒关注的主题,所以恐怕只有细心的、训练有素的读者才会发现它。其实,布莱克的《老虎》("Tyger")、华兹华斯的《丁登寺赋》("Lines Written a Few Miles above Tintern Abbey")和《序曲》("The Prelude")、柯尔律治的《忽必烈汗》("Kubla Khan")、《老船夫咏》("The Rime of the Ancient Mariner")和《抑郁颂》("Dejection: An Ode")、雪莱的《西风颂》("Ode to the West Wind")、济慈的《希腊古瓮颂》("Ode on An Grecian Urn")和《夜莺颂》("Ode to A Nightingale")等都是关于诗歌创作的诗。它们是诗人

以诗论诗

们诗学理论的载体。下面，先让我们从上述诗歌中选出一首——布莱克的《老虎》——来看看为什么它是一首关于诗歌创作的诗。

《老虎》一般被公认为是象征性很强的作品。它好像一部晦涩的现代诗常常叫人百思不得其解。不过评论界过去一般倾向于认为它是写法国大革命的，因为该诗出版于法国大革命后不久，加上诗中还充满了诸如"火""铁锤""锁链""熔炉"和"矛"等与革命有关的意象，老虎理所当然被当作强大的革命力量的象征。也有一种观点认为它歌颂造物主的伟大，因为该诗确实对造虎者表示了敬畏："什么样不朽的手或眼睛/能够构建成你那可怕的对称呀？"[①] 事实上，该诗文本为我们提供了第三种解读它的可能，那就是，这首诗酷似一首谜语诗，叙写《老虎》这首诗创作过程。按照这一思路，"老虎"则指《老虎》这首诗。它在夜一样漆黑的丛林（象征无意识）里"晶光铮亮"（burning bright）则指这首诗在诗人无意识中形成，而那具有不

[①] William Blake, "The Tyger", in *The Norton Anthology of Poetry*, Margaret Ferguson, Mary Jo Salter and Jon Stallworthy, eds., New York: W.W.Norton & Company, Inc., 2005, p.743. 本文所分析的几首浪漫主义诗歌均引自该书，以后随文注出页码。

朽的手或眼睛的铁匠则是布莱克本人。其实，这首诗在节奏上的轻重缓急，常使人联想到铁匠造虎的过程，而那铁锤的敲击声何尝又不指涉该诗本身的节奏肌理呢？布莱克是个很淘气的诗人，他把自己藏在这首诗里："是制造羔羊的那个人制造的你吗？"（743）在这里，羔羊使人想到诗人写的《天真之歌》，与此同时，它也可以借指当时的读者。①而"你"则指收在《经验之歌》里的《老虎》这首诗。以前曾有人讨论到既然he（他）指上帝，那么，字母"h"为什么不大写，其实显而易见，其原因就在于它指的是布莱克本人。布莱克为自己能写出《老虎》这首诗而自豪，也佩服自己敢于构建出"你那可怕的对称"（744）。在这里，"可怕的对称"表面上是指老虎身上的花纹，实际上则是指《老虎》这首诗形式上（共6个诗节）的对称性。从这句话里布莱克的诗学理论依稀可辨。

　　布莱克是反新古典主义的。新古典主义所张扬的清晰、对称、理性等构成崇高艺术的标准是布莱克所

---

　　① 在19世纪，诗人一般将读者也认作羔羊，这主要是因为他们把阅读当作一种宗教活动。

不齿的。他无意于"对白痴来讲很清晰的东西"[①]而醉心于朦胧的艺术尝试；他也无视古典主义诗人对美的种种规范而敢于标新立异。他抛开了理性，让想象构成自己"作品的本质"[②]。《老虎》这首18世纪的诗歌酷似20世纪的朦胧诗这一点就说明了它是与充满格言警句的新古典主义诗歌相对立的，是想象力的产物，而诗歌从头到尾使用的四音步扬抑格双行体取代了新古典主义诗歌所规定的五音步抑扬格的英雄双行体。不仅如此，每个诗行的第四个音步还不完整，这在新古典主义诗人那里显然并不美。但是布莱克似乎不在意追求美，他更专注追求一种崇高的情感。这种情感源于一种恐惧，这也就是为什么跃然纸上的是一个令人望而生畏的老虎，而这只老虎之所以令人望而生畏则又是为了唤起一种崇高的情感。崇高在布莱克看来是高于美的。它可以唤起愉悦。这一观点是与当时流行的新古典主义观点相悖的，不过却是与埃德蒙·伯克（Edmund Burke）的美学观点一脉相承。或者说，

[①] M.H.Abrams, ed., *The Norton Anthology of English Literature* (Vol.2), New York: W.W.Norton & Company, Inc., 1986, p.81.
[②] M.H.Abrams, ed., *The Norton Anthology of English Literature* (Vol.2), New York: W.W.Norton & Company, Inc., 1986, p.81.

布莱克以诗歌的形式表达了伯克以散文形式所表达的东西。伯克在他的《对崇高与美的哲学思想探源》(*Philosophical Inquiry into the Origins of Our Ideas on the Sublime and the Beautiful*, 1756)一书中认为,未经驯服的力量是崇高的,因为"它从阴郁的森林中,从充满吼声的荒野中以狮子、老虎、豹或犀牛的形式向我们走来"①。

二、"以诗论诗"诗歌谈论的问题

有趣的是,浪漫主义诗人不仅不约而同地在自己主要诗作中谈论着诗歌创作的问题,而且他们探讨问题的范畴也惊人地相似。本文将主要探讨以下两个方面:灵感的丧失和灵感的来源。灵感的丧失颇令浪漫主义诗人头痛,在《西风颂》《忽必烈汗》《老船夫咏》《丁登寺赋》和《夜莺颂》等诗中,几位诗人都痛苦地谈到了这一问题。

同布莱克的《老虎》一样,《西风颂》一般被认为

---

① Maurice Cranston, *The Romantic Movement*, Oxford: Blackwell Publishers, 1994, pp. 49–50.

是写法国革命的。作为"破坏者和保护者"的西风是法国革命的化身,"因为革命在人们心目中就是破旧立新:毁灭旧的、陈腐的社会因素以便使新的事物产生。这种解释完全与众所周知的雪莱的气质和政治信仰一致,而且诗中的细节似乎也证实了这一点"[1]。然而该诗文本也承载着另一层含义:雪莱随着年龄的增长才思枯竭,他渴求西风使他灵感再生。该诗的前3个诗节分别写西风对陆地、海洋和天空的威力。仅从第一个诗节我们便可以看出,雪莱把西风神化了,它已不单单是"秋之生命之呼吸",更是一个"看不见的存在",它被大写,被叫作精灵,既是"破坏者又是保护者"(872),所有这一切都使人想到它就是上帝。在陆地上它破坏腐朽的东西,孕育新的生命;在天空中它呼唤雷霆;在海洋里它惊扰了地中海的夏日梦,连大西洋也为之惊骇。无处不在、无所不能的西风被神化,在浪漫主义诗歌里是自然而然的事,因为在中世纪天上的神是万物的主宰,到了文艺复兴时期是地上的人主宰万物,而浪漫主义诗人则让介于天和地之间的风统领万物。而到了第四节诗人

---

[1] 辜正坤主编:《世界名诗鉴赏辞典》,北京大学出版社1990年版,第979页。

说，由于"时光的重负","我"跌在人生的荆棘上疲惫不堪。而该诗节开始的虚拟语气的运用则表明诗人想受西风影响的强烈愿望：他甘作一片落叶、一朵云彩、一层浪，希望自己成为西风的里拉（lyre）像森林一样奏出美妙的音乐来。到了最后一个诗节诗人愿与西风合二为一以获得神力，并且让西风把"我"腐朽的思想扫出宇宙以激发新的生命，把"我"的话传给整个人类，并通过我的嘴向沉睡的大地吹响预言的号角。在这一诗节里诗人用了很多同灵感和再生有关的词，就连最后那句常被传诵当作革命胜利的预言的话——"噢，风啊，/如果冬天来了，春天还会远吗？"（874）也和灵感有关。诗人其实也在呼唤自己灵感的春天，他希望灵感也有季节循环。"春天"（spring）一词也有源泉的含义，即灵感的源泉。

  国内外虽有个别评论认为《忽必烈汗》是关于诗体的诗论，认为它张扬"浪漫主义表现说，反对墨守成规的新古典主义诗歌，呼唤诗歌创作的新理论出现"[①]，但是论据欠充分。其实，跟《西风颂》一样，《忽必烈

[①] 蔡新乐、刘明阁：《〈忽必烈汗〉——以诗论诗的杰作》，《南都学坛（社会科学版）》1992年第1期。

汗》也是写诗人灵感枯竭的,而这一想法只是通过梦的隐喻来实现,也是需要读者对它进行"梦的解析"才能发现。在很大程度上可以说,从心理主义视角来分析这首诗并不牵强,国外早已有人把柯尔律治当成心理学家了。他的传记作家贝特（W. Jackson Bate）就说:"作为一个心理学家,他比有史以来的任何一个人都睿智。"不仅如此,他还认为《忽必烈汗》就是被作为"探索心理的作品"而发表的[①]。《忽必烈汗》是对一个梦的记录这一事实一直被人们所忽视。可能是怕读者疏忽这一点,柯尔律治给该诗起了一个副标题:"或者梦中的一个幻像,未完。"（or a Vision of a Dream. A Fragment）但是读者仍对这一重要事实熟视无睹,也难怪他们多次谈起这首诗时都说它不连贯和不完整。如果我们用心理主义批评的方法就会看到,该诗充满了性意象,如:忽必烈汗（国王）、逍遥宫、洞穴、喷泉等。而从第 12 行开始到第 28 行所描写的就是一次损耗精力的性经历。在这次性经历中,"一股强大的喷泉"总是在那个"深深的、浪漫的裂缝中"（809）喷射。而它形成的那股强大

---

① W. Jackson Bate, Preface xi, *Coleridge*, Cambridge, Mass.: Havard UP, 1989, p. 75.

的喷泉同时也是诗的灵感的源泉。在这首诗里性总是和创作连在一起，显而易见，这也是和弗洛伊德的理论不谋而合的。如建逍遥宫，也指诗的构建，而强大的忽必烈汗则与诗人相对。总之，由于灵感丧失殆尽，柯尔律治也无法在心中重新捕捉到那阿比西尼亚女孩的乐曲和歌声；否则，他就会把那座宫殿建在空中而不是地上，叫所有人欣赏。虚拟语气的使用表示出诗人强烈的无助感。然而正是因为这样，这首诗成了残篇。不过，柯尔律治的失败却是这首诗的成功！他自己恐怕不会料到这一点。

济慈的《夜莺颂》也是一首以诗论诗的作品。它表现的是诗人灵感丧失的痛苦。诗歌刚一开始，济慈便说："我的心在痛。我的感官／倦怠麻木了。"（935）为世事拖累导致无法唱出夜莺那样轻盈欢乐的歌，所以他想进入夜莺的世界。首先他曾梦想借助一口葡萄酒或赫利孔山上的灵泉进入夜莺的世界。后来又放弃酒神巴克斯的帮助转而想要"展开诗的无限的羽翼"。那么诗人所向往的夜莺的世界是什么样的世界呢？它是灵感的世界。在这里，"月亮女王坐在她的宝座上／周围簇拥着星光灿烂的仙女"（936）。月亮是想象力的象征，它是灵感的基础，而女王身边簇拥着的仙女"星光闪闪"（starry）则使人想到灵感的火花。诗人这里则没有光，他始终没有进入夜莺的世界。他只是在想象中进入了，回到现实中来，发觉刚才的一切都是幻觉，并抱怨"幻觉骗人的招术并不高明"（937），因为他毕竟回到现实中来了。他发觉夜莺的歌声穿过墓地，越过静静的溪流，升上山坡，就是不光顾他，这使人想到在《忽必烈汗》中，柯尔律治无法捕捉到阿比西尼亚女孩歌声那一幕。所以夜莺的世界是诗的世界，是灵感的世界。《夜莺颂》不是写死亡的。即便是写死亡，也是写灵感的死亡。

从以上分析可以看出，浪漫主义诗人在谈到灵感丧失的同时，也谈到了灵感来源的问题。在诗中，他们企图以不同的方式获得灵感，而对灵感源泉问题的思考则实质上反映了他们不同的自然观。可以说，在浪漫主义诗人那里，关于灵感的获得这一问题只有雪莱才认为自然是灵感的唯一源泉，这在以上对《西风颂》的分析中已见一斑，在此不作赘述。而在其他诗人那里，灵感的获得尽管都与自然有很大关系，但是自然已经不是一切了。

华兹华斯认为，自然在幼稚的浪漫主义诗人那里才是一切。诗歌是在人与自然的和谐中产生的。大自然为人类提供了思想的基础，但是大脑才是最主要的，它可以创造自然。诚然，华兹华斯写了不少吟咏山水自然的诗，但是这绝不是他写作的目的，他自己也说，不是自然而是"人的大脑才是我要关注的、是我歌唱的主要范围"[①]。他的诗作《序曲》和《丁登寺赋》是他关于灵感理论最好的脚注。限于篇幅本文只讨论后者。

《丁登寺赋》是一首很难懂的诗，它包含了太多、太复杂的东西。正如它是一首戏剧性独白诗这一点常被人们忽视一样，它记载的有关诗歌创作的内容，也被人们视而不见。在这首诗里，自然已经不像《西风颂》中那样被神化了，尽管诗人依然尊敬它。只有在童年，自然对他来讲才是"一切中的一切"（767）。它只不过是为诗人提供了思想的粮食，丁登寺附近的景致可以为他将来的岁月"提供生命和食物"，即诗歌的原材料或基础。灵感在这首诗中显然并不是自生的，也不完全是大自然赋予的：

[①] M.H.Abrams, ed., *The Norton Anthology of English Literature*（Vol.2），New York: W.W.Norton & Company, Inc., 1986, p.8.

这些美丽的形式，①
……
在我懒散的时光里，
产生甜蜜的感觉，
从血液流到心脏，
甚至流到我更加纯净的大脑。（765—766）

  这就是诗歌产生的过程。这与华兹华斯的那句诗论名言"一切好诗都是强烈感情的自然流露"大异其趣。但是，它正是华兹华斯以诗歌的形式对这句话的解释。我们往往容易误读华兹华斯，认为浪漫主义诗歌是不假思索的产物。其实，华兹华斯曾经告诫读者："如果认为诗歌这种形式不需花太多时间，这种想法可能就是错误的，在很多情况下都是如此。"② 他本人对这句话也早有解释："凡有价值的诗并非任意所为，它出自一个感官异常敏感的人之手，并且经过深思熟虑，

---

① 指的是景致和诗歌。
② William Wordsworth, "Advertisement to *Lyrical Ballads*", in *Selected Poems and Prefaces* by William Wordsworth, Jack Stillinger, eds., Boston: Houghton Mifflin Company, 1965, p.444.

因为我们不断流动的情感是受我们的思想控制和支配的。"① 也就是几乎在诗的开始，诗人说："这些陡峭而高耸的山峰 / 在犷野、隐蔽的景致上 / 吸引着更加隐蔽而深刻的思想。"（765）这句话不仅指出自然可以产生思想，它还指出自然产生的思想要高于自然，比自然深刻。而其原因在于人的大脑，大脑用思想的眼睛"看着"自然风光。它是高于自然的，因为它参与了对自然的创造，所以在这种情况下，所有不成熟的水果"都是青一的绿色"，也都藏在灌木丛中。而篱笆也可以不是篱笆，是"一排排 / 淘气的小木头在撒野"。（765）而树上升起的雾也可以理解为隐士的洞穴中流浪汉生活时产生的烟雾。

华兹华斯强调大脑的作用，认为不是大脑在被动地接收印象，而是大脑在积极主动地创造意义。这也就是说，在他那里，灵感来自大脑的思考，否则，诗歌就失去了它的政治性和目的性，因为令华兹华斯难忘的总是"人性寂静悲伤的音乐"（767）。

---

① William Wordsworth, "Advertisement to *Lyrical Ballads*", in *Selected Poems and Prefaces*, by William Wordsworth, Jack Stillinger, eds., Boston: Houghton Mifflin Company, 1965, p.448.

和雪莱一样，柯尔律治也认为风可以给他灵感。这是在会话诗《竖风琴》("The Eolian Harp")中表达的。只是柯尔律治并不像雪莱那样靠强劲的西风给他灵感，对他来说微风（breeze）就足够了，竖风琴这一有灵性的乐器是由自然弹奏的，只要天籁有声，竖风琴便会奏响。更重要的是，在很大程度上它已经是诗人大脑的类比物了。①"微风轻拂处，沉默寂静的空气/就是音乐睡在她的仪器上。"柯尔律治认为寂静产生诗，在微风的作用下，诗人的大脑就有了一个思考的基础——寂静。这就是"寂静的诗产生于寂静的时刻"（tranquil muse upon tranquility）。而微风也与雪莱的西风一样是"富有智性的"，"既是每个人的灵魂，又是所有人的上帝"。（806）或者说微风之所以重要是它可以带来一份沉静的愉快心情，而愉快的心情总显得更重要。从这种意义上说，微风也并不能对诗歌产生太大影响，它产生的是内心世界的东西。这一点，在《抑郁颂》中显得更重要了。

在《抑郁颂》中，风琴预示着一场风暴的来临。

---

① 雪莱在《诗辩》中说，人的大脑就像竖风琴一样接收信息。

这从诗歌题词——选自《帕特里克·斯宾塞先生歌谣》中预言暴风雨到来的那个诗节——便可以看出。但是题词本身也容易使人误解，对该诗产生误读，以为诗人正等待这场风暴的到来给他灵感。阿布拉姆斯就犯了这样的错误，[1] 他受题词的误导误读了虚拟语气。而诗人希望的却是这场风暴平息下来："它要是产生在山上该多好呀！"因为"我不能寄希望于外在的形式来获得 / 激情和生命，它们是源于内心世界的"（831）。在柯尔律治看来，人是不能从自然中获得什么的。"我们只能获得我们付出的，/ 自然只生活在我们生命里。"自然的景观算不了什么，诗人坚信，只要诗人能看得比普通大众更有洞察力，那么，

> 心灵自身一定能产生
> 一线光、一份荣耀、一片发光的祥云，
> 笼罩大地，
> 心灵自身一定能发生

---

[1] M.H. Abrams, ed., "The Corresponding Breeze: A Romantic Metaphor", in *English Romantic Poets: Modern Essays in Criticism*, New York: Oxford University Press, 1975, pp.38-39.

> 一种甜美而富有生命力的声音
> 关于生命力和构成的所有甜蜜声音。(829)

这就是诗,它产生于静谧的时刻,随快乐(joy)而来,"快乐就是那甜美的声音,快乐就是发光的云"(830),快乐是幻想的发源地。

很显然,同华兹华斯比起来,在柯尔律治那里,自然的作用显得更小了,因为想象力更重要了,它才是灵感的源泉。它提出了关于想象力的理论,并且细致地把它和幻想进行区分。他认为"幻想"(fancy)高于一般的知觉或记忆,但低于想象。幻想不是创新,而是运用某些不变的现成材料来进行组合。它是"从时间与空间解放出来的一种回忆"。他指出,幻想的意象缺乏关联,而想象则是富有创造性的。他还进一步区分第一性想象和第二性想象。第一性想象是属于知觉的、理性的,第二性想象则是自觉的、意志方面的。与幻想相对,启迪诗人尽心创作的是第二性想象。在功能上它"融化、分散、消耗是为了重新创造。……它努力地把对象理想化和统一化,它在本质上是富有生命的"①。《老船夫咏》可以说是柯尔律治想象力理论的最好诠释。

《老船夫咏》一般被认为是一个关于爱与拯救的寓言，它讲述的是一个罪与罚的故事。"谁爱得最深，谁祈祷得最好"这行诗句常被当作该诗的主题。其实这首诗也是一个关于写作，更确切地说，是关于诗歌创作的寓言。在西方文学传统中，航海一直就是关于写作的古老的转喻，②因为写作是男人的事，航海这一性意象包含了斗争，是富有明显的阳性特征的。该诗写的是无意识和写作的关系。

该诗的题词常被人们忽略，甚至有的选本也常把它当作累赘删掉。事实上，它能为我们解读这首诗提供重要参考。它引的是英国17世纪一位神学家的一段话：

> 宇宙中看不见的存在物要多于看得见的存在物。可是，它们的派别、身份、联系、区别和作

---

① Samuel Taylor Coleridge, *Biographia Literaria*, London: J.M. Dent & Sons Ltd., 1956, p.167.
② Timothy Clark, *The Theory of Inspiration*, New York: Manchester UP, 1977, p.25.

用，又有谁能知道呢？它们如何行动，它们在哪里？关于这些事情人的大脑只能兜圈子，却找不到答案。不过，有时，我认为，让心灵以图像的形式对一个更大更好的世界意象进行思考会更好些。①

引文中的看不见的世界其实就是无意识世界。而那一连串问题即表明诗人对它的关注。客观地说，柯尔律治更注重心理，尤其是无意识心理。尽管他没建立起像弗洛伊德那样的有关个体无意识的理论，但是他确实做了这方面的探索，他探索了无意识心理同创作之间的关系。这一点不但从《忽必烈汗》中可以看出来，在《老船夫咏》中表现得也很明显。

老水手航海的过程既可以被看作一次受挫的性经历，又可以被当作写作遇到了障碍。如果我们把它看作是和性经历有关，那么船就是男性生殖器的象征，灯塔消失在远方则暗含性能力的丧失。船被暴风雪搁置则表明性经历的受挫，并且饥渴无法排解："水啊水，到处都是水／船上的甲板却在干涸：／水啊水，到处都

---

① M.H.Abrams, ed., *The Norton Anthology of English Literature* (Vol.2), New York: W.W.Norton & Company, Inc., 1986, p.335.

是水，却没有一滴能解我焦渴。"（815）而如果说航海过程是写作过程的隐喻，那么，灯塔的消失则暗示灵感的丧失。而信天翁则是想象的象征，它并不是基督的象征，只是"仿佛①是一个基督"，所以，当它出现时"坚冰霹雳一声突然裂开"（814），这句话使人想到前面诗人给想象力下的定义。"正是它带来了海上的和风。"（815）"和风"（breeze）在其词源中有灵感的意义。而信天翁被射则预示着想象力的丧失，这一结果自然是船停风驻。尽管四处都是水，却没有赫利孔山的灵泉。老水手也就丧失了语言的能力，尤其是当众水手参与对信天翁的诅咒之后，诗人马上写了一个诗节用［f］和［s］押头韵来模拟风停帆落的惨象。

同样，在该诗中，诗人并没有夸大风的作用，因为即使当海面上无风的时候，船也"平稳地行驶／若有神力在水下推动"。在这里诗人所试图表现的不正是那看不见的存在的作用吗？而真正能叫船前行的只是诗人的想象力了。

济慈真的认为想象力是灵感的源泉，这从我们对

---

① 着重号为笔者所加。

《夜莺颂》一诗的分析可见一斑。他认为"想象力所捕捉到的美是真实的"[1]，他进一步把想象力比作"亚当之梦"。在《失乐园》中亚当梦见夏娃被造出来，醒来便真的发现了她。"亚当之梦"在于说明梦想的就是真实的。济慈不相信理性。他说："我还从未见到靠理性推断能发现什么。"[2] 他的《希腊古瓮颂》便集中探讨了想象力、自然和美的关系。

《希腊古瓮颂》是关于诗歌本质的一首诗。其中的至理名言"美即是真，真即是美"（939）颇令人费解。其实这里的美即想象力，它是可以发现真理的。此诗中的希腊古瓮实际是想象的载体，诗人对它的赞叹过程，其实是对想象力的赞叹。尽管他对想象力只字未提，而诗人总是通过运用矛盾修饰法去体现这一点：古瓮是美的化身，它是"寂静的完美的处子"，可是诗人却认为美可以达到真理，所以便把它称为"田园的史家"。它不开口便能"讲述／一个如花的故事，比诗还瑰丽"。这似是而非的诗句恐怕只有让读者展开想象的翅膀才能理

---

[1] Hyder Edward Rollins, ed., *The Letters of John Keats* (Vol.1), Cambridge: Cambridge University Press, 1958, p.184.

[2] Hyder Edward Rollins, ed., *The Letters of John Keats* (Vol.1), Cambridge: Cambridge University Press, 1958, p.185.

解了。这样的诗句贯穿整首诗。"听见的乐声虽好，但听不见的则/更美"（938），意在说明感官经验不能达到美和真理，只有想象才能。它（直觉）给我们提供的也仅仅是表象。而那永远寂寥恬静的小镇，"永远/沉默，没有一个人能回来讲述/你何以寂寥"（939）。但是，根据上面那些悖论我们就可以知道，这样的小城一定比嘈杂的小城有更丰富的历史，也能讲述更丰富的历史。因为在济慈的叙述语法中，沉默包含了一切可能的声音。它是可以说话的，并且说得更好。

那么，自然在济慈的诗歌中起什么作用呢？它只为美的存在而存在，济慈描写它，就是想通过它来描写美，而通过美来表达真理。不过真正的美，则是靠想象来发现的。因此自然只是美的载体，它是起边缘作用的，就像在该诗中，绿叶只能嵌在古老的传说的边缘一样。

总之，从以上分析我们可以发现，浪漫主义诗人对美和自然的看法是丰富的，并非一句"强烈感情的自然流露"所能概括的。文学史谈到浪漫主义诗歌时总是试图从不同诗人那里抽绎出共性的东西，就连雷纳·韦勒克（Rene Wellek）也不例外，他说："英国浪漫主义运动的伟大诗人们形成了一个相当一致的集团，他们对诗歌的看法、对想象力的认识、对自然和大脑的认识都是相同的。"① 事实上，浪漫主义诗人不仅对自然的看法不同，对想象力等问题的看法也并非完全一致。这在很大程度上给人们提出了文学史的重新书写和文学史的书写要尊重个性的问题。

三、对"以诗论诗"现象的探讨

浪漫主义诗人"以诗论诗"表现出来的创作焦虑，在本质上反映出了诗人主体地位的危机。表面上看，是他们正在失去灵感，写不出好诗，事实上，是他们正在失去读者，这使他们对自身创作能力产生了怀疑。这一点在柯尔律治的《老船夫咏》中表现得最为突出，因为它是关于艺术家问题的诗。

《老船夫咏》中的老船夫就是诗人的化身。在诗歌开始时，为了让别人听自己的故事，他不得不用"他枯瘦的手把别人抓住"（812），否则就没有人听他的

---

① Rene Wellek, "The Concept of Romanticism in Literary History", *Comparative Literature*, Vol.1, No.2, Spring, 1949, p.158.

故事。而他那肮脏精瘦乞丐般的形象则暗示了诗人在当时社会中的边缘地位和读者对诗人的恐惧："我怕你，年迈的水手！"（818）而造成作家主体地位危机的原因是很复杂的。比如，它和当时英国社会状况有关。英国在1760年至1832年这一段时间里产生了大量的贫困人口，并且由于参与镇压法国革命，它对内实行高压统治，人民没有言论自由，这对作家和读者都产生了很大影响。在这种状况下，广大人民群众确实没有可能读诗歌。但是本文认为，一个重要的、常被人们忽视的、但可能是更主要的原因就是工业化问题。由于工业化当时首先在英国开始，大规模的营销艺术方面的革命反映了广泛的经济变革，这场革命无疑影响到艺术品的格调和品质，人们的生活节奏和结构都发生了变化。正如 Q.D. 利维斯所指出的："工业革命分裂了读者大众：城市里是当然容不下传统的乡村的悠闲生活。连载形式的出现改变了小说结构和基调，它力图摄人心魄，使文学与生活的界限以及批评精神渐渐销声匿迹。"① 公众不再有时间围着火炉朗读诗歌，

---

① ［法］让·伊夫·塔迪埃：《20世纪的文学批评》，史忠义译，百花文艺出版社1998年版，第199页。

不再有精力去思考文学。就这样，像诗歌这样的高雅艺术慢慢就失去了读者。公众开始对以情节取胜充满悬念恐怖和刺激的哥特式小说感兴趣，以摆脱城市里机械的、千篇一律的工作所带来的单调与乏味，而不再陶醉于欣赏文学作品所具有的美。几位浪漫主义诗人都为高雅文学失去读者表示出了无奈。华兹华斯在1800年版的《抒情歌谣集》序言中说：

> 我们以往作家的极其珍贵的作品——我指的几乎就是弥尔顿和莎士比亚的作品——几乎被人们抛弃了，取而代之的是疯狂的小说，病态而愚蠢的德国悲剧和泛滥成灾的、用韵文写的夸张而没用的故事。当我想到这种对狂暴刺激的无耻渴求，我几乎有些不好意思去谈在这些诗里我同这些不良现象抗衡所做出的微弱努力，想到这些邪恶存在的普遍性，我心中充满忧郁。[1]

---

[1] William Wordsworth, "Preface to the 2nd Edition of *Lyrical Ballads* (1800)", in *Selected Poems and Prefaces*, by William Wordsworth, Jack Stillinger, eds., Boston: Houghton Mifflin Company, 1965, p.449.

柯尔律治直接就管读者叫"笨头呆脑的人们和多头怪物"[1]。说到这里，我们也就很容易理解为什么柯尔律治用歌谣体写成的《老船夫咏》十几年后再版时不得不加上浅显注释了，同时也能明白雪莱在《诗辩》中说"诗人是夜莺"那个隐喻了。夜莺隐在林中，人们很少看到它，而它的声音也只能偶尔被人听到。诗人们的创作几乎成了私人的活动。他在《阿都尼斯》("Adonias")中直接把济慈的死因归咎于读者。而济慈则由于《安狄米恩》等作品被攻击而放弃了对他们的希望，认为自己只有死后才能跻身英国诗人的行列。[2] 在他的《萨基颂》("Ode to Psyche")中，他不得不让萨基听自己的故事。在公众看来，诗歌的殿堂是难于踏进的，因为诗人对他们来说越来越高不可及了。他们只能在神圣的恐惧中闭上双眼。而诗人也只能高处不胜寒，受孤独所累：

---

[1] Rene Wellek, "The Concept of Romanticism in Literary History", *Comparative Literature*, Vol.1, No.2, Spring, 1949, p.158.
[2] Hyder Edward Rollins, *The Letters of John Keats* (Vol.1), Cambridge: Cambridge University Press, 1958, p.394.

以诗论诗

> 孤独啊孤独，我独自一人
> 在那辽阔无际的海面！
> 没有一位神明曾对我
> 心灵的痛苦表示哀怜（818）

然而，与浪漫主义诗人忧虑、孤独和绝望并存的是他们的从不泯灭的艺术良心和强烈的道德意识，他们是有使命感的诗人，正像浪漫主义诗歌是具有"有价值的目的一样"[①]。这些诗人面对大众道德情感的沦丧笔耕不辍，以规范人们的情感、给情感注入新的内涵，并逐步使之净化到大自然的纯洁程度，这也正是他们描写自然的一个主要目的。他们坚信"人的心灵之中存在着某些天生不可磨灭的品质，所有影响人类心灵的、伟大和永久的事物都具有同样天生不可消灭的力量，能力更强大的人们反对恶的时代就要来了"[②]。他们

[①] William Wordsworth, "Preface to the 2nd Edition of *Lyrical Ballads* (1800)", in *Selected Poems and Prefaces*, by William Wordsworth, Jack Stillinger, eds., Boston: Houghton Mifflin Company, 1965, p.449.

[②] William Wordsworth, "Preface to the 2nd Edition of *Lyrical Ballad*s (1800)", in *Selected Poems and Prefaces*, by William Wordsworth, Jack Stillinger, eds., Boston: Houghton Mifflin Company, 1965, p.449.

坚信文学的道德教化力量，因为"如果没有但丁、比特拉克、卜伽丘、乔叟、莎士比亚、卡尔德龙、培根、弥尔顿的话，世界的道德状况是难以想像（象）的"[①]。因此每个诗人都在艺术上苦心经营，以便能够打动读者，感染读者。

浪漫主义诗歌"以诗论诗"这一现象在18世纪末叶同工业化有着密切的联系。我国现在正处于一个前工业、现代工业和后工业并存的特殊历史时期，随着后现代科技的迅猛发展，文化工业有组织的大规模的商业运作层出不穷。它决定了作家的创作，使其作品的交换价值越来越高于阅读价值，使其越来越疏忽自己作为作家的道德责任感和文学作品的社会和意识形态功能。而都市人由于快节奏的生活和巨大的生活压力可以任意选择后工业社会给他们提供的众多消费方式。新的都市读者群愿意享受文化快餐，所以文学名著的简写本、梗概、今译便形成了一大"景观"。然而，我们的生活需要诗，需要崇高，需要激情。我们必须超越低俗的欣赏层次和价值观，否则我们的生活

[①] M. H. Abrams, ed., *The Norton Anthology of English Literature* (Vol. 2), New York: W. W. Norton & Company, Inc., 1986, p. 787.

将不再美好，我们民族的文化素质建构也将出现危机。其实，我们目前提出的"以德治国"的方略就要求我们要阅读高雅文学，因为"文以载道"，没有高雅文学的支撑，德将不会久远。

华兹华斯"黄金十年"诗歌中的人性关怀

威廉·华兹华斯（William Wordsworth，1770—1850）是英国浪漫主义诗人中成就最突出也是最有影响力的诗人。他的诗歌，尤其是自然诗，深受中国读者喜爱。在中国学术界，几代学者都爱把他的诗和陶渊明的诗进行比较，从中窥探中西方不同的自然观。近些年，从生态批评的角度研究他诗歌的成果在逐渐增加。从具体作品来看，虽然从吟咏自然的小诗《我像孤云一样徘徊》到自传体长诗《序曲》都不乏相关研究，不过，学者们的研究范围主要还是集中在华兹华斯最著名的十几首诗。本文试图从华兹华斯"黄金十年"（the great decade）创作的诗歌来看他对人性的关怀。

华兹华斯"黄金十年"诗歌中的人性关怀

在1802年版的《抒情歌谣集〈序言〉》中,华兹华斯说:"用莎士比亚描述人类的话给诗人定位,诗人瞻顾古远已逝的过去和令人憧憬的未来,诗人是如磐石般坚固的人性捍卫者。"[1] 在这段引文中,人性一词的原文是"human nature"。结合语境,这个词的含义和 humanity 差不多,尤其接近 humanity 在法语中的含义,包括人的本性和同情心两层含义。用诗歌唤起人们爱自己的同类,对同类面临的苦难赋予同情之心。在华兹华斯看来,这既是诗人的使命,也是他诗歌创作的一个重要主张。而这一主张也贯穿他诗歌创作的始终,并且在他"黄金十年"诗歌中体现得比较全面。

"黄金十年"指的是1798—1808年,这段时间被认为是华兹华斯创作的最佳时期,这一说法来自英国维多利亚时期著名诗人马修·阿诺德。在一篇为华兹华斯诗集做的《序言》中,阿诺德说:"华兹华斯的诗歌创作生涯持续大约六十年,如果说他只用了一个十年,即1798—1808年,就创作出几乎他真正的全

---

[1] William Wordsworth, "Preface with additions of 1802 to *Lyrical Ballads, with Other Poems*", in *Wordsworth's Poetry and Prose*, Nicholas Halmi, ed., New York and London: Norton, 2014, p. 88.

部一流作品,这并不夸张。"①1797 年,华兹华斯搬到湖区格莱什米尔村的鸽子农舍(Dove Cottage),在那里一直住到 1808 年。在这段时间,他结识了诗人罗伯特·骚塞。加上柯尔律治,由三人组成的"湖畔派诗人"拼图得以完成。徜徉在湖区,在与湖光山色的亲密接触中,华兹华斯完成了他这十年也是他一生最有名的诗作《我像孤云一样徘徊》("I Wandered Lonely as a Cloud")、《丁登寺赋》("Lines Written a Few Miles above Tintern Abbey")、《人生颂》("Ode [Intimations of Immortality]")等。

一、自然诗

在他的自然诗中,华兹华斯往往先描写自然界事物的和谐,以及它们给人带来的愉悦之情。他和读者往往会由此想到人类社会的不和谐,并且对贫苦人油然而生同情之心,心存善念。《早春诗行》("Lines Written in Early Spring")、《我像孤云一样徘徊》和

---

① Matthew Arnold, "Preface to *The Poems of Wordsworth*", in *William Wordsworth*, Harold Bloom, ed., New York: Infobase Publishing, p. 83.

《丁登寺赋》等就属于这一类诗歌。

在《早春诗行》中：

>在小树林里我倚树独坐，
>听到上千种声音融合在一起，
>我心绪甜美，突然快乐的心情，
>勾起悲伤的思绪。[①]

自然界的事物呈现出和谐美好的状态，各种声音交织在一起，彼此相融相合。"心绪甜美"是自然界给人类的馈赠，因为自然使人愉悦，是华兹华斯自然观的基本体现。但是这种愉悦往往不会持久，主要原因是，自然又会使人们把"她的美好作品"，即她所创造的美好事物，与其内心世界相联系，进而"勾起悲伤的思绪"，想到人类，想到"人把他的同类变成了什么"。也就是说，华兹华斯描写自然界的美好和谐，最主要是想反观人类社会的不美好和不和谐。比如，在

[①] William Wordsworth, *Wordsworth's Poetry and Prose*, Nicholas Halmi, ed., New York and London: Norton, 2014, p. 88. 本文分析的所有华兹华斯"黄金十年"诗歌均从此书译出，以后随文注出页码。

他所处的工业化大背景下，英国阶级分化明显，形成资产阶级和工人阶级两大阵营，资产阶级剥削工人阶级。英国也仿佛变成了两个国家——穷人的国家和富人的国家。很明显，在华兹华斯看来，人与他的同类，要像自然界中的事物那样和谐共存，不应该彼此剥削和压迫，而应该互相扶持和帮助。在这首诗中，华兹华斯进一步列举自然界中事物的彼此帮扶和快乐：

> 蔓长春花沿着花环
> 穿过迎春花丛，进入绿色的闺房
> 我坚信，每一朵花
> 都喜欢它呼吸的空气。

"沿着"在原文中用的是"trail"，即跟踪，暗含要锁定的目标曾经留下痕迹。从上下文来看，长春花的藤蔓之所以能够曲折地进入"绿色的闺房"，是因为那里空气充足，并且给它发出了邀请的信息。而迎春花也要默许蔓长春花的借路，不因为藤蔓从身上路过有负担感而拒绝，否则对方就可能会死掉。诗歌的标题透露出诗人作诗的时间是"早春"。在这样的季节节点，自然界虽万物复苏，但是气候条件比较艰苦，对许多动植物来说，生存还是有些艰难，因此互助尤其必要。彼此联系，甚至需要形成命运共同体才能共克时艰，自然界事物表现出了团结性。

这首诗里描写的每一件事物，都非常快乐或者追求快乐。鸟儿的叫声和谐悦耳，每一朵花都喜欢它呼吸的空气，诗人身边的小鸟连蹦带跳也是表示喜悦，甚至"蓓蕾初绽的树枝伸展成扇形，/ 为了兜住微风般轻柔的空气"，这当中也有快乐。华兹华斯相信，所有这一切都是"自然的神圣安排"。[①] 反观人类，他觉得他"有理由哀叹，/ 人把他的同类变成了什么"。尤其是"人把他的同类变成了什么"（What man has made of man）这一行，原文中押头韵，鼻辅音 /m/ 的重复，增加了悲伤的氛围。不仅如此，华兹华斯还通过节拍的安排让这几个重复的音重读，加上带有这几个音的单词都是单音节单词，这一切都使得这句话有对人类控诉和指责的意味。

---

① 这是在 1820 年出版的四卷本《华兹华斯杂诗》(*The Miscellaneous Poems of William Wordsworth*) 中改过的文字，在 1798 年出版的《抒情歌谣集》中，华兹华斯只写了"计划"（plan）一词。但是诗歌上下文已经暗示，拟人化的自然做出精心安排，让属于她的每一件事物都能获得快乐。

《我像孤云一样徘徊》一共有两个版本，下面选用的第一个版本可能写于 1804 年和 1807 年之间，它比 1815 年出版的版本少了一个诗节，并且在个别地方也有些微不同。不过它表达的基本主题和最终版本基本一致，主要是写自然具有医治人类灵魂创伤的力量。这一主题已经得到国内外学术界的认同。而在这一主题基础上华兹华斯要传达的人与人之间要彼此关爱这一理念，仍需要我们进一步认识。

> 我像孤云一样徘徊
> 高高地飘过河谷和山岗，
> 突然，我看到一群，
> 一大片摇曳起舞的水仙
> 上万簇在风中摇曳。
>
> 它们傍边的波浪跳着舞，但是它们
> 跳得比磷光闪闪的波浪还欢快：——
> 有如此快乐的陪伴
> 诗人怎么能不快乐：
> 我目不转睛地看着——没有去想

此番美景给予我什么财富：

因为当我经常躺在床榻上
心绪茫然或陷入沉思之时，
它们就会闪现在脑海中
慰藉我的孤寂，
此时我的心就会充满快乐，
和水仙花共舞。

　　诗歌一开始就把诗人"我"的孤独和自然界事物的快乐形成鲜明对照：诗人漫步湖畔，形单影只，异常孤独。华兹华斯采用一个孤独漫游者的视角看大自然。他先看到的是水仙的"多""一群""一大片""上万簇"，然后看到的是水仙的快乐。仅"dance"一词的多次使用——每个诗节用一次——就把水仙花快乐无比的样子写出来了。自然界事物的快乐不仅医治了诗人的孤独，让他"怎么能不快乐"，而且还让诗人融入自然，他的心"和水仙花共舞"。在这首诗中，自然使人愉悦的主题比较显见，无须赘言。但是涉及人性方面的内容，诗人处理得非常细腻，恐怕只有细心的读者才能悟到。

　　华兹华斯用"一群"（crowd）来描述水仙的多。但是，"crowd"后边跟的词不应该是事物，而应该是人，因为它的意思是"一大群人"，尤其是这个单词被置于诗行的结尾，如果不往下读，含义是说得通的。这也正符合他的心理期待：最孤独的时刻，遇到一大群人，可以冲淡甚至消除孤独感。但是他遇到的不是自己的同类，而是植物。用这个词来描述水仙，应该是口误，是故意用口误来反映自己当时真实的心理状态。过去对这首诗的研究，大都认为华兹华斯在此处用的是拟人的手法。即使是拟人手法的运用，它也暗示人类不像自然界事物那样具有团结性。只是表面上大家在一起形成社会，实际上，却出于各种自私的目的，彼此隔阂，结果造成彼此孤立的个体，没有关爱。

　　在第二诗节中，华兹华斯告诉读者，他很快就由孤独变成快乐。他给出的理由是，因为"有如此快乐的陪伴/诗人怎么能不快乐"。自然对人的感染力已经不用多说。并且他已经完全沉浸在自然界的快乐之中了，"目不转睛地看"在原文中是"gaz'd"。诗人用了两次，并且用破折号把这两个词分开，暗示融入自然的过程。而他精神快乐的取得，恰好也是不去想"此番美景给予我什么财富"。这也启发当时和现在的人们，物质上的"放下"非常重要。而在英国现代化初期，技术革命可以带来巨额物质财富，使得许多人严重异化，只贪恋对财富的追求。并且，为了追逐物质利益，有的人不择手段，无恶不作，丧失人性。

最后一个诗节究竟是写水仙花给他带来快乐，还是他在人的群体中依然漂泊无依，这个问题值得探讨。从字面意思上看，这一诗节主要写水仙花在诗人孤寂独处之时，时常浮现在他的脑海中，给他带来了快乐。但是，如果我们仔细分析一下，恐怕诗人写的是，回到人群中，他仍然孤独无依。在第一诗节第二行中的"飘过"一词在原文中没有和第一行保持一致，用一般过去时，而是用一般现在时，就有此意，说明他现在仍然处于漂泊状态。而如果笔者解读不过分的话，最后一个诗节开始的两行，也支持笔者的想法。独守空房、茫然无措是他的常态。诗人对他这种状态描写的时候也是用一般现在时，提醒读者，遇见水仙花心情快乐只是过往的经历。"躺"（lie）这个单词，我们在解读这首诗的时候，一般都取其"躺着"的含义，但是"说谎"的含义在上下文里是否也说得通？在很大程度上，诗歌允许我们选取这层含义。也就是说，水仙花经常闪现在他的脑海中，以及他的心充满了快乐，和水仙共舞，是他对自己和读者说的谎话。不是说水仙花不能带给他快乐，而是他如诗歌开始那样，依然孤独。他的谎言说明他期待在人的群体中有根和家的感觉。

水仙花的学名是 Narcissus，在古希腊神话中，他是自恋的美少年。他因拒绝了精灵回声的爱，遭到复仇女神的报复，爱上自己在水中的影子，最后郁郁而终，变成水仙花。这个词的词尾稍加改变，再加上 ism 就是自恋主义（Narcissism）的意思。具有讽刺意味的是，在这首诗中，人在自恋的水仙那里得到了快乐，在宣扬基督教爱的理念的英国社会中却得不到爱。这背后的原因是复杂的，恐怕至少和工业化对英国社会方方面面根本的改变关系重大。诗人可能在提醒人们，不要因为沉醉于对物质财富的追求而过于关注自己，忘记对同类的关爱。

这首诗对诗人与自然的关系，对诗人的自我反省都有明显的表现，但是对人与人的关系，却点到为止，看似令人难以捕捉。其实，人与人之间的关系恰恰是华兹华斯通过自然界事物之间以及自然界事物和人之间的关系让人们反过来认真思考的。而诗人的孤独，也不仅仅是诗人自己的孤独，它具有代表性，代表每个人都可能有的一种思想或者心理状态。这首诗里人们之间彼此关爱的缺失恰恰表明诗人期待它在场，呼唤它的回归。

《丁登寺赋》是《抒情歌谣集》中最后一首诗，也是华兹华斯的代表作之一。诗歌的全名应该是《作于丁登寺前几英里的诗行：一次旅行途中重游葳河两岸，1798年7月13日》（"Lines Written a Few Miles above Tintern Abbey, on Revisitiong the Banks of the Wye during a Tour", July 13, 1798）。这首诗记录了诗人对自然的认识过程，包括从初始的逃避到最终的将自然神化。但是，自然对人的启示在这首诗里交代得也很清楚。

和前面分析的两首诗一样，诗人在诗中也是先提到自然中事物的和谐：

五年过去了；五个夏季，还有

> 五个漫长的冬季！我又一次听到
> 这些水声，从山泉上流下
> 在内陆甜美地喁喁私语。我又一次
> 看到这些陡峭高耸的峭壁，
> 它们使自然幽僻的景致引起了
> 人们更加强烈的隐居想法；并且把
> 如此风景与天空的幽静连在一起。
> 这一天终于来了，我又一次在这里
> 歇息，在这棵槭树幽暗的树荫下，看
> 这些村舍院落和果园。（65—66）

  自然界的事物，静静的流水声、高耸的峭壁和幽静的天空一起营造出与世无争、令人神往的恬然绝世的氛围，这样氛围的形成，需要在自然界事物浑然天成的合作下才可以实现。在原文中，华兹华斯重用介词强调这种合作，几乎每个介词都被派上了用场。同时，他还用跨行的技巧来表达整体感。而在大地上的景致和天空之间的联系这一点上，他干脆就用了动词"连接"（connect）。由于是故地重游，华兹华斯想起，当他处于城市的喧嚣中，在他疲惫的时候，这些美好的景色给予他：

> 甜美的感觉
> 从血液到心脏，都能感觉到，
> 甚至会流进我更加纯洁的思想之中
> 使之默默地康复：——还有
> 已经淡忘的愉悦之情；这样的景色可能
> 会对一个善良人的生活产生很大影响
> 使他做出许多友善和爱的早已淡忘的小善举。（66）

在这段著名的诗行里，我们首先看到的是，华兹华斯是在用自己的体验教读者，外在的自然如何对人类产生影响：这种影响是一个由表及里、从感性到理性的过程。自然以某种方式，比如对美的呈现等，对人的感官发生作用，让人们感觉（feel）到它发出的信息。而接触自然则是感觉获得的前提。有了这个前提，有灵性的自然便会实施它神圣的计划，把存在于自然中的善播撒在人类的心灵深处。华兹华斯这次看到的美景所体会到的快乐，就是这样先进入他的血液，然后像血液一样流过心脏，最后进入他的思想。这个过程简单地说就是从 feel 到 think 的过程。通过这样一个过程，置身于自然无异于一场精神洗礼，城市中的喧嚣和疲惫被涤荡殆尽，获得一场新生。诗中的"一个人"和"他"指的就是华兹华斯自己，他在自然的濡染下，不仅已经有了一颗充满仁爱之心，而且还对许多需要的人付诸善行。大自然"和谐的力量/和快乐的力量"（67）使我们参透万物生命之本（life of things），试图使我们的生活充满和谐和快乐。

华兹华斯诗歌中自然对人的影响过程，或者反过来说，在人对自然界事物认识的过程中，感觉和思想哪个更重要，值得一提。一般国外研究多倾向于强调感觉。马修·阿诺德在写给华兹华斯的《纪念诗》（"Memorial Verses"）中悲叹这位大诗人的仙逝，以一个问句总结他的成就："谁能够使我们感觉到？"[①]（Who will make us feel？）从这一行诗，我们就不难看出，阿诺德非常推崇感官在华兹华斯诗歌中起到的作用。这也和 18 世纪对感悟（sensibility）这个词的强调有关。这个词的拉丁语动词词源就有"感觉"

---

① Harold Bloom, ed., *William Wordsworth*, New York: Infobase Publishing, 2009, p. 79.

(feel)的意思。而在18世纪，它既指敏捷的感知能力，也指人性中高尚的情感。不过从诗歌创作的角度，华兹华斯认为情感背后的目的，或者要表达的思想更加重要。他说："所有的好诗都是强烈感情的自然流露。尽管这一点是正确的，但是任何有价值的诗，其产生所依赖的题材都是有要求的，是由具有不同寻常感悟力的人经过深思熟虑创作出来的。我们的思想改变和指导我们不断流动的情感。"（79）

年龄可以成为人对自然认识的藩篱。在华兹华斯看来，年龄越大，对自然认识越深刻。这和他后来的名言"儿童是成人的父亲"（418）传递的讯息很不同。华兹华斯直言，五年前游览葳河的时候，只知道在自然中玩耍，像小鹿一样蹦跳；更像一个逃离自己害怕的东西，而不是在其中寻找自己喜爱的事物。因为那时候他完全被自然所折服，心里只有自然，不想其他。而此番作为成人故地重游，他就

> 学会了
> 观察自然，不再像年轻时那样
> 考虑不周，

而是经常聆听

人性安静而悲伤的音乐。(68)

也正是因为如此,在诗歌最后一个部分,华兹华斯提到了他的妹妹多萝西,表达了对妹妹深切的关爱。表面上看,在诗里与妹妹交谈,使诗歌从抒情变为会话,创作技巧略显突兀。实际上,诗人似乎在提醒人们,对自然的情感,最终总是要投射到对人的情感中来。

通过对以上三首具有代表性的诗歌的分析,我们大体能够看出,华兹华斯自然诗创作相对来说比较模式化。它们主要写自然界事物的和谐美好,仿佛具有人性,目的是揭示人在物质欲望的推动下,缺乏人性,而这一切又都和当时的经济发展、社会结构和人们生活方式发生转变有千丝万缕的联系,尽管他对这些往往只是轻描淡写或者只字不提。

二、叙事诗中的人性表达

与他的自然诗不同,华兹华斯的叙事诗直接把人推到前台,直接关注人与人之间的关系,而自然在这些诗中则主要是作为背景而存在的。华兹华斯叙事诗关注的对象是普通人群。这些普通人大都生活贫苦，他们为生存而挣扎，但是本性善良。在这些诗中，华兹华斯主要通过人际关系展示人性内涵。在有些叙事诗中，华兹华斯也会描写在自然背景下孤单的个人，写他们不幸的遭遇。此外，在叙事诗中，华兹华斯对社会的不满往往表现得也比较直接。总之，处在社会底层的普通人的艰苦生活撩拨着人性深处最柔软的共情之弦。本文主要分析《坎伯兰的老乞丐》（"The Old Cumberland Beggar, A Description"）、《痴男孩儿》（"The Idiot Boy"）和《废弃的农舍》（"The Ruined Cottage"）这三首诗。

《坎伯兰的老乞丐》可能中国读者并不太熟悉，它被布鲁姆认为是"除了《序曲》之外华兹华斯最好的一首诗"和"最具有华兹华斯诗歌特点的一首诗"。[①] 通过人们对一个老乞丐的态度来呈现人性中的善。老乞丐坐在村子的一个石礅上，接受来往路人的施舍：

---

① Harold Bloom, "Introduction", in *William Wordsworth*, Harold Bloom, ed., New York: Infobase Publishing, 2007, p. 5.

悠闲的骑马路人给他施舍的时候
并不是把钱随便丢在地上
而是停下来，把钱稳妥地放在
老人的帽子里；也不立刻离开，
而是在扬鞭催马之际
不忘朝老乞丐再看一眼，
扭头侧身。公路收费站的
女收费员，夏天在自家门前
摇着纺车，如果在路上她看见
老乞丐走过来，就放下活儿
把门闩打开让他通过。
邮差赶着轮子嘎嘎作响的马车将要超过
老乞丐的时候，在林荫道上
在老乞丐后边叫喊，如果
老人不改变行走路线，邮差
就把车轻轻地拐向路边，
从老人身边悄悄驶过
既不骂，也不抱怨。

　　骑马人、公路收费员和邮差，每个人对老乞丐表现出来的都是关爱和同情。尤其是骑马人，他并不是给钱就完事，而是在付诸慈善行为的时候还表现出了细腻的帮助、尊敬和不舍，骑上马背的回头一瞥，好像自己是要离开家人远行，把老乞丐当成了家人。由此可见，给钱并不是华兹华斯最想让读者感受到的，人的真诚而有温度的情感表达才是最重要的。

虽然老乞丐已经老迈无比，走路时脚下已经扬不起尘埃，步子比牛车还慢，但是，华兹华斯却向当时的政客们发出了训斥："政治家们，别以为这个人没用！"（134）1795年，英国颁布了《济贫法》，根据这项法律，乞丐不可以靠乞讨谋生，他们需要被关进贫民习艺所学习技艺，要靠一技之长为社会做贡献。政治家和资本家一样，期待社会成员有被剥削价值。"use"的词源动词过去分词形式有"利用，获利"的意思。而华兹华斯却坚决反对政治家们的做法，他操持另一套话语。在他看来，人与人之间的关系，不应该是剥削与被剥削，而是爱与被爱。只要是上帝的造物，不管地位多低下，"都和善相关"（135），都与世间万物的生命和灵魂相关。他为人们提供了践行善念的机会：

>他佝着背
>挨家挨户乞讨的时候,从他身上村民们
>看到了一份记录,它把过往的事迹和善举
>连接在一起,否则就会被遗忘,就这样
>他使人们为善之心不泯,岁月的流逝
>以及不成熟的智慧赋予的不正确感受
>会使美好的心灵感受迟钝,
>注定变得自私和漠不关心。(135)

很显然,在华兹华斯看来,人们容易陷于自我专注。尤其是在工业化的英国,人类的技术进步使财富积累增加迅速,越来越多的人贪婪的欲望被唤醒,专注于物质财富的追求和占有,自我膨胀,忘记自己的社会属性,好像他人并不存在,更谈不上对工业化造成的劳苦大众的同情。乞丐的存在,恰恰可以让人们重拾善心,使人的灵魂在施舍中"不知不觉地倾向于品德和真正的善"(135)。而他们的善行又会传播,促使更多的人行善。不仅如此,乞丐的存在,像一面镜子,使生活安逸的人和年轻人看到他之后,会想到只是自己幸运才过着衣食无忧的生活,从而珍惜自己拥有的一切。而一个人如果在童年时代对这位孤独而无助的乞丐在情感上有所触动，同情的种子就会很早地播撒心田，这远非教科书所能做到。

在这首诗里，华兹华斯对人性的解读最深刻之处，就是"我们所有人都共同拥有一颗心灵"（136）。世界上所有人，不分贫富贵贱、无论社会地位高低，都应该彼此关爱，因为"人们之间彼此是亲人"。而老乞丐尽管没有经济价值，但是他的社会和道德价值却被华兹华斯通篇论证。

《痴男孩儿》写的是贝蒂·弗依看到独居的邻居苏珊夜里生病，让自己痴呆的儿子去城里为苏珊请医生，结果儿子迷路迟迟不归。她又不得不撇下病重的苏珊去找儿子，几经周折，她在一个瀑布附近遇到了儿子。而苏珊的病也奇迹般地好转。由于担心弗依母子的安危，她立刻离开家门，找寻弗依母子。最后她和弗依母子在路上相遇。与《坎伯兰的老乞丐》不同的是，这首诗强调爱的践行。

爱的践行比较重要的一点就是不自私。贝蒂把自己痴呆的儿子扶上马背那一刻，首先想到的是救人。如果她先想到自己儿子智力有欠缺，在夜里独自出行有危险，爱就不能付诸行动。诗歌的叙述者在诗歌开始不久提出的问题："为什么你要把他扶上马背，/那个你爱的痴男孩儿？"（45）这样一个设问，不是指责，而是引领读者思考这个问题。在《坎伯兰的老乞丐》中，诗歌的叙述者写他的一个邻居给乞丐施舍后，感觉到快乐，并且坐在炉火旁憧憬天国。这种表面上帮别人，实际上为自己的做法不是对爱的诠释。爱不但要不计回报，而且还要有奉献和牺牲的精神。

在圣经《旧约·利未记》第19章第17节中，上帝说："要爱人如己。"（Love your neighbour as yourself）从这句名言的英语原文中，我们大体可以看出，此处的"人"指的是"邻人"。在《新约·路加福音》中，耶稣通过撒玛利亚人行善的寓言故事阐明，邻人未必是和我们隔一道墙或者一排篱笆的那家人，他可以是任何需要帮助的人。不过苏珊的确是贝蒂的邻居，在她病重需要人帮助的时候，贝蒂对苏珊得病所作的反应诠释了如何成为好邻居——她对苏珊非常同情，"仿佛自己得了病"（49）。

贝蒂又是一位母亲，她用母爱的力量把失智的儿子送上行善之旅。儿子临行前，她的叮咛和嘱咐产生了力量和信心，促使约翰尼"骄傲地摇晃着马辔头，/还有话语喋喋不休"（47）。而苏珊也是由于有了善念，由于她担心贝蒂母子，要去林中找他们"我得到林子里去，话一出口／苏珊就从床上站起来，／她的病好像被魔法治愈"（56）。其实，并非魔法治愈她的病，而是善念和善行被魔化，能够消除人们的病痛。

  在华兹华斯看来，善行仿佛一场旅行，可以改变一个人。Idiot 这个词在希腊语词源上有"私有人"（private person）的意思，暗指这样的人不能参与公共事务。但是约翰尼通过他的奇特之旅，竟然能够有语言能力，是参与人的事物，回到人们中间，最后一个诗节他说的话就算证明。他一开始说出的 burr burr 是无意义音节，但是到最后可以说出字来，富有诗意地回答他妈妈的问题：

  在他们回家的路上
  贝蒂大声地说："一定告诉我们，约翰尼
  这么长的夜你都去哪里了，
  你都听到了什么，看到了什么
  约翰尼，一定要说真话。"

…………

"公鸡在咕咕地叫

太阳发出冷冷的光。"（56）

约翰尼错把猫头鹰的叫声说成是公鸡打鸣，又把月亮说成太阳。虽然回答不准确，但是从这一回答，我们大体可以看出，约翰尼已经能够寻找相似性和共同点了，通过这次爱心之旅，他已经有所成长，因为他出发时回答贝蒂问题时，只能发出无意义的声音。至于他是否有爱的能力？他能说出冷，用具有温度的词来表达，想必也知暖。踏上善行之旅，就是开启了自我超越的旅程，在行善的旅途中总会有收获，即使有时候人们行善的目的没有达到。

《废弃的农舍》曾经被柯尔律治认为是"最美丽的英语诗歌之一"[①]。它是对人性的重新界定。[②]这一界定是通过诗中说话人的思想转变来实现的。说话人是一

[①] See Daniel Robinson, *William Wordsworth's Poetry*, London and New York: Continuum, 2010, p. 49.

[②] 这首诗自1797年出版之后，在十几年间，一共有六个不同的版本。本文选用的是学术界普遍认为最好的1799年的版本，即 Ms. D.

位流浪汉。在诗歌开始的时候,他一直想离群索居,但是,听到小贩子讲述关于一位农家妇女玛格丽特的悲惨遭遇后,他决定返回充满喧嚣的尘世。

　　这首诗的叙述结构采用中国套盒的方式,共分三层。距离读者最近的一层是说话人流浪汉的叙述。他听小贩子给他讲述玛格丽特的故事,而玛格丽特则给小贩子讲述自己生活中遭遇的痛苦。很显然,在这样一种叙事框架中,小贩子的讲述至关重要,因为玛格丽特作为故事的女主人公在很大的意义上是为故事讲述而存在的。正如乔纳森·华兹华斯所说:"玛格丽特的故事并非《废弃的农舍》的全部内容,它还包括关于她的故事的讲述人,这位讲述人在把她的故事讲给一个听众时,沉浸在她的痛苦中,而听众也是听得越来越入戏。"[①] 而既然他的讲述已经使故事最外层的说话人兼故事的听众深受感动,他必然有所领悟。那么,我们就有必要先看一下说话人一开始的思想状态。它隐藏在诗歌开始的景物描写中:

[①] Jonathan Wordsworth, *The Music of Humanity*, New York: Harper-Row, 1969, p. 93.

时为夏日,太阳高挂在天上,
南面的高地在淡淡热气中闪着微光。
而在北面缓缓地升高的山坡,
则全都沉浸在明净的空气里,
厚厚的战阵般的云投下斑驳的影子,
极目望去,云影仿佛凝然不动,
在云影之间,稳稳地投射下
一束一束明澈而愉快的阳光。
如果有人在柔软凉爽的苔藓上,
在某一株大橡树的树根旁边,
伸展无忧无虑的四肢,他会多喜悦
橡树古老的枝干隔出它独有的黄昏,
一个多露的浓荫,鸫鹋鸣叫着,
他如在梦里,恍惚听到舒缓的鸟鸣,
……[1]

这段景物描写,涉及南北两个部分,北方的景致和南方的热闹比起来,宁静、凉爽、有荫庇,是说话

---

[1] [英]威廉·华兹华斯:《华兹华斯叙事诗选》,秦立彦译,人民文学出版社2018年版,第27页。

人理想的藏身之处。"如果有人在柔软凉爽的苔藓上"这一行中的"如果"在原文中没有，是译者使用加词法的结果。这一连词的添加非常成功，它把说话人对尘世喧嚣的厌倦和对遁入自然的向往廓得非常清晰。这也是他听玛格丽特故事之前的心态。此外，华兹华斯还交代了说话人的真实现状，置身南方的热闹之中：

>……我没有这福分。
>我正在广大赤裸的旷野上跋涉，
>脚乏了，湿滑的地面使我更难举足。
>当我躺在棕色的土上，酷热中，
>我的四肢简直无处可以安放，
>我虚弱的手臂挥不开成群的飞虫，
>它们一团团聚集在我的脸庞，
>发出嗡嗡声音。

"跋涉"一词在原文中用的是"toil"，这个词作为动词有"艰苦地劳动"的意思，说明他还在尘世奔波忙碌，而"酷热"和飞虫的"嗡嗡声"则象征尘世的烦恼。说话人对尘世的一切感到厌倦，因此北边阴凉静谧的风景就成了他内心愿望的外在投射。不过，小贩子对玛格丽特悲惨遭遇的讲述，彻底转变了他的想法。

玛格丽特是位农家妇女。她的故事被利维斯称为"华兹华斯写得最好的故事"①，她温柔善良，乐于助人，和丈夫过着幸福美满的生活。但是，由于连续的灾荒，加上丈夫又生病，家境变得非常窘迫。丈夫病好后，为了给玛格丽特和孩子赚到一笔生活费，参军去美国打仗，再也没有回来。小贩子给说话人讲述的，主要是他先后四次去农舍，见证玛格丽特从对丈夫思念到绝望的过程。

小贩子在讲述第一次去玛格丽特家的时候，玛格丽特告诉他，丈夫为了养家糊口参军。他误以为他留在窗子里的一小袋金子可以给妻子和孩子带来安稳的生活。但是他后来的讲述证明，金钱并不会为家遮风挡雨，真正能够保持家完整的就是他的在场。茅舍荒颓的原因就是"因为他不在家中"。表面上是由于他无法每年修缮房子，霜、雨、化冻伺机侵蚀，使房屋坍

---

① F. R. Leavis, *Revaluation: Tradition and Development in English Poetry*, 1947; rpt. New York: Norton, 1963, p.179.

塌，实际上，是人气的缺乏撑不起这个房子。在这层意义上讲，贴身的呵护、扶持以及人丁兴旺和凝聚力才能保证房屋屹立不倒，家庭完整幸福。同风雨共患难，才是对人性内涵的精准诠释。人性中包含的温柔情感可以御寒，可以让残酷无情的自然撤退。每次小贩子去玛格丽特家，他都会对自然蚕食吞没村舍的过程有清晰的描写，而这一过程又和家里人丁逐渐减少相伴随。

在第一部分结尾，小贩子简单介绍完玛格丽特的故事后，非常动情，他"眼中含着泪"（34），痛苦和怀念之情不言而喻。听到小贩子对玛格丽特这位善良妇女遭遇到的不幸，说话人也感同身受，"仿佛/我曾经认识她，曾经爱过她"，甚至"血管里感到一种阴寒"（35）。而当小贩子把四次去玛格丽特家见证玛格丽特思夫之苦讲完后，

> 我站在那儿，靠着院子的门，
> 回顾那个女人的痛苦，当我
> 在无奈的悲哀中，以兄弟般的爱
> 祝福她时，我仿佛得到了慰藉。（45—46）

从说话人"靠着院子的门",读者不难推知,他深受玛格丽特的故事感动,并且以"兄弟般的爱"祝福玛格丽特。这说明他的同情心已经被唤起,这是对人性的充分诠释。在诠释人性的过程中,心灵也得到了慰藉。正如小贩子所说的那样:"从悲哀的思绪里,/常常可以发现,总可以发现,/一种有助于德行的力量。"(35)在诗歌的结尾,他向读者交代:

老人站起身,背起他的行囊。
我们一起向那无声的废墟里望了一眼,
做最后的告别,然后离开了树荫。
星星在天空出现之前,我们来到了
一个乡村客栈,今晚休息的地方。(47)

这说明玛格丽特的故事感动并且改变了他,使他学会了如何去爱,并且最终返回尘世的喧嚣。

不仅如此,他还进行一步探寻人与自然的关系:

我长久地 [   ]

> 怀着温情,以更加平和的兴趣,
> 追寻着那隐秘的人类之精神,
> 在大自然安静与遗忘的倾向中,
> 在自然的植物中,杂草、花朵中,
> 无声的草木丛中,这精神仍长存。(46)

引文方括号中省去了"upon"和"hut I fix'd my eyes"[①],但是省略的内容非常重要。他最后时刻把目光投向只残留四堵墙壁的茅屋上,为的是寻找"隐秘的人类之精神"。这种人类精神,或者人的存在痕迹,在自然中是岌岌可危的,因为自然是人的归宿,就像玛格丽特已经融入自然一样,她曾经住过的茅屋,连同她用过的家什,迟早会丧失人类世界的痕迹,化为乌有。茅屋已经

> 剥去了人工栽种的花朵的外衣,
> 如今只剩下
> 冰冷赤裸的墙壁向着风,土墙顶上,

---

① See note 6, William Wordsworth, *Wordsworth's Poetry and Prose*, Nicholas Halmi, ed. New York: Norton, 2014, p.492.

只有杂草和针茅丛生。(31)

在这首诗中,自然被赋予了"安静与遗忘"的特点。此处的"安静与遗忘"的含义似乎是漠不关心的同义语。但是,这是自然对人同情的一种方式,小贩子称之为"更静默的同情"(30)。只是只有诗人才可以看出来,正如小贩子在诗歌开始不久面对废弃的村舍对说话人说的那样:"朋友,我在四周看到了/你不会看到的事情。"(30)他这句话指的就是周边景致对玛格丽特的同情。他还谈道,诗人们在给逝者写挽歌的时候,经常召唤山川河流甚至是没有生命的石头和他们一起哀悼。由此看来,自然对人类事物并非漠不关心,只是他们的关心方式有所不同。

在家庭完整的时候,玛格丽特的家是人间伊甸园。花园充满了人工痕迹,和周围的自然共同存在,甚至彼此有交流。玛格丽特给过路人在汲泉水解渴,但是当玛格丽特死后,人和自然的交流就没有了:

我曾站在那泉眼边
看着泉水,直到我们——泉水和我,

> 似乎感到同一种悲伤。对它来说，
> 一条兄弟般的纽带断了，从前，
> 每一天都有人用手来触摸它，
> 打破它的寂静，而从它这边，
> 则把舒适送给人们。

在原文中，"对它来说，/一条兄弟般的纽带断了"（For them a bond/Of brotherhood is broken）用了这首诗不大常用的押头韵的方式来强调，仿佛可以听到纽带断裂的声音。可见，诗人强调人与自然之间的联系和交互性是多么重要，因为其中蕴含着家的温暖和爱意。而一旦这种联系中断，就注定会有失去家庭成员般的痛苦和悲伤。

玛格丽特的悲惨故事感动了小贩子，小贩子对这个故事的讲述，又感动了说话人。这首诗告诉我们爱是纽带，并且具有传播力量，因为我们都有共同的人性。

纵观华兹华斯"黄金十年"诗歌创作，无论是在自然诗还是叙事诗中，华兹华斯都把人性关怀当作自己创作的核心内容。他希望人们把爱当作一种生活方式。这样一种创作表达，不仅是作为人际关系的基本准则，也是解决社会问题的良方。英国社会明显的贫富悬殊和阶级的分化，靠法国革命那种疾风暴雨式的简单方式一时难以合理解决。而人类的基本行为准则虽然不能立竿见影，但是会使社会变得越来越好，这是他深信不疑的。

《我的前公爵夫人》中的两种话语并存

  罗伯特·勃朗宁（Robert Browning）是英国维多利亚时期著名诗人。尽管他不如丁尼生名声大，但是戏剧性独白诗已经为这位特立独行、不愿意接受正规教育的诗人在有生之年赢得当时读者的喜爱，并且对现代诗人，如 T.S. 艾略特、罗伯特·弗罗斯特和威廉·卡洛斯·威廉斯等产生重要影响。我国学术界对 19 世纪英国诗歌的研究更侧重于这一世纪前 30 年的浪漫主义诗歌，而对于维多利亚时期诗歌的研究成果还很有限。至于勃朗宁的诗，更是因为其含义晦涩以及专家和学者对其本人在英国诗人中的地位认识不足而少有人问津。哈罗德·布鲁姆曾经说过："勃朗宁可能是最受低估的重要英语诗人。"[1]实际上，勃朗宁诗歌创造力强，想象力丰富，技巧细腻，耐人琢磨。

勃朗宁因钟爱雪莱的戏剧诗而尝试戏剧诗创作，并且成为这一领域的佼佼者。戏剧性独白尽管不是他的发明，但是却在他的创作中臻于完善。《我的前公爵夫人》（"My Last Duchess"）是勃朗宁最有名的戏剧性独白诗。国内外对这首诗的研究主要集中在公爵形象建构、女权主义视角分析、戏剧性独白和反讽技巧运用等几个主要方面。总体上看，这些研究大都认为，该诗歌文本塑造了一个自私、残暴的男性中心主义者形象，是对男性中心主义的批判。本文要提出的观点是，男性中心话语和女性主义话语共存于这首诗歌的文本中，勃朗宁在解构男性中心主义话语的过程中，也在建构女性主义话语。这两种话语并存于同一文本的现象恰好是维多利亚时代男性为中心的社会涌现女权主义潮流的缩影。

---

[1] Harold Bloom, ed., *Robert Browning: Comprehensive Research and Study Guide*, *Bloom's Major Poets*, New York: Chelsea House Publications, 2001, p. 9.

《我的前公爵夫人》中的两种话语并存

一、戏剧性独白中的男性中心主义思想

《我的前公爵夫人》中的第一人称叙述者是16世纪意大利文艺复兴时期艾斯特家族第五代斐拉拉公爵（Duke of Ferrara）阿方索二世。他在历史上确有其人，是文学、音乐、艺术和绘画保护人。据史料记载，他于1558年和著名的美第奇家族科西莫一世年仅14岁的女儿露克蕾西娅结婚。不过结婚三天之后，他便离开露克蕾西娅去了法国，两年后才返回意大利。1561年露克蕾西娅去世。有传言说露克蕾西娅死因是斐拉拉公爵出于嫉妒而给她下毒。但是，露克蕾西娅一直患有肺结核病，她真正的死因未必像传言说的那样，因为美第奇家族在意大利名声显赫，与这样的家族为敌并非明智之举。在1565年7月，斐拉拉公爵打算迎娶奥地利因斯布鲁克斐迪南一世的女儿芭芭拉。斐迪南二世泰罗伯爵派尼古拉斯·马德鲁斯（Nikolaus Mardruz）率使团前往意大利和斐拉拉公爵谈判。[①]

这首诗描写的地点是斐拉拉公爵宫廷画室，时间

[①] See Louis S. Friedland, "Ferrara and 'My Last Duchess' ", *Studies in Philology*, Oct., 1936, Vol. 33, No. 4, pp. 656–684.

145

是在公爵和女方代理人谈判结束后，主要人物是公爵。他既是第一人称叙述者，也是勃朗宁着意刻画的主要人物。从公爵的叙述中，我们大体可以知道，他拉开一个帘子，给女方代理人讲解被帘子遮住的一幅女士肖像画。这位女士是他的前妻，并且已经去世。公爵让女方代理人坐在画前的椅子上听他讲解。他先是从绘画的角度对作品进行分析，但是，很快他就从讲画切换到讲人。根据公爵的讲述，公爵夫人举止轻浮，逢人便笑，有失贵妇人操守。并且她对公爵家族荣誉有失尊敬，把公爵送给她的有九百年家族历史的礼物和其他人送给她的礼物等同看待。夫人的所作所为让公爵难以忍受，他不愿意屈尊自己教训夫人，最后就派人把她杀了。介绍完夫人肖像画之后，公爵让女方代理人站起来，亲自把他送下楼，并且重申向女方父亲多要嫁妆的诉求。他还让女方代理人顺便看了一下因斯布鲁克的克劳斯用青铜给他铸的正在驯服海马的海神尼普顿像。通过公爵给女方代理人讲解前妻肖像画，读者可以看到勃朗宁戏剧性独白（dramatic monologue）技巧的精湛运用。正是通过这一技巧的使用，公爵的性格特点被暴露无遗。

《我的前公爵夫人》中的两种话语并存

戏剧性独白指的是一段富有戏剧色彩的演说,在这一演说中,说话人或者第一人称叙述者面对一个沉默的听众讲话。在讲话过程中这位听众一言不发,因而讲话就可以反映出说话人的性格特点。艾布拉姆斯在《文学术语汇编》(*A Glossary of Literary Terms*)中指出了戏剧性独白的三个特征:第一,整个演说只能由一个人在某个重要时刻或者关键场合发起,并且这个人不是诗人本人。第二,说话人在向一个或者多个听话人表演说,读者只能从说话人的话语中给出的线索而不是从其他渠道对听话人有所了解。第三,说话人说话内容和方式与诗人对其性格的呈现密切相关。[①]《我的前公爵夫人》堪称戏剧性独白诗的范例。公爵的戏剧性独白反映出他是个嫉妒心和占有欲非常强,又自私、傲慢的男性中心主义者。

公爵嫉妒心强主要表现在他猜忌妻子对他不忠心,因此他对其处处提防。在请画师给妻子作画的时候,他特意选择了修道士而非凡夫俗子,这样他才会放心。并且他把作画的时间控制在一天之内。画一幅肖像画

[①] M. H. Abrams, *A Glossary of Literary Terms*, Beijing: Foreign Language Teaching and Research Press, 2004, p. 70.

往往要花费好多天的工夫，用一天完成一幅肖像画创作，简直是不可能完成的任务。尽管他酷爱艺术，但是由于怕夫人和潘道夫神父日久生情，他宁可牺牲作品质量，也要看住妻子，使她不能有一丝邪念。公爵夫人画像的眼神充满了快乐。但是，这使他很不安，因为他和女方代理人说："先生，不仅仅是她丈夫的在座／使公爵夫人面带欢容。"① 言外之意，看到别的男人，她也会面带欢笑。这在他看来有失妇道。在原文中，"笑容"前的修饰语是"spot"。这个词本身有"污点"的含义，早在13世纪的时候，它就指道德污点。而这个词本身还有"小"的含义，它同时也说明，公爵对夫人的监视，不会放过任何一个细节。所以，从这个用词就不难看出，公爵对夫人的面部表情非常反感。这是他不能忍受的，所以他后来又说："先生，她总是在微笑，／每逢我走过；但是谁人走过得不到／同样慷慨的微笑？"（7）不仅如此，公爵夫人还把他给的有九百年家族历史的礼物和别人给的礼物等同看待。

---

① ［英］罗伯特·勃朗宁：《勃朗宁诗选：英汉对照》，飞白等译，外语教学与研究出版社2013年版，第5页。本文所引的《我的前公爵夫人》中的文字均引自此书，以后随文注出页码。

公爵送给她祖传的胸针，她会开心地笑。但是她看到夕阳西下、看到某个朝廷官员送她一个樱桃枝、听到潘道夫神父对她夸奖，也同样会快乐不已，没有贵贱之分和内外之别。如此喋喋不休的抱怨和不停地把自己和其他人有意识地对比，和一般的嫉妒有较大区别。它不是由于自己能力弱小在竞争中处于劣势又不甘拜下风的心理情绪表达，而是出于本能，觉察到了自己的领地有人入侵，就如狮子王要保护自己领地不受侵犯，否则自己的生存空间就会岌岌可危。然而，公爵不知道，随着时代的发展和人类文明的不断进步，贵族特权的丧失是不可避免的。

公爵对夫人的占有欲表现在他想把夫人当作私有财产。这首诗的标题《我的前公爵夫人》中的"我的"以及第一行中"我的"对标题中的"我的"的重复，就立刻把他的占有欲凸显出来了。而当他把活生生的夫人变成画像放心地据为己有的时候，依旧戒备森严，用帘子把夫人的肖像画遮住，并且宣称："除我之外再没有别人把画上的帘幕拉开。"（5）公爵丝毫不隐晦对女性的占有。前文提到他抱怨其他男人在夫人面前走过她也会笑，就表明他的霸道态度——妻子的微笑只能属于他一个人。面对即将到来的第二次婚姻，他在申明让女方多给嫁妆的时候，直言不讳地说："当然，如我开头声明的，他美貌的小姐／才是我追求的目标。"（9）"目标"这个词在原文中也有"物品"的意思。依照这层含义，大体可以说，在这一占有的过程中，女性被缩减成物品，自我和生命内涵都被去除了。并且，拥有一件物品，也就拥有了对它的处置权，可以随时放弃拥有，对之弃而不用。

对前妻的处置，就表现了公爵表面上温文尔雅实际上心狠手辣的性格特征。嫉妒心理如果不能够打消，任其发展，就可能会产生报复行为。而既然妻子是一件可有可无的物品，报复也就不难实施，处理掉就可以了。所有这一切都让公爵难以忍受，所以他就"下了令；于是一切微笑都从此制止"（7）。勃朗宁对这句话给出的解释是，"命令指的是，她需要被处死……或者他可能把她关进修道院"[1]。这两种处理方式，无论哪一种，都极其残忍。不过，从原文"Then all smiles stopped together"来看，齿擦音 /s/ 押头韵，似乎暗示

---

[1] John Woolford, Daniel Karlin, Joseph Phelan, eds., *Robert Browning: Selected Poems*, London and New York: Routledge, 2010, p. 200.

夫人被处死了。公爵霸道，从头到尾掌控话语权，女方代理人一言未发。而诗歌频繁使用跨行的技巧，也体现了他滔滔不绝的"控诉"语气。但是他却装作言辞笨拙。破折号之间的插入语，如"我说不上怎么搞的"（7）和"我却没有（口才）[①]"等是他给人造成的假象，和他实际言语表达能力形成强烈的反讽。比如，

> ……即使
> 你有口才（我却没有）能把你的意志
> 给这样的人充分说明……
> Even had you skill
> In speech—（which I have not）—to make your will
> Quite clear to such an one...

"这样的人"在原文中含义非常丰富，挑战读者阅读能力。最简单的理解是，把"one"当作不定代词，这样就可以把它译成"人"。但是，如果把这个词和它前边的不定冠词连读，就会有"none"的含义。如

[①] 括号中的文字为笔者所加。

果这样解读，就相当于对夫人的否定。而连读时，读者还可能想到一个同音词"nun"（尼姑）。这个词的含义在诗中也说得通。如果公爵在和女方代理人说话时，在"such"处稍微停顿一下，整句话的意思就会是，公爵的意愿是，希望他的前夫人在男人面前表现得像不食人间烟火的尼姑一样。这使人想到勃朗宁对"一切微笑都从此制止"的解释的第二种，就是把她送到尼姑庵。这种可能性很少有人认同，但是，在诗中我们的确可以找到这样的蛛丝马迹来证明。他说话时用的古体词，如 durst, forsooth, nay, 则表明勃朗宁在启发读者联想，他不仅使用过时的语言，他的观念也非常守旧。但是，为了维护现存秩序，他却不惜采取极端手段。潘道夫神父的那句话——"隐约的红晕向颈部渐渐隐没"（faint/ half-flush that dies along her throat）——是否暗示前妻的头颅被砍下或者她被施以绞刑？这种行为的背后是否有男权中心主义的影子？活生生的夫人变成画像，标志着旧的价值观念的胜利，而这一观念还会因性别不平等无法消除而得以维护和延续。

女方代理人或许已经听出来，夫人之所以英年早逝，主要原因就是"她看到什么都喜欢，而她的目光又偏爱到处观看"，还有她对公爵家族荣誉看得不够重。所有这一切他回到奥地利都需要认真禀报，伯爵女儿也必须无条件服从，否则，下一个公爵夫人很快又会变成前公爵夫人。公爵在传递这些信息的时候含沙射影，不露痕迹，用尽心机。他把对女方的种种忠告巧妙地掩藏在对艺术品的欣赏中。诗歌第一句"That's my last Duchess..."中的"That's"，就表明这幅画不是他给客人讲解的第一幅，他至少说过"This is..."。好像他重点要讲解的这幅画只是众多艺术品中的一个而已，所以他讲完这幅画之后，再讲下一件海神驯服海马的铜像也不显突兀。但是，女方代理人听着可能会知道，旧的观念和语汇不会因为新事物的到来而退场，它们都还在。公爵咄咄逼人的态势显示了不可战胜的傲气：指示代词强调性的使用，对他指手画脚，用具有命令性质的祈使句来对付他。这一切早已使女方代理人不寒而栗。

而对公爵最终的评价，勃朗宁借用对海神驯服海马青铜铸像的描述，使用了"rarity"这个词，应该说一语双关。它既可以指对铸像的评价，也是对公爵的评价。而用在公爵身上,"罕见"①显然是带有反讽的意味,意思是竟然有这样的男人。

二、女性主义话语的对抗

透过公爵的讲述,读者不仅可以对公爵的性格了然于胸,还可以清晰地看到公爵夫人的形象。她美丽大方,单纯善良,没有等级观念。尽管在公爵眼中,她一无是处,但是,读者不会轻易认同公爵的观点。勃朗宁把公爵的男性中心话语和女性主义话语几乎并置在诗歌文本中,也就是说,公爵在喋喋不休地贬低前妻一无是处的时候,他的男权中心主义者形象——不是他眼中的坏女人形象——和他前妻文艺复兴时期新女性的形象会同时出现在读者脑海中。公爵不知道,他自己是诗人讽刺和批判的对象。而他更加不可能知道的是,他抱怨的人竟是诗人想让读者肯定的人,这实际上形成了戏剧性反讽。并且从诗歌一开始公爵谈他前妻的时候,读者就能够同时看到或者重构诗人眼中

---

① 在飞白的翻译中,译的是"珍贵"。

他前妻的形象。

诗歌第二行——"Looking as if she were alive"——的第一个词"looking",就把公爵夫人写活了。这个词在诗行中被诗人用破格的手法强调,仿佛向读者宣告,夫人还活着。尽管原文中在"alive"前明确地用了"as if",但是由于打破五部抑扬格常规的扬抑格突然出现在诗行的开始,给读者形成一种印象,仿佛夫人在盯着读者看。尤其是,如果第二遍阅读这首诗,读者会想到艺术会使人类生命永恒。莎士比亚在他的第18首十四行诗中试图做的事,就是把朋友写进那首诗,这样诗歌就会赋予他的朋友生命,因为后世读者在读到那首诗的时候,大脑中会浮现出他朋友的形象。在《我的前公爵夫人》中,勃朗宁似乎也想达到同样的目的。虽然公爵把前妻杀死了,但是,勃朗宁想让她永远活在他的诗行里。动词词尾加上 ing 的使用,造成一种永远活在当下、活在现在的效果,也会让读者阅读的时候出现停顿,领会该词的含义,客观上达到了公爵夫人凝视时间的延长或者永远在看的效果。此外,诗人还用了"there she stands"(在此站立)这样的现在时态赋予公爵夫人生命感和在场感。

诗歌第三行——"I call that piece a wonder now"——则隐含着勃朗宁对前公爵夫人的赞叹。"piece"这个词在这句话中一般被认为指的是前公爵夫人这幅画,因为它的基本含义相当于汉语的量词"件或者套"。但是,勃朗宁对这个词的使用真是用尽巧思,因为它的好几个含义在诗歌文本中都能说得通,大大增加了诗歌文本的张力。这个词在18世纪末开始是对妓女的蔑称。所以,维多利亚时代的英国读者看到这个词会感觉公爵在贬损自己的妻子。而有文学敏感性的读者会很自然地把它和"a piece of work"联系在一起,听到勃朗宁对前公爵夫人赞叹的声音。也就是说,勃朗宁有意让读者想到莎士比亚在《哈姆莱特》中的那句具有人文主义精神的名言:"人是多么了不起的一件杰作!"这是勃朗宁和公爵的公然对抗,是新旧两种观念的对抗。如果笔者这样解读有效,我们有理由认为,这句话中的"I"既可以指公爵,也可以指勃朗宁。而如果它指勃朗宁,这句话就是诗人声音直接插入公爵的戏剧性独白,主要是为了表明立场。

在勃朗宁看来,公爵夫人是文艺复兴时期女性的典范,公爵夫人的快乐和微笑张扬的是人的价值。她的肖像画使人想到《蒙娜丽莎》。蒙娜丽莎神秘的微笑张扬的就是文艺复兴时期人的价值。她的微笑中透露的是自信和快乐，彰显了文艺复兴时期的女性对幸福生活的追求。潘道夫神父说的话——"隐约的红晕向颈部渐渐隐没，/ 这绝非任何颜料所能复制"——使人想到乔治·瓦萨里对《蒙娜丽莎》这幅画的著名评论："艺术在多大程度上模仿自然的典范。"① 只是和瓦萨里对艺术模仿力的赞叹不同，潘道夫神父谈的是艺术的局限性。他这句话显然是勃朗宁通过他的嘴说给公爵听的，只是公爵这个所谓的艺术保护人根本听不进去，把这当作"无聊话"（5），喜爱画胜过喜爱画中的人。然而，正如张耀平所说："在生命面前，画是赝品。要说什么是艺术，这位在世时有着美好容颜，体现着完美人性，洋溢着生命活力的公爵夫人，才是最高形式的艺术。不能欣赏人，只能欣赏画的公爵，同安徒生童话《夜莺》中那个放逐真的夜莺，而痴迷于一只发条驱动的假夜莺的国王，同样愚蠢。"②

---

① 转引自 H. W. 詹森《詹森艺术史》，世界图书出版公司北京公司 2013 年版，第 784 页。
② 张耀平：《艺术与艺术背后的生命——也谈罗伯特·勃朗宁的〈我的前公爵夫人〉》，《名作欣赏》2011 年第 21 期。

公爵夫人具有平等意识。她"看到什么都喜欢"（7），喜爱生活中任何美好的事物。她也没有封建社会贵妇人的等级观念，"对什么都一样"（7）。落日余晖、樱桃枝和白骡子，"都会同样地使她赞羡不绝"（7）。并且，她友好地对待任何一个人，用微笑表达她对生活的热爱。平等意识的表达就是对自我的宣扬，它意味着独立的人格，是拒绝成为物品和附庸的姿态。虽然在生活中，公爵夫人的微笑因为丈夫采取的极端措施而永远地停止了，但是，在绘画中，她的微笑和蒙娜丽莎的微笑一样，永远在场。这和公爵说的话——"一切微笑都从此制止"——形成了情景反讽，即说的话和实际发生的事情不一致。甚至公爵本人都不得不承认，她的微笑不仅没有停止，而且依然令他心生嫉妒。他说："哦，先生，她总是在微笑。"（7）这句话是指画说的，勃朗宁让他说出这句话，则意在表明，艺术品所承载的美好价值是不可磨灭的。

更有讽刺意味的是，公爵在抱怨妻子一系列"恶行"的时候，一连串用了许多和夫人有关的主谓词组，如"she had""she liked""she looked"和"she rode"等，外扬家丑。此时他已经语言失控，沉浸在对妻子的嫉妒和愤恨中无法自拔,喋喋不休地数落前妻的"过错"。但是,他对妻子的道德审判,在读者看来,是诗人勃朗宁对公爵妻子美德和善行的展示。尽管这些都是公爵戏剧性独白中的文字,但是它们同时也是另一套话语,即女性主义话语的一部分,不仅增加公爵夫人的在场感,而且还传递诗人的态度。尽管对公爵来说,她水性杨花,举止轻浮。但是,读者自有判断。夫人由于单纯而过着悠闲的宫廷生活,不摆贵妇人的架子,不借丈夫贵族的名誉抬高自己,用自己的微笑给周围的人带去快乐,营造平等的氛围。读者看到的是不借贵族光环同样熠熠闪光的、文艺复兴时期具有自我意识、平等意识和热爱生活的女性形象。

而勃朗宁在诗歌临近结尾的时候,重复了夫人"在此站立",告诉女方代理人要和他一起下楼。这样的表述可谓意味深长。学术界对这一举动主要持两种看法:公爵有绅士风度和公爵为了管女方多要嫁妆不惜屈尊自己。其实,公爵的这一举动给人们留下的阐释空间很大,不止这两种可能性。勃朗宁或许也在同时暗示读者,这两个人离场的时候,台上还有前公爵夫人像。它似乎在说明,人物会有退下的时候,戏剧迟早都会散场，但是，公爵夫人却永远"在此站立"，不会离开。"stand"一词在古英语中有"坚定的意思"，这也暗含了诗人的立场。因为勃朗宁把她写进了诗里，"只要人类还能呼吸，眼睛还能看得见"，她就会青春永驻。

三、维多利亚时代社会现实的反映

《我的前公爵夫人》虽然写的是发生在文艺复兴时期的事，但是，勃朗宁写这首诗不仅仅是出于这个时期以及故事本身的吸引力，他还想通过这个故事反映自己所处的时代，即借古喻今。他注意到，三百年前发生在意大利的事，可能或者正在维多利亚时代的英国上演。

维多利亚时期，女性的社会地位异常低下。由于工业化大规模地展开，两性分工日益分明：男主外，女主内。男人在外边赚钱，养家糊口，女人则是"家庭中的天使"，足不出户，相夫教子。女人的义务就是把家照顾好，让在外边打拼的丈夫回到家中有温暖、幸福和放松的感觉。在家中疲惫消除之后，男人才能够以饱满的精力再次投入竞争激烈的社会中继续工作。可能丁尼生的诗《公主》里经常被引用的那几行诗大体可以概括这个时期两性的不同角色：

> 男子耕田，女子守家；
> 男子提剑作战，女子穿针引线；
> 男人要聪明，女人要忠诚；
> 男人指挥，女人遵从；
> 如若不然，一切皆乱。①

在很大程度上可以说，工业化使男性在家庭中的统治地位更加稳固。

女性在这个时期完全没有独立的人格，她们被视为丈夫的财产。一个维多利亚时代的男性在写给朋友的一封信中说："到了一定年龄，有了房子等家产，就可以找个老婆充当其中的一件家具。"② 在维多利亚时代，女方的陪嫁也要算作丈夫的财产，并且已婚妇女

---

① ［英］阿尔弗雷德·丁尼生：《公主》，蔡和存译，重庆出版社 2020 年版，第 210 页。
② Susan Kent, *Sex and Suffrage in Britain 1860–1914*, Princeton: Princeton University Press, 1990, p. 91.

没有财产拥有权、买卖权和继承权。这种情况一直持续到19世纪80年代《已婚妇女财产法》的颁布。在《我的前公爵夫人》中，公爵很在意女方的嫁妆，企图以此来增加自己的财富，并且为了达到目的，不惜屈尊自己高贵的身份，和女方代理人一起走下楼。既然女方的嫁妆可以据为己有，维多利亚时期的男人当然也会在意女方的嫁妆。

这个时期人们的性观念极其保守，不过，这一点主要表现为约束女性的行为。未婚女性要保持贞洁（chastity），甚至在被求婚之前"不可以有任何谈恋爱或者性方面的想法"[1]。一旦失去处女的贞操，悲剧性的人生就不可避免。苔丝的故事不只是小说中的故事，在现实中也会发生。苔丝只是因为被富家子弟强奸，丈夫知道后就把她抛弃了，因为安吉尔认为，她已经不是纯洁的女人了。而在现实生活中，如果一个已婚妇女被发现有婚外情，除了自杀，她几乎别无选择。从这一时期画家理查德·雷德格里夫（Richard Redgrave）著名的"堕落妇女"（Fallen Woman）题材

---

[1] Penny Kane, *Victorian Families in Fact and Fiction*, London: Macmillan, 1995, p. 97.

画《弃儿》(*The Out Cast*，1851）画面刻画的父亲的表情，就可以看出这一时代对堕落女人是多么无法容忍。由于在这一时期女性被认为受性欲控制，因而需要有相关的法律和道德约束，才能保证她的纯洁。女人要穿拖地长裙，不能暴露胳臂；要束胸，这样就不会使男人想到性的问题。没有社交监督人在场，未婚女子甚至不可以和男人说话。上层社会的女性，不可以单独和异性在一起交谈，否则一旦被发现，就会丧失社会生命。而一旦发现妻子有性道德方面的瑕疵，维多利亚时期的男人虽然不会像公爵那样派人把妻子杀死，但是他们一般会选择离婚，或者找妓女。在这个时期妓女是合法的职业，并且人数非常可观。从这些对女性的限制和要求来看，公爵夫人的行为举止，在维多利亚时代也不会为人们所接受。

当然，由于对女性的限制过多，这个时期女性的反抗意识也很强烈。《简·爱》中的家庭女教师简就曾说过：

> 成千上万的人在默默地反抗他们的命运。没有人知道除了政治反抗之外，有多少反抗在人世

间芸芸众生中酝酿着。一般都认为女人应当平平静静，但女人跟男人一样有感觉。她们需要发挥自己才能，而且也像兄弟们一样需要有用武之地。她们对严厉的束缚、绝对的停滞，都跟男人一样感到痛苦。比她们更享有特权的同类们，只有心胸狭窄者才会说，女人们应当只做做布丁，织织长筒袜，弹弹钢琴，绣绣布包。要是她们希望超越世俗认定的女性所应守的规范，做更多的事情，学更多的东西，那么为此去谴责或讥笑她们未免是轻率的。①

和简一样，公爵夫人也具有反抗意识。从公爵的叙述——"即使她肯听/你这样训诫她而毫不争论，/毫不为自己辩解"（7），我们不难看出夫人桀骜不驯，并且说服她改变自己的行为处事方式并非轻而易举，需要"口才"（7）。虽然她没有像简那样离家出走，但是她却以自己的方式反抗：她用万物平等的观念对抗公爵高傲的等级观念，用拥抱生活中的一切美好事物

---

① ［英］夏洛蒂·勃朗特：《简·爱》，黄源深译，译林出版社2021年版，第108页。

的开放态度对抗公爵霸道的对自我世界的守护。只是公爵发号施令不是让她服从，而是让她丧命。

公爵的原型表面上是文艺复兴时期的斐拉拉公爵，实际上另一个人的形象可能在勃朗宁的心目中更加根深蒂固，那就是勃朗宁夫人的父亲——爱德华·莫顿·巴瑞特（Edward Moulton Barrett）。巴瑞特家族在英国的社会地位比较高，这家人依靠在牙买加的甘蔗种植园发迹，赚得大量钱财。在1832年奴隶制废除之前，家族一直拥有黑人奴隶。爱德华自己也一度是奴隶主。他性格极端残暴怪异，不允许自己的孩子结婚。由于勃朗宁家社会地位相对较低，勃朗宁本人还达不到"绅士"标准，和伊丽莎白结婚更有攀龙附凤之嫌，这位有优越感的父亲肯定也不会同意双方的恋情。所以，伊丽莎白和勃朗宁不得不私奔到意大利秘密结婚。当然，伊丽莎白的父亲和她再也没有联系，结果父亲剥夺了她的财产继承权，并且连她的来信都不肯打开。维多利亚时代社会各阶层之间的界限壁垒森严，这在爱德华·勃朗宁身上可见一斑。写《我的前公爵夫人》的时候，勃朗宁对这样一位岳父的形象肯定也是记忆犹新。

总之,《我的前公爵夫人》中的两种话语共存的现象比较耐人琢磨。虽然戏剧性独白这一写作手法的一个特点是不直接体现诗人自己的观点,但是单纯从这首诗来看,两种话语的对立映射出两个时代不同观念的对照,这应该是勃朗宁有意为之。如果说这首诗表现了勃朗宁对他所处时代女性地位和命运的同情,应该说得通。

《黑暗的中心》中的马洛和帝国主义

在《黑暗的中心》这部中篇小说中,马洛是个非常复杂的人物。他既是小说的第一人称叙述者,又是故事的主人公。作为故事的主人公,他被康拉德赋予其他多重角色,如大男子主义者、有能力的船长、文明的使者和会讲故事的人等。这些角色都在马洛给同船的伙伴们讲述自己非洲之行的时候呈现出来。不过,和在他之前的英国现实主义小说家不同的是,在《黑暗的中心》中,康拉德在塑造马洛这一人物形象的时候,没有把人物形象塑造当作创作的主要目的,苦心经营人物形象完整性和丰满性。他在塑造人物的同时,更主要的是发挥人物的叙事功能,让人物为他最想表达的主题——在巨大物质利益推动下,欧洲帝国主义者披着文明使者的外衣,肆意践踏非洲大陆,充分暴露出人性的扭曲和黑暗——服务。

一、大男子主义者

《黑暗的中心》这一小说名字本身极富象征含义。有人认为它指蛮荒的非洲大陆，有人认为它指人类灵魂的黑暗。但是，如果从女权主义视角看，它也可以是女性世界的象征。根据法国女权主义理论家埃莱娜·西苏（Helene Cixous）的观点，非洲和黑暗、女性紧密相连，它们是男性为女性所规定的生存地点。女性一旦"开始讲话，就在有人教会她们自己名字的同时，认识到自己的领土是黑色的：因为你是非洲，你就是黑色的。你的大陆是黑暗的，黑暗是危险的"[①]。小说第一人称叙述者马洛的非洲腹地之旅，在对非洲景观的描写和对非洲大陆探索过程的描述上被康拉德充满性意象的语言当作一次性经历的探索，甚至涉及性报复，这一点在作品中很显见。而作为人物的马洛则是一位男权中心主义者，或者更准确地说，是大男

---

① [法]埃莱娜·西苏：《美杜莎的笑声》，载张京媛主编《当代女性主义文学批评》，北京大学出版社1992年版，第191页。

子主义者（male chauvinist），这从他近乎独白的叙述可以零散地看出来。

尽管《黑暗的中心》的叙述技巧独具特色，故事中套故事的叙述代替了传统的、男性的线性叙述方法，然而，小说的主要叙述者马洛的叙述却大体上是线性的。马洛的叙述是第一人称叙述，这一叙事视点的选取把他的男性意识形态表现得淋漓尽致。

马洛的叙事话语承载的是男人的故事，他在对自己刚果之行的叙述中有意隐去了女人的故事。在他看来，她们根本就不可能有什么重要的故事发生。这也就是说，她们是没有故事的。[①] 他在叙述中提到的几个女性都处在故事边缘"他者"的位置上。她们要么是男人利用的工具，要么是男人嘲笑的对象。她们仿佛只是为了反衬男人而存在。这些女人沉默、被动地处在黑暗的背景中，她们衬托着库尔茨和马洛所代表的男性所象征的光明、雄辩和史诗中英雄般的勇敢。这从马洛叙述中所提到的土著洗衣女、姨妈、野女人和库尔茨未婚妻身上可见一斑。

---

① 具有反讽意味的是，马洛无意中成为女性的代言人，因为他证明了女性在由男性书写的历史中是不在场的。

首先，按照马洛的观点，女人是不应该出现在男人的故事中的。男人的故事（his story）就是历史（history），而女人对历史进程则没有重大影响。男人是英雄，他的探索是对真理的认识。女人是被探索的对象，她过于理想化，是家庭中的天使，无法达到对真理的认识。在给船员们讲到自己的偶像库尔茨的时候，马洛无意中提到了女人，沉默了很长一段时间之后，他突然想起此事："女人！什么？我刚才提到女人了吗？哦，她和这个没有关系，一点儿关系也没有。她们——我是说女人们——都和这事无关——不应该参与这事。我们必须帮助她们，让她们停留在自己美丽的世界中，免得她们把我们的世界变得更糟。"① 从这段话中不难看出马洛的男权意识。他不但不想让女人进入他的故事，和他所仰慕的英雄库尔茨相提并论，而且，为了保持男性世界的完整和不受侵犯，他还要把女性禁锢在她们自己"美丽的世界中"。那么，所谓女性"美丽的世界"又是什么呢？

---

① Joseph Conrad, *Heart of Darkness*, Paul B. Armstrong, ed., New York: Norton, 2006, p. 48. 本文所引《黑暗的中心》中的文字，除非特别标注，均从此书由笔者译出，以后随文注出页码。

《黑暗的中心》中的马洛和帝国主义

毫无疑问,在小说故事发生的维多利亚时代,这一"美丽的世界"就是男性"帮助"女性建构起来的家庭。男性不惜金钱,把家庭装扮得尽可能舒适,就像马洛姨妈的房间那样"看起来再舒适不过了"(12),他们唯恐女人闯入自己的世界,难怪马洛所见的女人一般都待在屋子里,她们要么从事诸如家庭主妇的工作,要么做着不切实际的美梦,要么就想着自己心中的男人。即使在公司工作的妇女手里也要拿着织针,就是土著女人也被迫为公司会计洗衣。她们真的就是"家庭中的天使",连外貌也要由男性的审美价值来规范,要像库尔茨的未婚妻那样有着"金色的头发、苍白的容颜、纯贞的眉宇"(74)。女人无论如何不能离开家庭,否则,在男人的心目中,她就会从天使变成魔鬼。库尔茨的情人野女人就是离开家庭的女人,正因为她没有待在家里,所以她为马洛和他所代表的男权观念所不齿。在马洛看来,只有像库尔茨的未婚妻那样甘愿依靠他留下的几个字而度过余生的女人才值得同情。

女人被关在家中,还因为她们过于理想化,无法达到对事物本质的认识。马洛在向姨妈辞行的时候,姨妈说："一定要让那几百万黑人慢慢戒掉他们那些可怕的习俗。"（12）马洛认为这与公司的主要目的赚钱相去甚远，便以嘲笑的口吻对女人进行了一番评价："妇女对许多事情竟然抓不住实质。她们生活在自己的世界中，过去从来没有这样一个世界，将来也不会有。它过于美好了。如果她们真要建立起这么一个世界，那么它等不到第一天太阳落山就会彻底崩溃。"（12）

就这样，他曾利用过的女人遭到他的嘲笑。不仅如此，从马洛的叙事话语中我们还可以看到女人是商品这一男权意识。他在讲述野女人时说道："她步伐稳定地向前走着，身上穿着带条纹花边的衣服，她骄傲地踏着岸边的土地前进，满身佩戴着的野蛮人的装饰品熠熠闪光，发出轻微的丁零声——她一定有好几只象牙的价值。"（60）还需指出的是，象牙正是男人们疯狂掠夺的对象。女人被物化了，还被当作男人的欣赏品，就像摆在商店橱窗里的商品或艺术品一样。

马洛还把女性关在地狱般的黑暗世界里，使她们像魔鬼一样令人恐惧，像刚果河在地图上呈现的形状——蛇——一样"迷人"又"凶狠"。公司里的两个女人守护着黑暗的大门，仿佛在编织尸衣似的织着黑

《黑暗的中心》中的马洛和帝国主义

色毛线,"一个不停地介绍,把人介绍到无人知晓的地方去,另一个……她瞅过一眼的人里,后来又再见着她的不多——连一半也没有,远远没有"(11)。库尔茨的未婚妻向马洛走来时也给房间带来了一片黑暗:"她向前走过来了,着一身黑装,面色苍白,在黑暗中向我飘了过来。"(73)就连库尔茨为自己未婚妻画的肖像的背景也是黑色的。表面上看这与马洛无关,实际上,库尔茨是马洛的另一个自我,在小说中马洛不止一次与他认同。①"黑暗是危险的",所以马洛想从女人所代表的黑暗中逃走,他离开公司时感到痛快,好像从此远离了女性世界。在他看来,库尔茨就是被荒野和河流所代表的黑暗所吞噬的。"荒野曾抚摸过他的头……他已经枯萎了;荒野曾经占有他、爱他、拥抱他,钻进他的血管里去,吃他的肉。"(48)所以,船返回城市的速度两倍于去非洲的速度正符合马洛的心愿。

为了不让女性进入男性空间,一向痛恨谎言的马

---

① 这一点至少可以从以下几个例子看出来:马洛的姨妈认为他是光明的使者,这与烧砖的人认为库尔茨是怜悯、科学和进步的使者相差无几;当人们把库尔茨埋葬的时候,马洛觉得他自己也好像被埋葬了一样;库尔茨和马洛都被他们的叙述者说成是"只不过是一个声音"。

173

洛向女性撒了谎。当库尔茨的未婚妻问他库尔茨临死前说的最后一句话是什么时,马洛告诉她:"他说的最后一句话是你的名字。"(77)可以看出,通过撒谎,马洛把库尔茨未婚妻的名字和库尔茨临死前的最后一句话"可怕呀!可怕呀!"联系到了一起。这样,我们就可以从他的叙事语法中得到这样一个结论:女性是可怕的。根深蒂固的男权意识使马洛好像得了厌女症一般对女性望而生畏。听到马洛回答之后,她发出了一声"无比愉悦又十分可怕的喊声"(77)。这喊声易使人联想到马洛是在用语言奸污女性。

马洛对库尔茨未婚妻的叙述稍长,他怕这会影响他男性主体的建构,所以,他把她的故事不断演绎成自己的故事。在这段叙述中,他已不只是故事的叙述声音,而且还是库尔茨未婚妻感情经历的主体。表面上看,马洛对女性的叙述和对库尔茨的叙述是一样的,是呈片段式的,实际上,透过对库尔茨零散的叙述我们发现的是一个完整的男性形象,而对女性片段式的叙述总是很难连缀起来。马洛就是想通过叙述塑造理想中的男性形象,用男性话语书写男性的历史,并且让女性在这一叙述过程中被除名、被遗忘。这恐怕也

《黑暗的中心》中的马洛和帝国主义

是马洛叙述的原动力之一。

马洛惧怕女性，讨厌女性，对她们总是敬而远之，表现出很强的距离感，把她们的世界和自己的世界隔离开来。很显然，他没有走到黑暗的中心。在这种前提下，他自以为了解女性，对她们妄语相讥，就未免过于武断了。事实上，正如埃莱娜·西苏所说："黑暗的大陆既不黑暗，也并非无法探索。它至今未被开发只是因为我们被迫相信它太黑暗了，无法开发。还因为他们（男性）想迫使我们相信，我们关心的是白色大陆，还有它的匮乏之碑。"①

当马洛的叙述完成时，他也完成了男性主体大厦的部分建构。男主外，女主内。男人是社会的主体，是社会发展的动力，是改变人类和影响人类历史的人；而女人则因身体弱势和缺乏远见卓识只配做"家庭中的天使"，相夫教子，否则，一旦她们步入社会，就可能毁了男人们的大事。这样根深蒂固的大男子主义思想，给马洛带来了自信、坚毅和责任担当。而他的非洲之行，一方面是为了实现童年时代的梦想，因为他

---

① ［法］埃莱娜·西苏：《美杜莎的笑声》，载张京媛主编《当代女性主义文学批评》，北京大学出版社1992年版，第200页。

从小就对地图上的空白点感兴趣,他想占有非洲这块地图上"最大的、空白最多的地方"(8)。另一方面,也是为了践行男人的责任——探索、发现、改变,进一步完善男性主体建构。

二、文明的使者

通过上一部分分析,不难发现康拉德在塑造马洛大男子主义者形象这方面是完整而成功的。而他对马洛作为文明的使者这一形象的塑造就没有花什么精力,而是让他变成观察者,见证那些和他一样曾经拥有远大抱负的"文明的使者"们在被殖民者的土地上无恶不作,致使"一个男孩白日梦的理想化现实破碎了"[1]。

和许多处在大英帝国鼎盛时期的维多利亚时代男性一样,马洛也胸怀帝国梦想。并且,从孩提时代,他就"沉醉于各种充满荣耀的探险"(8)。在小说开始后不久谈到罗马人征服英国的时候,他充满羡慕地

---

[1] Joseph Conrad, "Geography and Some Explorers", in Joseph Conrad, *Heart of Darkness*, Paul B. Armstrong, ed., New York: Norton, 2006, p. 278.

《黑暗的中心》中的马洛和帝国主义

说:"他们够男人,能够面对黑暗。"(6)尤其是,在马洛看来,征服背后的那种理念可以是一种无私的信仰,"是人们可以建立起来的东西,人们可以向它磕头,可以为之牺牲"(7)。但是他的非洲之行让他从这段旅程刚开始不久,就从世界的征服者,变成文明谎言的见证者。在创作宣言《"白水仙号"上的黑家伙》的序言中,康拉德说:"我所要竭力完成的任务是通过文字的力量使你们听到,使你们感觉到,特别重要的是使你们看见。"[①]在《黑暗的中心》中,康拉德赋予马洛的角色酷似旅行作家或者记者,而非史诗或者浪漫传奇中的英雄,让他讲述非洲之旅见到的一切,给读者提供观察点。

在去非洲之前,马洛已经有六年的东方征服之旅经历,印度洋、太平洋和中国海他都去过。耐人琢磨的是,在给同伴讲述这段经历的时候,他只是轻描淡写地提到了"东方"(7),并没有直接说出这个词在他这个西方人心中的含义。不过,他随后便说从东方

[①] Joseph Conrad, "Preface to The Nigger of the 'Narcissus'", in Joseph Conrad, *Heart of Darkness*, Paul B. Armstrong, ed., New York: Norton, 2006, p. 281.

之旅回来常去这些朋友家,"妨碍你们这些家伙的工作,去你们家捣乱,好像我被上苍赋予了教化你们的使命"。从这番话我们不难推断出,他肯定是以"文明的使者"的身份去东方,以至于返回伦敦后一时积习难改。同时,所谓帝国的使命,以及帝国主义的策略——殖民主义——他早已了然于胸。而他的非洲之行,显然有第一次东方之行的先入之见。尽管他这次只是为了把生病的内部站点代理人库尔茨接回来,但是一踏上非洲之旅,征服者的雄心壮志不禁立刻被唤醒。而康拉德为了着意凸现马洛行程的见闻,只是在去内部站点的路上才安排他行使船长的职责也就不奇怪了,因为少了一份担当,他可以有更多时间去观察。

马洛的非洲之行,分为三个阶段:外部站点、中部站点和内部站点。每个阶段都使他对西方文明的谎言的认识不断加深。这与中部站点经理说的话刚好形成反讽——"每一个站点都应该是路上指向更美好前景的哨塔"(32)。

刚到外部站点,映入马洛眼帘的,不是西方工业文明成果的应用,而是各种废弃和生锈的铁路设备。而修铁路的场景更是让他见证了欧洲人的诺言就是谎言：

> 右边传来一阵号声，我看到许多黑人跑开了。接下来就是一声爆炸，又闷又沉，震得地动山摇，山崖上冒出一股烟，然后就完事了。石头表面没有因爆炸发生任何变化。他们在建铁路。山崖对铁道线没有任何妨碍，而他们除了漫无目的地爆破，别的什么也不做。（15）

看到这样的场景，马洛就明白为什么那些铁路设备正在烂掉。他坚信，以这样的工作方式，铁路肯定建不成，这只不过是帝国主义者的面子工程而已。

在被征服者的土地上，欧洲文明的形象需要树立和膜拜。马洛在外部站点遇到的公司会计，便是欧洲文明和秩序的象征。在身边各种工作环境极其混乱肮脏的情况下，他仍然衣着异常整洁。马洛用仿佛看到"幻像"（18）来描写他打扮得太假和不真实："我看到了浆过的高高的衣领、白净的袖口、轻便的羊驼绒夹克、雪白的裤子、整洁的领带和擦得油光雪亮的皮靴。"对这部小说国内外过去研究没有注意到的是，这句引文中"浆过的高高的衣领"不仅象征欧洲人干净干练的形象在殖民地要屹立不倒,同时,它又和三页前马洛看到的正在劳动的黑人们戴的刑具——铁项圈(iron collar, 15)——形成上下文。这个小细节,揭露性极强,它戳穿了欧洲文明虚伪的真面目。白人把自己的衣领浆硬了是为了保持高贵的形象,但是他们给黑人戴的"硬衣领"是为了把他们像牲畜一样拴在一起劳动,容易控制。干净的外表遮掩不住的是冷酷的内心:会计抱怨他房间里一个发出呻吟声的病人影响他工作的注意力,表现出对生命异常无情的漠视。相比之下,马洛看到那些黑人被戴上刑具则宁可绕道走,他这样做的原因不是选择视而不见,而是因为看到他们受到非人的待遇已经义愤填膺,怕再见到他们会情绪失控。马洛在讽刺会计没有人性的时候,也是暗中把他和自己对比。他对会计表里不一非常气愤,和同伴们说,要不是从这个会计的嘴里听到库尔茨的名字,"就不会和你们提起他了"(18)。其实,他的意思是,这类人根本就不值一提。他对公司会计的不屑在给同伴讲这个会计的时候说的一段反话也能看出来:

His appearance was certainly that of a hairdresser's dummy, but in the great demoralisation of the land he kept up his appearance. That's backbone.(18)

他的外表的确和理发馆橱窗里的模特一模一样。可是在这片一般人都感到意志无比消沉的土地上，他竟能保持如此堂皇的外表，这是何等的决心。①

仅看译文，我们几乎看不出来这句话暗含的反讽。但是如果马洛强调"certainly"这个单词，他就想指出会计实际上是个"空心人"。而"demoralisation of the land"实际上也可以指欧洲人在这片土地上对黑人做的极其不道德的事，因为在这种情况下，他"竟能保持如此堂皇的外表"，简直是连脸都不要了。词组"kept up his appearance"的使用也颇具深意，它容易使人想到英语惯用语"kept up appearances"。这个短语的含义是：隐瞒实情，装作若无其事的样子。所以"That's

---

① [英]康拉德:《黑暗的心》，黄雨石译，商务印书馆2019年版，第51页。

backbone"暗含只有虚伪、表里不一的人,或者骗子,才能做出这种事来。

此外,这段话还有一个地方或许值得我们探讨。它虽然出自第一人称叙述者马洛之口,却可以被看作自由间接引语。"certainly"这个单词的使用,似乎引领读者走入了马洛的内心世界,知晓他此刻的心理活动。而"but"之后评价性文字,则是隐含作者——作家的"第二个自我"[①]——发出的声音,其背后隐藏的无疑是作者的价值观念和态度。在对《黑暗的中心》的研究中,我们常谈其中的外围第一人称叙述者和马洛作为第一人称叙述者,但是自由间接引语参与故事的叙述也应该引起注意。这段话作为自由间接引语溜进马洛的第一人称叙述,使马洛、隐含作者、作者的声音合而为一。更重要的是,它让读者看到,马洛对帝国主义者虚伪性的愤怒就是康拉德的愤怒。加上作者把粉饰太平的公司会计安排在外部而不是内部站点以保持欧洲文明的外在形象,我们感觉到,康拉德有意地以艺术的形式暴露而不是隐藏自己对欧洲文明虚

[①] Wayne C. Booth, *The Rhetoric of Fiction*, Chicago: The University of Chicago Press, 1983, p. 137.

伪性的态度。

在中部站点，欧洲文明的虚伪性则显得近乎荒诞。这里几乎所有人的工作状态都可以用"等待"来形容。他们基本没有什么具体的事情可做。一个年轻贵族来这里的任务是烧砖，但是他已经在这里一年多，一块砖也没有烧出来。由于当地没有烧砖用的材料，材料也不会从欧洲运过来，所以他好像是要继续等下去。这个站点的经理在等着被提拔，但是他要想得到晋升机会，需要战胜业务能力极强的竞争对手库尔茨，所以他密谋把马洛的船弄坏，这样马洛到内部站点接到已经病重的库尔茨的时间就会延迟三个月，估计到时候库尔茨就会奄奄一息，人命危浅。还有二十来个信徒，他们在这里"全都等着什么东西"（24）。这样的场景不禁使人想到荒诞派戏剧《等待戈多》。透过马洛的话语，我们可以把问题看得更加清楚："那个站点好像是在策划（plotting）着什么事情，结果当然①是什么也没有发生。这和其他任何事情——整个公司慈善

---

① 着重号为笔者所加，这个词的使用表明马洛早已经知道这些欧洲人虚伪的外表下掩藏着自私的目的，他们根本不会为殖民地做任何有益的事情。

的伪装、他们说的话、他们的管理和他们装作工作的样子——一样假（unreal），他们唯一真实的想法是，在贸易站得到一个职位，这样就能搞到象牙，抽取提成。"（24）

在马洛的眼中，这些人都是在为自己谋划，没有人想为当地的非洲人做点儿什么。贪婪才是他们真实的本性。他们简直像着了魔，张口闭口都离不了"象牙"："'象牙'这个词在空气中回响，出现在人们的低语中，出现在人们的叹息声中，不难想象，他们在向它祈祷。一股令人作呕的贪婪气息如尸体散发出的臭味儿在弥漫。"（23）马洛在中部站点看到的库尔茨画的一幅蒙着双眼手举火炬的女人肖像画则似乎暗示，给非洲带去的光明根本无法到达非洲，因为引路者是盲人。在中部站点停留的最后阶段，马洛等了很久也没有等到修船用的铆钉，却等来了好几批埃尔多拉多探险队队员。他们是不戴虚伪面纱的欧洲人，用马洛的话说："从这片土地深处挖出财宝是他们唯一的愿望，这种行为的背后没有任何道德宗旨，和盗贼撬开保险柜没什么两样。"的确，撕下虚伪的面纱，所谓文明的帝国主义者就是强盗。

《黑暗的中心》中的马洛和帝国主义

内部站点是可以直接得到象牙的地方。在这里，马洛看到的是欧洲帝国主义者赤裸裸的贪婪和邪恶。库尔茨就是其中的典型代表。他是内部站点的代理人。他以一个理想主义者身份去非洲，结果到了非洲，他大开杀戒。不仅如此，他还把自己打造成土著人膜拜的神。并且在他写的报告书的最后一行字道出了自己也是帝国主义者的心声："消灭这些畜生！"（50）

在内部站点，马洛发现，原来他透过望远镜看到的在库尔茨住处四周树桩上摆放着的圆球实际上是所谓的"反叛者"的头颅。这不仅说明库尔茨已经成了杀人恶魔，同时更加彰显他手段残忍。而这些死者尸体的去处没有被描写，更是令人细思极恐，因为有一种可能是被他吃掉了。从马洛的视角看，是因为非洲没有法律和道德约束，这样，人性恶的一面就会大肆爆发："人们怎么能够想象，一双不受约束的脚，通过一条寂静的路，会把一个人带到人类原初时代的什么地方去呢？绝对寂静，没有一个警察……听不到好邻居警示的声音，提醒你注意公共舆论。"（49）马洛此刻似乎忘记了，像库尔茨这些带着文明使者光环的欧洲人去非洲不是要给非洲带来理性、文明和进步吗？

这些理想主义者到了非洲大陆没有设置法律、修建学校、建立医院、铺设铁路，反而兽性大发，烧杀抢夺，这和他们崇高的理想形成了强烈的反讽。

更让马洛难以忍受的是，在非洲，库尔茨把自己变成了当地人崇拜的偶像。他们的帐篷都要围着库尔茨住处搭建，他们在见库尔茨的时候需要爬到库尔茨脚下。毫无疑问，本来带着教化野蛮人使命去非洲的库尔茨已经完全成为土著人的首领，自己成为野蛮人。马洛意识到，在库尔茨"身上缺少点儿什么东西，这种东西无法在他雄辩的口才中找到"（57）。他认为库尔茨直到最后时刻才意识到自己的欠缺。他指的就是库尔茨在弥留之际喊出的那句话——"可怕啊！可怕"（69）。在马洛看来，这是库尔茨"对自己的灵魂在这个世界上历险所做出的判断"。在撕下虚伪的面纱之后，他真正地看到了自己的邪恶。这是对自己在非洲大陆所作所为的总结，同时也是说出了马洛想说又没有说出来的话。马洛把这句话当作"一种道德胜利"（70），因为库尔茨终于从自己身上看到了人性的恶，并把它说出来了。在这一层意义上，可以说，库尔茨是"了不起的"。

《黑暗的中心》中的马洛和帝国主义

马洛给他同伴讲述的关于他刚果之行三个站点的见闻，不仅让读者见证了欧洲帝国主义的罪行，还揭露了这一犯罪行径背后隐藏的人性恶的一个可怕之处——恶意在其实现的过程中往往具有组织性和集体性的特点。人性恶背后的自私自利意图的实现往往要精心策划，并且靠某个组织来实现。康拉德曾经说过："人是邪恶的动物。他的恶一定是有组织和策划的，犯罪是有组织存在的必要条件。社会与犯罪行为并非不无干涉——否则它就不会存在。"[1]并非所有组织都和罪恶的勾当有牵连，但是帝国主义为了达到唯利是图的目的，的确用尽巧思。而个体可能"过于迟钝，甚至都不会知道他在遭受黑暗力量的攻击"(49)。

小说开始的时候，最外层的第一人称叙述者给读者介绍他所在的巡航艇上几个同伴。根据他的讲述，艇上虽然只有五个人，却麻雀虽小，五脏俱全，包括主任、船长、律师和会计。他们隶属于一家公司。他们只是无数只从泰晤士河出海口出发征服世界和探险的船队中的一个。人员职责的部署，是现代管理机制

---

[1] "To R. B. Cunninghame Graham", in Joseph Conrad, *Heart of Darkness*, Paul B. Armstrong, ed., New York: Norton, 2006, p. 293.

的体现。但是读者不大容易意识到,这家公司可能服务于帝国主义这一罪恶的目的,给殖民地带来文明只是幌子。第一人称叙述者在介绍主任的时候发出了这样的暗示:

> 公司派来的主任是我们的船长和东家。在他伫立船头望向大海的时候,我们四个充满深情地看着他的背影。在整个这条河上,只有他才像个海员。他像一位舵手,这对海员来说是值得信赖的化身。他的工作并不是在他身前明亮的入海口,而是在他背后的那块幽暗朦胧的陆地上,这一点人们很难想到。(3)

这条船是帝国主义的缩影。船长以背示人,他的真正面目人们看不到。船上的人对他盲目崇拜,觉得他是安全可靠的化身,对他"充满深情",但是他真正的目的和动机却像他的工作那样具有迷惑性。船上的人,每个人都忠实于自己的工作和岗位,但是他们不知道他们可能被利用,可能服务于一场精心策划的骗局以及骗局背后那一可怕的目的。尤其是在现代社会,社会分工的细化往往会淡化人们的道德意识。只有马洛，在经历了噩梦般的非洲之旅，见证了殖民者"魔鬼般的暴戾、贪婪和烈火般的欲望"之后，能够意识到他自己"也是这项伟大事业的一部分"(16)。

帝国主义就是犯罪，它奉行的殖民主义政策就是谎言。这些谎言曾经激励无数男人去冒险，去征服世界，甚至甘愿付出生命的代价追求英雄主义。用康拉德在1901年出版的小说《继承者》中的一段话总结这个部分比较恰当："令人震惊的是，突然感到正义（honour）、荣誉和良心所有这些传统理想都被用来维护一场规模巨大而残忍的欺诈。谎言悄然无声地传播，腐蚀我们从过去走向未来所依赖的那些原则和信仰。"[①]

在这一部分的分析中，跟随马洛的脚步，读者和马洛同步见证了所谓的文明的使者们在非洲大陆究竟做了什么。康拉德让作为文明使者的马洛看得多，做得少，甚至接近于只看不做，[②] 这实在非常具有反讽意

[①] Joseph Conrad and Ford Madox Ford, *The Inheritors*, *An Extravagant Story*. Liverpool: Liverpool UP., p. 136.

[②] 在小说中，马洛并非没有任何善举，而是注意他和其他"文明的使者"的区别。比如，在外部站点的林子里，他给一个将要死去的黑人一块饼干吃，这与他即将遇到的公司会计对待他房间里那位危重病人的态度形成鲜明对比。

味。但是，他想发挥人物的叙事功能，让马洛参与小说最重要的主题建构，因而马洛作为文明使者的形象建构在这种情况下就不得不割舍。难怪读者没有看到可以烘托人物形象的马洛作为文明使者的种种善举。不过，小说的帝国主义主题无疑最大程度地表现出来了。

三、康拉德的代言人加影子

1876年，比利时国王利奥波德二世（King Leopold II）在布鲁塞尔召开了一个有欧洲顶级地理学者参加的大会，大会成立"国际开发和开化非洲协会"（The International Association for the Exploration and Civilizaiton of Africa）。为了完成给非洲带去文明这一使命，国际联盟（International Commission）应运而生。其成员国是几个欧洲主要国家，不过比利时在非洲的活动最为频繁，并且于1885年成立刚果自由共和国，利奥波德二世任国王。他垄断了刚果的象牙和橡胶贸易，并且从欧洲派专人——也就是代理人——监管这项贸易。所谓的监管，实际上就是，如果完不成摊派的贸易任务，交不上足够的橡胶和象牙，就要受到严厉的惩罚，甚至会丧命。代理人强迫当地居民从事艰苦的劳动，并且对他们进行迫害，烧杀抢劫，无恶不作，导致刚果人口大幅减少。美国记者、历史学家乔治·华盛顿·威廉姆斯（George Washington Williams）1890年去刚果旅行后，发现了对非洲的帮扶，实质上是一场"骗局"。①

去非洲是康拉德童年的梦想。《黑暗的中心》中马洛对非洲的兴趣是童年康拉德的写照。1890年，康拉德受雇于一家比利时公司，开启了他的刚果之行。在刚果，康拉德见证了比利时殖民者对当地居民实施惨不忍睹的暴行，加上水土不服，得了重病。回到英国后，他身心俱疲。一位曾经拜访过康拉德的女士在她的回忆录中说："他谈到了在刚果看到的令人恐怖的景象（horrors），他说他一直没有从这些惨象给他带来的道德和健康的巨大冲击中恢复过来。"②他决定放弃海员

---

① John Hope Franklin, *George Washington Williams: A Biography*, Chicago: The University of Chicago Press, 1985, p. 195.
② See Alan Simmons, "Conrad, Casement, and the Congo Atrocities", in Joseph Conrad, *Heart of Darkness*, Paul B. Armstrong, ed., New York: Norton, 2006, p. 182.

的生活,当作家。1890年,他的《刚果日记》出版。在这部游记里,他大胆地记录比利时殖民者的罪证,戳穿比利时国王的谎言。从刚果回来,在给负责调查比利时在刚果殖民地的领事罗杰·凯斯蒙特(Roger Casement)的一封信中,他干脆用"骇人听闻的弥天大谎"[1]来形容国王的谎言。康拉德说:"欧洲人的良心,出于人道主义考虑,在70年前禁止奴隶贸易,如今竟然能够容忍刚果的现状,好像道德的指针被拨回了许多小时。"[2]

康拉德批评帝国主义的言论并不多。但是,他把对帝国主义的愤怒倾注于《黑暗的中心》,使之成为批判帝国主义最有力的作品。尼日利亚作家钦努阿·阿契贝把康拉德看作"种族主义者"[3],实在是有失公允。在《黑暗的中心》中,康拉德安排马洛发出他作为作家的声音,控诉欧洲帝国主义者的罪行。当然,说马

---

[1] Joseph Conrad, "To Roger Casement", in Joseph Conrad, *Heart of Darkness*, Paul B. Armstrong, ed., New York: Norton, 2006, p. 270.

[2] Joseph Conrad, "To Roger Casement", in Joseph Conrad, *Heart of Darkness*, Paul B. Armstrong, ed., New York: Norton, 2006, p. 270.

[3] Chinua Achebe, "Chinua Achebe on Conrad's Image of Africa", in *Bloom's Guides: Heart of Darkness*, Harold Bloom, ed., New York: Infobase Publishing, 2009, p. 79.

《黑暗的中心》中的马洛和帝国主义

洛是他的代言人,我们暂时只限于对帝国主义批判这一点,因为在对其他许多事物的看法上,因为作为小说家的康拉德和作为人物的马洛保持相当的距离。同时,如果只说马洛是康拉德的代言人,在上一部分的分析中我们其实已经可以看到,他近乎照相机般地记录了发生在非洲的惨象。而如果我们说马洛是康拉德的代言人加影子,或许更准确,因为在作品中,我们有时候明显地感觉到,康拉德乔装成马洛在说话。或者反过来说,马洛说的一些话使我们不禁联想到康拉德本人在非洲的生活经历和关于非洲的言论,仿佛他是康拉德的影子。

帝国主义者对非洲人的普遍看法,就是不把他们当人看,而是当作畜生(brutes)。这从库尔茨给"禁止野蛮习俗国际协会"写的考察报告可见一斑:"我们白人,从现在已经发展到的程度看,'对他们(野蛮人)来说,必然是神一般的超自然存在'。"(50)在这篇报告的结尾,他毫无掩饰地说:"消灭这些畜生。"

在小说中,马洛几乎是从见到黑人那一刻就开始为他们辩护,证明他们也是人,并且对他们受到非人的待遇感到气愤。在到达外部站点之前,马洛看到一艘法国军舰向岸上的丛林肆无忌惮地开炮。在马洛看来,"这种做法有些疯狂"(14),因为他找不出开炮的理由和原因。马洛认为,这些黑人"在那里不需要理由,看着他们就是一种安慰"。作为当局者,他看不出这是出于西方人的他者意识,即使船上有人告诉他岸上的人"是敌人",他也百思不得其解。欧洲人根深蒂固的他者或者东方观念,使他们与黑人相遇的时候,会产生不安全感,因此只有镇压甚至杀戮才能够让他们心安。

在外部站点,马洛看到六个黑人被锁链拴在一起,被强迫劳动,他甚至有要替他们抱打不平的冲动。他说:"我曾经见到过暴力的魔鬼、贪婪的魔鬼,还有欲壑难填的魔鬼;可是,上天作证!这些拿人——我说的是人——当牲畜使唤的魔鬼,可真是些强大、贪婪之极、红了眼的魔鬼。"① 随后,他便想到,他几个月后将要见到的库尔茨肯定也是贪婪成性。因此,在相当大的程度上可以说,马洛的非洲之旅不仅是见证也是验

---

① [英]康拉德:《黑暗的心》,黄雨石译,商务印书馆2019年版,第45页。

《黑暗的中心》中的马洛和帝国主义

证了人性的恶。①

在离开中部站点开始沿着刚果河向内部站点逆流而上的时候,小说有两段非常有名的段落涉及为黑人具有人性辩护,值得我们分析:

> 我们向黑暗的中心挺进,越来越深入……我们在史前时代的星球上漫游,这是未知的星球。我们甚至可以想象,我们是前来继承一份受过诅咒的遗产的初民,只有付出极大的痛苦和艰辛的劳动才可以消灾。但是,当我们正吃力地驶过一个河湾的时候,突然出现一片芦苇荡,许多脊顶草房;在一片低垂浓密一动不动的枝条下,许多黑色的身躯在拍手、跺脚、摆动,许多双转动的眼睛,发出一阵喊声。汽船在黑暗又无法理解的狂热边缘艰难地爬行。史前人类是在诅咒我们,向我们祈祷,还是在欢迎我们——谁知道呢?我们理解周围环境的路被阻断了;我们像幽灵般地掠

---

① 许多研究比较程式化地认为,马洛的非洲之行具有较强的过程性和阶段性,忽略其验证性。比如,布鲁姆就认为马洛的非洲丛林之旅是对他自己道德品质的探索。See Harold Bloom, ed., *Bloom's Guides: Heart of Darkness*, New York: Infobase Publishing, 2009, p. 18.

过,像清醒的人遭遇疯人院狂热暴乱那样暗自震惊,无法理解。我们无法理解,因为我们离得太远记不起来了,因为我们是在人类最初的时代的黑夜里旅行,这一时代已经逝去,几乎没有留下什么痕迹和记忆。

那片土地似乎有些令人感到恐怖,我们已经习惯于看被征服的怪物戴上镣铐,但是在那里,你会看到怪物是自由的。它很令人感到恐怖——并且那些人是——不他们并非没有人性。你们知道,最可怕的就是这一点——怀疑他们并非没有人性。人们慢慢地就会产生这种怀疑。他们嚎叫,蹦跳,转圈,做着令人惊恐的鬼脸。但是,令你兴奋的,正是他们具有人性的想法——和你一样——想到你的远祖也会发出这样粗野和激情澎湃的嚎叫。丑陋,没错,的确很丑陋;不过,如果你是真正的人,你就会承认,那种可怕的喧闹声也会引起你一丝共鸣,你就可能觉得其中有你能够理解的某种含义,尽管你离人类开始的那个黑暗的时代已经很遥远。(35—36)

这两段文字在句法上的显著特点是，"我们"和"他们"这两个人称代词成了突出的（prominent）高频词。从表面上看，用后殖民理论或者功能文体学理论对它们进行分析是再合适不过了。然而，和那些丧尽良心的殖民者不同的是，马洛不是按照东方/西方、人/兽这样的二元对立关系来区分西方人和非洲人。尽管他也用我们/他们这样的表述。但是，这种单一的对立关系是他着意要打破的。他打破这一二元对立的方法，是提供另一二元对立项——现在/过去。尽管他所乘坐和指挥的船在空间上的行进方向是向东，但是，对马洛来说，这是时间上的穿越："我们在史前时代的星球上漫游。"尽管仿佛置身于一个"未知的星球"，但是马洛拒绝把非洲完全陌生化和他者化，否则对非洲的掠夺和杀戮变得合理合法。在他看来，这种陌生感源于这个时代过于遥远，"这一时代已经逝去，几乎没有留下什么痕迹和记忆"。他提醒人们，非洲人发出的喧闹声是人类远祖发出的声音，其中有我们可以理解的内容。通过建立时间上的二元对立，康拉德把非洲人从动物划进人类，当作人类的祖先。他们虽然处在相对原始的阶段，却需要我们的爱和帮助，而不是我们要消灭的对象。马洛对我们／他们这一二元对立项的解构充分说明，人类的关系微妙而复杂，仅用我们／他们来界定东西方之间的关系未免简单粗暴，容易产生错误判断，有碍文明之间的了解和互动。

在非洲人具有人性这一点上，马洛非常执着。他后来还谈道，他船上雇的那些黑人，没有足够的食物，宁可挨饿，尽管在数量上和同船的白人比占有绝对的优势，也没有吃白人的念头。马洛说："我发现，这里有某种起抑制作用的东西，也就是说人性奥秘中某种阻止行为发生的东西起了作用。"（41）甚至在小说最后一部分，当俄罗斯年轻人告诉马洛库尔茨住处周围木桩上的人头是"反叛者"的人头时，他还说："我的狂笑让他感到震惊。反叛者！接下来我听到的定义将会是什么？已经听到过的是敌人、罪犯、工人——这些人是——反叛者。我看，那些棍子上的反叛者看起来很听话啊。"（58）

康拉德把马洛写成了一个有些近乎粗鲁的有脾气的人。在黑人受到白人蔑视的时候尤其如此。这种有脾气有态度的性格塑造，不应该简单地停留在人物形象塑造方面来看，它主要的是作家明确态度的体现。

《黑暗的中心》中的马洛和帝国主义

马洛替非洲人辩护,抓住一切机会证明他们也具有人性。在上边长段引文之后,他急切地说:"我也有我的声音,不管好歹,我的声音一定要发出来。"(36)不难看出,他发出的是康拉德的声音,那个迫不及待地放弃海员生活义无反顾地当作家揭露帝国主义者暴行和人性黑暗的康拉德的声音。美国知名学者阿尔伯特·J. 杰拉德(Albert J. Guerard)认为《黑暗的中心》是一部"关于荒唐和野蛮剥削的愤怒文献"①。

马洛对帝国主义有一段非常精辟的概括,这段文字出现在他完成非洲之旅之后和给同伴讲这段非洲旅程之前。它不带情绪,不仅可以代表康拉德的声音,也代表任何主张正义的声音:"对土地的征服,细究起来,并不是什么美好的事情。它大体上指的是,把土地从和我们肤色不同、鼻子比我们扁一些的人手里夺走。"(7)而对这些所谓的征服者,马洛的痛斥也是入木三分:"他们只需要动粗——如果你有这股蛮劲儿,也没有什么值得吹嘘的,因为你的强大只是占了

---

① Albert J. Guerard, "Albert J. Guerard on Marlow as Central Character", in *Bloom's Guides*: *Heart of Darkness*, Harold Bloom, ed., New York: Infobase Publishing, 2009, p. 41.

199

别人暂时弱小的便宜。他们为了掠夺而掠夺,这无疑是强盗行为,是大肆屠杀。"(6)尽管现在距离康拉德发表《黑暗的中心》已经过去一百二十多年,但是恃强凌弱,霸凌主义至今也没有停止。仿佛只要这个世界上有军事和经济的霸权存在,帝国主义者扩张和侵略的本性就不可能收敛,公平、正义与和平就会被践踏,并且人性也不会随着科技的发展和进步而变得更加善良。法国哲学家菲利普·拉古-拉巴特(Philippe Lacoue-Labarthe)在评论库尔茨说的最后那句话时说:"这种可怕的危险在于我们的野蛮之处。"①(120)

总的说来,康拉德在马洛这个人物身上注入了太多内容。他把马洛写成维多利亚时期典型的中产阶级男人,大男子主义观念根深蒂固,但是勇于承担家庭和社会责任。在处理马洛作为文明的使者这一形象的时候,他放弃了对这一形象的构建,转而让马洛见证欧洲帝国主义者打着文明的幌子在黑暗的中心干着伤天害理、灭绝人性的罪恶勾当,为主题表达服务。同

---

① Philippe Lacoue-Labarthe, "The Horror of the West", in *Conrad's Heart of Darkness and Contemporary Thought Revisiting the Horror with Lacoue-Labarthe*, Nidesh Lawtoo, ed., London: Bloomsbury, 2012, p120. 这段引文中的"我们"指的是西方,在原文中用的是"us"。

时，有意地让作品中的人物与自己关于非洲的生平互文，康拉德似乎也在表明，虽然现代小说家很难像传统小说家那样发挥重大的社会和政治作用，但是小说家对当下发生的重大问题依然要发出声音，不能保持沉默，哪怕是以艺术的形式发声也是必要的。

劳伦斯在《虹》中对人生意义的探索

人真是难解的斯芬克斯之谜。莎士比亚称赞人是"万物的灵长，宇宙的精华"。然而，人却一直为自己所困扰，因为他不了解自己。我从哪里来，又到哪里去？我是什么？我活着的意义是什么？……这些问题吸引着古往今来许多思想家，也是文学家笔下的永恒主题。埃斯库罗斯、莎士比亚、歌德和托尔斯泰等许多文坛巨擘都积极地探讨这些问题。D. H. 劳伦斯生活在英国从传统到现代的转型时期，他又是如何探讨人生的意义呢？

劳伦斯是一位严肃作家，执着地追求文学创作。在他看来，小说是一种"缩影"。"因为人在观察宇宙时必须借助于某种理论，所以每一本小说都必须以某种关于存在的理论，某种抽象的哲理为根据或骨架。"[1]几乎他的每本小说都蕴含着、浓缩着他那关于"存在"的理论，而他所说的"存在"无疑是指哲学上的人的存在。下面，让我们通过《虹》来窥视一下劳伦斯对人生意义的探索。

一、向未知的边缘奋斗

《虹》是一部时间跨度较大的家世小说——从1840年到1905年——描写正处在从传统向现代转型时期的矿工家庭布朗文一家三代人自我成长和完善的历程。小说中的三代人，汤姆和莉娣娅、安娜和威尔、厄秀拉和斯克里本斯基，都尝试在情感关系中实现自我，超越前一代人，并且试图向更大的目标迈进。

小说一开始，劳伦斯就让读者玩味他的"存在"的理论。开篇之后，读者捕捉到的第一个意象便是那高耸于乡村小镇的小山之上直插云端的教堂塔。它俯瞰着这座小镇。在布朗文一家人的眼中它是神秘和未

---

[1] 侯维瑞:《现代英国小说史》，上海外语教育出版社1985年版，第190页。

知的象征。布朗文家的人在田野里劳作时,一抬头便能看到它。这使他意识到他的上方有个什么东西高不可及。就这样,布朗文家的人心中永远耸立着那座教堂塔,那个未知。他们以人类的继承者的神态期待着那未知的东西。他们世世代代居住在这片沼泽地上,他们的渴望和期待也世世代代存在,那爬满山坡的房子就足以说明这一点。它属于人类本能的一部分,它来自需要满足之后的一种匮乏。

小说开始不久的那段颇有田园牧歌情调的描写告诉我们,布朗文一家过着与自然水乳交融的生活:

> 春天,他们感到一股生命的急流,那是不可遏止的浪潮。年年播下生命的种子,种子又长出了新的生命。他们知道天地间的交融:大地把阳光吸入自己的五脏六腑,又在晴天把雨水吸干,秋风使一切变得赤裸。鸟儿连藏身之地都没有。他们的生活和相互关系就是这样:他们抚摸着土地的脉搏,那土地躺在那儿等待他们去耕耘;他们耕耘之后,土地变得光滑松软,沉重的泥巴沾在脚上,好像要把你拉住一样。收割的季节到了,

劳伦斯在《虹》中对人生意义的探索

那土地则变得坚硬而毫无反应。田野里,麦浪滚滚,犹如绸缎在庄稼人的身边,波光荡漾。他们捧起奶牛的乳房挤奶,奶牛的奶撞击着庄稼人的手掌,奶牛的血管撞击着人的手上的血管。他们跨上马背,把生命夹在两腿之间……入冬以后,男人们坐在屋里的炉火旁,女人们忙碌着家务,心里感到很踏实。岁月的风霜已经渗入了他们的身体,他们朝炉火旁一坐,脑子便迟钝起来,过去生气勃勃的日子所积累起来的东西使他们血液流得缓慢而滞重。①

一年四季,他们与土地相伴,同自然共存。不论是匆忙的劳作,还是懒散的歇息,他们的生命活动都与自然界的变化吻合同拍。他们与自然界有着天然的"血亲关系"(blood intimacy)。他们依赖自然,自然使他们殷实、富庶、餍足。但是,在这种浑然难分的和谐中,他们的内心萌生出一种新的需求。为了扩大生存的意义和价值,他们需要另一种形式的生活。男

---

① [英]劳伦斯:《虹》,漆以凯译,百花文艺出版社1987年版,第2—3页。本文所引《虹》中的文字均出自该书,以后随文注出页码。

人们容易满足现状,"过去生气勃勃的日子所积累起来的东西使他们血液流得缓慢而滞重"(3),往往懒于思考。而女人们在这方面却是先锋,她们想"了解"(4),想了解远方有城市和政府的世界。布朗文太太就想"过上超过自己的、比较优雅的妇女的生活,一心要像一个旅行者在他不声不响的举止中表现出远方国家的气息那样扩大生存的意义的价值"(6)。比她更高一等级的一些人,如哈代太太、牧师和威廉爵士等,构成了她眼前的奇境。有这个奇境存在,她就有了奋斗的目标。如果说教堂塔象征着人们实现自我所要达到的目标,那么,这段描写所昭示的人与自然的"血亲关系"则为小说的发展作了铺陈,这种和谐注定要被工业化所打破。小说中的人物以传统的田园牧歌式的生活以及他们作为自然人的存在为起点,向那未知的边缘奋斗。所以,小说的开始部分恰好曲折地反射出劳伦斯的人生观。

在一篇题为《人生》的散文中,劳伦斯说:"我们的任务就是在两种未知之间如纯火一般地燃烧。"[1] "两

---

[1] [英] D. H. 劳伦斯:《性与可爱:劳伦斯散文选》,姚暨荣译,花城出版社 1988 年版,第 24 页。

劳伦斯在《虹》中对人生意义的探索

种未知"即开端的未知和末日的未知;"燃烧"即实现自身的价值。这一人生信条在《虹》中得到了反复印证。小说中的每一代人都挣扎在自我实现的旅程上,尽最大的努力去实现他们最大的、最纯粹的自我;每一代人都有新的起点和新的目标,都超越了前一代人的能力极限。

作为第一代人,汤姆的自我实现起点偏低。小时候的汤姆是带着母亲的希望进入学校大门的。母亲希望他进入高一层次的境界,然而他却没能如愿。他的自我意识薄弱,他对未知的探索,基本上仅限于莉娣娅。莉娣娅是波兰人,是她的异己性吸引了汤姆,使他们最终走入婚姻殿堂。他们第一次相遇时,"她的古怪、专注和匆匆掠过的身影一下子就把他吸引住了"(30),莉娣娅成了他"遥远的世界"(31),他要涉足的国度。性爱和本能的性依存感使他有了一种新型的相互意识和朦胧的自我意识。他在性经历中找寻着自我,这一点在下一个部分会有具体阐述。他只是找到了、发现了自我,但是并没有继续去探索。结婚两年之后,他和莉娣娅的"双脚踏在相互了解这一奇怪的土地上,他们的脚步被新的发现照亮……新的世界已经被发现，剩下的只待探索"（124—125）。他和莉娣娅终于在彼此之间架起了一道美丽的彩虹。他和莉娣娅之间形成的彩虹是以放弃对自我的继续探索为代价的。不过，作为第一代人，汤姆和莉娣娅由于受传统的影响较深，自我实现的尝试还属于初阶段。能够找到方法，并且迈出步伐，已经难能可贵。并且，他们还为后两代人在追求自我实现方面打下了基础。

到了安娜和威尔这一代，他们已经注意到应该与外面的世界进行联系。小说第六章"胜利者安娜"开始描写安娜和威尔婚后度蜜月沉醉于二人世界，从威尔的视角不时地联想到外面的世界。这充分说明他已经意识到自我与社会之间的关联性，这明显和第一代人的自我追求有本质区别。不仅如此，安娜和威尔还注意到精神和物质的纷争，从宗教方面尝试自我实现要比前一代人明显些。只是他们的林肯大教堂之行，安娜彻底摧毁了威尔对宗教的虔诚，尽管他后来依旧做着教堂维修的工作，但是，他的宗教情感已经荡然无存了。不过，最后安娜和威尔逐渐流于平庸，过着"只限于生理上的，像兽群似的家庭生活"。他们的生活中，"除了一个个孩子的到来，别的什么也没有发生"。(484)总的来讲，前两代人的自我实现只局限在家庭这个圈子里。

第三代人厄秀拉则冲出了家庭的狭小藩篱，扩大了她的活动范围，反思过去，回顾历史，努力把握现在以达到美好的将来。她步入社会，跻身男人世界，不但在爱情上做了尝试，而且还有同性恋的经历。她对自己生命意义的发现、思索、把握和追求，都明显地超出了前两代人。自我实现在她身上表现得也较完满。因此，她是小说中唯一见到真正彩虹的人。而她也当之无愧地成为小说的主人公。

中学毕业后待在家里的一段时间内，厄秀拉开始对她母亲安娜产生反感，她母亲安娜成了生育机器，已经生了八个孩子。在她看来，"像她母亲那样把一切都局限在物质考虑的圈子内，拒绝其他任何现实存在，是非常可怕的"(484)。她肯定不会过她母亲那种为人妻为人母靠生育孩子成为家庭权威的生活。拿到小学助教工作的邀请函是她摆脱家庭的独立宣言，从此她将成为独立的社会个体。不仅如此，她还扩大自己的活动范围——读大学。在大学实验室里，通过对细胞核的观察，她探索自我与无穷的关系。她和斯克里本斯

基的恋情是她实现自我必不可少的经历:"那儿永远是认识自我和令人愉快的广阔无边的空间。"(599)

厄秀拉在自我实现的道路上甚至还走过弯路。后来她承认,和尹格老师的同性恋经历"是她生活中的扭曲"(488)。她和斯克里本斯基的恋爱,也有许多需要总结的地方。尽管有的山顶令她失望,但是她知道,"每个山顶都有点儿不同,每个谷地总有些新意"(596),她要领略不同的山顶。

与人物的行动相伴,小说采用进程性的语言和象征相结合,生动地再现人物自我实现过程中的奋斗、挣扎和决心。劳伦斯用"爬"的意象来表达探索的艰难和执着。小说开始的第一段在描写布朗文一家所住小镇的房子时,就用"房舍艰难地爬满山坡"(1)这样的语言。向前向上的运动意象,不仅有行进感,还有超越的意涵。厄秀拉当上老师就标志着她拥有了社会自我。而她去学校的那段路都是山坡。为了保持自我的独立性和完整性,她不得不与斯克里本斯基分手。分手之后,她对爬山有一段思考比较富有象征性:

为什么人一定要爬山?为什么人一定要往上

爬？为什么都不愿呆在下边？为什么要强迫自己往坡上爬？为什么一个人在底下时一定要强迫自己拼命往上爬，往上爬？呵，那是非常吃力，非常疲倦，非常艰难的啊，那始终是沉重而又沉重的负担。然而她仍然必须到达山顶。（672）

这是劳伦斯的声音。透过厄秀拉，我们仿佛看到，劳伦斯笔下的人物越过一幢幢丑陋的房屋，向山顶攀爬，接近那未知——自我实现。而厄秀拉在和斯克里本斯基分手后，并没有被失恋摧毁，而是把他当作过去而放下，寻找自己新的生活："她穿过一片空茫和冲击着新旧世界的黑暗单独一人登上的海岸完全是一片不可知的，尚未探测、尚未发现的土地。"（676）

一辈接着一辈，后代超越前代，这就是人类的演进。它述说着人性的自然。只要演进的历史没写完，人类就一刻也不会停止向那未知的边缘挺进。

二、性意义上的自我实现

布朗文一家三代人都执着地实现着他们各自的自

我。尽管他们所达到的终点不尽相同,但是,他们的自我实现都是性意义上的,都和两性关系的协调与否紧密相连。劳伦斯主张建立和谐的两性关系,以此为手段来达到自我的实现。在劳伦斯笔下,性爱是"手段,它本身并不是目的"(563)。自我实现是艰难的,它要求人们正确地看待性,并且要求两性之间既要结合又要保持相对的独立性。

劳伦斯曾经说过:"寻求自我才是性欲的真正动机……每一个男人,每一个女人无不在性经历中寻找自己。"[①]在三代人的恋爱过程中,每一方都把另一方当作通向未知世界的"缺口",都在性经历中找寻着自我。在汤姆和莉娣娅之间,"他要松开自己的束缚去发现她,同时在她身上发现他自己"(124)。"她就是他那门口,他之于她亦然。"(125)通过这道门口他们可以进入那更深远的空间。在安娜和威尔之间,一个人是另一个人墙上的"洞"。在厄秀拉和斯克里本斯基之间,二者也试图通过性经历来完成自我实现。当她的身体接触到斯克里本斯基的身体时,她"越来越意识

[①] [英] D.H. 劳伦斯:《性与可爱:劳伦斯散文选》,姚暨荣译,花城出版社 1988 年版,第 42 页。

到她自己"（611）。对这三代人来说，性欲的真正目的不仅是生儿育女，更是寻找自我和实现自我。

　　建立和谐的性关系并非轻而易举，它要求人们首先要公正地看待性。尽管许多人在这方面指责劳伦斯，甚至把他看作色情作家，但是，只要仔细研读他的作品，我们就会发现，劳伦斯对待性问题是十分严肃的。从他的第一部作品《白孔雀》到最后一部作品《恰特莱夫人的情人》，他都在认真地探讨两性之间关系这一问题，试图通过对男女之间关系的探索，来解决他所处的时代发生的问题，如欧洲文明的症结、社会的弊端和艺术的衰落等。他说："我只能写我所感受最强烈的东西，这种东西在目前看来就是男人和女人之间的关系。建立一种新型的男人与女人之间的关系，或者调整旧的男人与女人之间的关系，这毕竟是当今的问题所在。"[1] 在《虹》中，他通过对两性关系的探讨，试图解决的是人格的自我实现问题。在劳伦斯看来，性不是色情，也不是淫秽。他说："性就是美。性和美是一回事，就像火焰和火是一回事一样。如果你憎恨性，

---

[1]〔英〕戴·赫·劳伦斯：《劳伦斯书信选》，哈里·莫尔编，刘宪之、乔长森译，北方文艺出版社1988年版，第81页。

你就是在憎恨美……你若想爱有生命的美，你就得敬重性。"[1] 劳伦斯一直为人们扭曲地看待性所苦恼。他认为，这样的结果只能导致人类的堕落。

其次，在两性之间的关系上，男女双方既要保持一定距离，又要结合。这和西方传统说法不一样。在西方神话中，人是一个球形体，后来分成了两半，每一半都试图寻找另一半以达到先前的状态。按照这一神话，男女双方是互相吸引的。而劳伦斯则认为，两性之间存在着二律背反，他们既应该吸引、结合，又应该排斥、分离。他说："我们象一朵玫瑰。男女双方的激情既完全分离，又美妙地结合。一种新的形状，一种超然状态在纯洁统一的激情中，在寻求清新与独立的纯洁激情中诞生了，两种合而为一，被投进玫瑰般的完美天堂中。"[2] 劳伦斯的这一观点，在前两代人身上表现得非常明显。

在三代人中，汤姆和莉娣娅的爱情较为成功。这不仅是因为莉娣娅是那"未知"，是"将宗教、爱情和

---

[1]［英］D. H. 劳伦斯：《性与可爱：劳伦斯散文选》，姚暨荣译，花城出版社1988年版，第106页。
[2]［英］D. H. 劳伦斯：《性与可爱：劳伦斯散文选》，姚暨荣译，花城出版社1988年版，第99页。另外，引文中的"象"字，在译文中就是这么写的。

道德结合在一起的"未知生活的象征，还因为她身上的异己因素在吸引他。她能使他一见钟情，是因为在他面前匆匆掠过的身影稀奇、古怪，具有异国情调。她作为外国人的存在对他来讲是最重要的。是这一点把她拉向他一边，把他俩结合在一起，使二者在对方的身上发现自我，实现自我。劳伦斯在这一代人身上强调的是两性之间的吸引和结合。尽管偶尔汤姆和莉娣娅在一定程度上产生分离，让莉娣娅"意识到他是一股独立的力量。她阴郁地关闭起心扉，似乎在跟一些神秘力量不可思议地共享感情"（77），但是，总的说来，他们的生活还算美满。正像前文所说的那样，这对夫妻融洽的关系创造了和谐的生活，却失去了对自我的探索机会。所以，劳伦斯在下一代人安娜和威尔身上主要探讨了两性之间应保持一定距离，以保持自我的相对独立性的问题。这在收麦的情景中表现得最为典型。

安娜和威尔在麦田里穿梭，好长时间两个人碰不到一起：

> 当他刚刚抓起麦个儿抬起身，她已经又提着两个麦个儿向他走来了。他也从不远处向她走来。

> 她将麦个儿又排成新的一簇。麦个儿没有立稳，她的手颤抖了。然而，她突然离开，转身面向月亮。月亮把她的心都照得透亮，因此她感到她的胸口仿佛是由于月光的照耀在一起一伏地呼吸。他不得不将她那两个倒下的麦个儿扶起。他一声不响地干活。当她正在走近时，又轮到他走开了。(161)

为什么他们之间总保持一段距离呢？因为他们都害怕自我的毁灭和个性的消失。颇具象征意义的月亮启示着他们：万事万物都是她的形状，一个独立的圆的完成。她一方面让人们去实现那个"圆"(即自我)，另一方面又破坏了两性的和谐。威尔曾经送给安娜一个木雕戳子，这个戳子是他自己刻的，刻有在火中飞起的凤凰图案，凤凰看起来也有点儿像鹰。而他在吻安娜的时候，就被劳伦斯表现出了很强的攻击和破坏性："他的头像鹰的头似的抬起了……一把抱住她，把她搂得紧紧的。他干得那么干脆、利索，像一只向下俯冲的捕食的鸟儿。"(154)

而在厄秀拉和斯克里本斯基之间，也有类似的经历。在弗雷迪叔叔婚礼上跳舞的时候，劳伦斯不止一

劳伦斯在《虹》中对人生意义的探索

次描写厄秀拉月光般的毁灭力:"她的热烈的亲吻紧紧地抓住了他,仿佛她就像月光一样厉害,能使一切溶化。她仿佛正在毁灭他。"(439—440)而即使在她和斯克里本斯基热恋到谈婚论嫁之际,"没有任何人——甚至包括年轻的斯克里本斯基——能够对她恒久的自我产生什么影响"(617)。

劳伦斯一直为两性结合之后个性的消失而苦恼。两性结合固然有发现,有交流,然而也有毁灭和破坏。所以,真正美满的婚姻所要求的两性关系只能是既结合又分离的。

劳伦斯还强调追求爱情的肉体和精神的统一,神圣与世俗的契合。追求这一点,是企图达到更高一层次的自我实现。小说中的第一代人没有这样高的要求。在第二代人身上,这一要求已初见端倪,威尔对宗教的追求一度十分狂热,他希望他的灵魂可以升入天际。到了第三代人的时候,它已经十分强烈了。厄秀拉与斯克里本斯基分道扬镳的主要原因就是后者只要求肉体上的结合,而没有精神上的追求,而厄秀拉则是两方面都要。

从表面上看,这三代人的自我实现是一代不如一代。第一代人勉强形成了生活的彩虹，第二代人的婚姻则名存实亡，第三代人没能结婚便分手了。但是，实质上，这三代人是一代超越一代的。后两代人婚姻上的失败恰好说明了两性之间的结合与分离要保持一定的度。尽管他们的婚姻宣告失败，可是在小说的续篇《恋爱中的女人》中厄秀拉与伯金的婚姻却成功了。因为他俩注意了也处理好了这一问题。在两性之间不应该掺杂自私的成分，企图占有对方会导致失败。劳伦斯认为，自私是人类自我完善旅程中应该克服的一个弱点。

同为家世小说，《喧哗与骚动》中康普生家族最后走向崩溃；《百年孤独》中一家六代人走了一个和"0"相同的圆圈又回到原处；而《虹》中布朗文一家三代人，一代超越另一代，沿着历史的山坡，一步一步地向那高耸入云的教堂塔奋力攀爬。

三、工业文明与自我实现

自我实现源于人的内在需要，并为环境所推动或束缚。良好的外在因素对自我实现起推动作用，不良的外在因素对自我实现则起阻碍作用。劳伦斯看到,他所处的时代高速发展的工业文明使人异化,传统的伦理道德和虚伪的宗教对人的自我发展也是一种束缚。因此,要实现自我,使人类健康成长,必须改造环境。下文仅探讨工业文明是如何阻碍自我实现的。

和许多伟大的小说家一样,劳伦斯对工业文明也是深恶痛绝。他说:"我厌恶英国的思想,厌恶它的衰败以及模糊恼人的现代化。"[①]他的小说、书信和散文中,处处流露着他对工业文明的憎恶。他认为,工业文明使英国衰败。这种难以避免的灾难具有很大的普遍性,它实质上是整个人类的灾难。然而,劳伦斯没有像他的许多前辈和同辈那样,反对工业文明,鼓吹人类回归自然,回到其原始状态中去。在这一点上,国内外许多学者曲解了他。他在《麦尔维尔的〈泰比〉和〈奥穆〉》"一文中就说:"我们回不去了。有的人可以,那是些叛徒。可是麦尔维尔不能倒退。高更也实在不能倒退。我知道我一辈子也不能倒退,不能倒退

[①] [英]戴·赫·劳伦斯:《劳伦斯书信选》,哈里·莫尔编,刘宪之、乔长森译,北方文艺出版社1988年版,第39页。

到过去野蛮的生活。"①

　　从上段结尾的引文不难看出,劳伦斯在怀疑厌恶现代文明的同时,并没有对文明本身做彻底否定。普罗米修斯给人类带来了圣火,他的自甘毁灭之壮举揭示了无论命运怎样捉弄人类,人类必将走向文明的真理。人类发展的历史潮流是不可逆转的,劳伦斯知道这一点。他实际上是对文明发展的现代阶段,即现代工业文明,表示怀疑。现代工业文明的发展速度过快,导致了一系列问题。他本人也说:"常常有人说我想让人类回到野蛮状态中去,这种话我都听烦了……我所呼吁的,仅仅是他们应该停一下,好好考虑考虑。"②他在第一部小说《白孔雀》里便杀死了那个与文明背道而驰、生活在自然中的人安纳布尔;在《儿子与情人》的结尾,保罗在迷惘之中去的地方是城市的磷光,而不是自然的怀抱;尽管劳伦斯在最后一部小说《恰特莱夫人的情人》中让安纳布尔又复活了,但是,他"毫无意思要所有的女子都去追求她们的狩猎人做情

---

①［英］D. H. 劳伦斯:《劳伦斯散文精选》,黑马译,人民日报出版社1996年版,第150页。译文略有改动。
②［英］D. H. 劳伦斯:《性与可爱:劳伦斯散文选》,姚暨荣译,花城出版社1988年版,第150页。

人"①。他考虑的是如何在现代环境中生存的问题。这部小说的第一段就为这一点做了有力的注脚:"我们根本就生活在一个悲剧的时代……现在没有一条通向未来的康庄大道,但是我们却迂回前进,或攀援障碍而过,不管天翻地覆,我们都得生活。"②在《虹》中,人们渴望的不是自然,而恰恰是超越自然。接下来,让我们看看《虹》中所表现出来的工业文明对人的危害,看看工业文明如何阻止人们的人格自我实现。

小说开始后不久,读者便能感受到大工业在蚕食小农经济:开凿运河、架设铁路、挖掘矿山。这一切发生在1840年左右:

> 开始,布朗文家对他们周围的这些纷乱变化感到非常惊讶。穿越他们土地的运河的开凿,使他们在自己的地方变成了陌生人。这个地面上生疏的堤岸将他们与外界隔绝,使他们陷入混乱之中。当他们在田野里工作时,从前面现在已经熟

---

① [英]戴·赫·劳伦斯:《查太莱夫人的情人》,饶述一译,湖南人民出版社1986年版,"前言",第5页。

② [英]戴·赫·劳伦斯:《查太莱夫人的情人》,饶述一译,湖南人民出版社1986年版,第1页。

悉的大堤上传来卷扬机有节奏的隆隆声，先是惊异，后来大脑也就麻痹了。接着，火车汽笛的一声刺耳长鸣震动了河谷的中心，带着颤颤惊惊的喜悦宣告远方已经急急来到了。（8—9）

显然，工业化的到来，令布朗文一家没有心理准备。从他们对周遭发生的一切感到陌生这一点来看，他们需要花时间适应这个社会剧变。而伴着阵阵西风吹来的矿渣燃烧发出的微弱的硫黄味儿和空车皮转轨时发出的哐啷哐啷的尖厉响声，则传递着不和谐和不健康的讯息。

自然在被侵吞，留下的是丑陋的矿坑。矿区被小说家描写成破败萧索的景象。厄秀拉叔叔掌管的矿区，小镇"就像一片新建的红砖地基，杂乱无章地躺在那儿，又像皮肤病一样迅速扩展蔓延"（472）。而早已成为机器奴隶的矿工们"成帮结伙地荡来荡去，或者拖着沉重的步伐走在人行道上去上班，看上去简直不像活着的人，而像一群幽灵"（472）。小说家就这样为我们勾勒出了工业文明给英国社会和个人以及个人心理带来的危害。

劳伦斯在《虹》中对人生意义的探索

工业文明的飞速发展同人的自我实现背道而驰，使人们不但达不到人格实现的新大陆，反而心灵被扭曲，被扼杀。劳伦斯对这一代矿工的被驯化深感悲哀。他曾这样写道："'与带着强劲而美丽的孤寂、半荒弃的旷野景色相呼应的，与远远地踏着泥水走来的矿工和赛狗相呼应的'那样一种'潜在的野性和未经驯化的精神'在新的一代矿工身上丧失了"[①]，他们热烈的生命被包在完全僵死的"螺壳"里了。厄秀拉看到，"人类的身体和生命竟奴隶般地从属于那矿井的魔鬼"（478），汤姆叔叔和尹格老师都变成了机器。"她要把那机器打得粉碎。"（479）但是，劳伦斯对矿工并不是完全绝望，他始终觉得矿工黧黑的形象和奇异之处与他人迥别。从一方面讲，他们的生命力被壳子所包围好像是一种死亡。但是，从另一方面讲，他们又有突破这个壳子，获得再生的可能。在这里，劳伦斯尽管没有像左拉那样正面描写工人，他和左拉描写工人的目的也不一样，但是，我们看到，他笔下的工人和左拉笔下的工人一样不甘沉沦。他们心底潜藏的希望也

---

① ［英］弗兰克·克默德：《劳伦斯》，胡缨译，生活·读书·新知三联书店1986年版，第2-3页。

会再度萌醒。

　　劳伦斯在这部小说中对工业文明的困惑也有所表露。象征着工业文明的火车只是盲目地开动："它要到哪儿去？它哪儿也不去，仅仅是在奔跑。它是那样盲目，没有目标，没有目的，却又跑得那样急！"（634）这是不是人类的末日要来临了呢？如何使人们再生呢？凌空而起的一道彩虹放射着希望之光。在小说中，虹主要出现三次，每次的象征意义都不一样。小说结尾的虹，并非拱立在大地上，而是连接着天空和大地。在这里，天和地酷似中国道家的阴和阳。而彩虹则宛若一道桥梁使二者结合在一起，使阴阳进行调和，以便达到和谐、健康的状态。它已经"弯弯地扎根于他们（工人）的血肉里并将闪活在他们的精神中"（678），并将使他们再生。这道彩虹象征着医治工业文明给人们带来创伤的两性关系。它是人与上帝的契约，它预示着一场灾难的终结，人类必将走向新的高度。

四、结语

　　劳伦斯对人生意义的探索是积极的，尤其是在人

劳伦斯在《虹》中对人生意义的探索

的价值观念发生转换的那个时代，这种探索便更有其时代意义。

劳伦斯提倡人格的自我实现实际上是针对当时高速发展的工业文明提出来的。在现代文明的重压下，人迷失了自我，变成了会喘气的机器。因此，劳伦斯的这一主张无疑有助于人们重新发现自我，正视自我，完善自我。除此之外，劳伦斯强调自我实现还是为了使在欧洲沉睡多年的生命复苏，呈现出一个全新的价值世界。而这又是以否定传统的价值为前提的。很显然，劳伦斯在这里脉承了尼采的哲学观。尼采就主张否定一切传统价值，重估一切价值，并且宣扬自我。尽管《虹》所描写的只是英国的一两个矿区，但是，它的容量却已远远地超出了这一阈限。劳伦斯不容忍生命的腐朽，倡导积极、乐观、向上的人格。他呼吁人类从赤裸的自我开始，而后逐步建立一个全新的价值世界。他认为，人是介于动物和天使之间的。人来源于动物，他所达到的目标却是天使。这样，人就应该一代一代地不断实现自我，最终达到天使般的完美。其实，人永远不能像天使那样完美，正如恩格斯所说："人来源于动物界这一事实已经决定人永远不能完全摆脱兽性,所以问题永远只能在于摆脱多些或少些,在于兽性或人性的程度上的差异。"① 不过,人应该在他进化的过程中有这样的尝试和追求。尤其是,人自身的发展也是关系到人类未来命运的大事。它可以为社会的发展提供重要的参考系,因为社会的发展是依靠人的。如果人格层次得不到健康发展和提高,社会也不会进步,而社会又会反作用于人,这样就难免产生恶性循环。所以,劳伦斯提倡人类回归自我和自我实现是有一定的现实意义的。

劳伦斯把性爱,即两性关系的和谐与否作为达到自我实现的一种手段,并且企图用性来解决一切社会问题,实质上是受当时的弗洛伊德性心理学影响。尽管他本人反对弗洛伊德,但是,这种影响却不以他的意志为转移。按照弗氏理论,性本能是人类保持自己的强大动力,是决定一切的基础。劳伦斯也认为性的本能是生命的基础和动力。这无疑夸大了人的自然属性,而忽视了人的社会属性。其实,人作为社会的主体和存在,更有其丰富的社会的和历史的内涵。人类

---

① [德]马克思、恩格斯:《马克思恩格斯选集》(第三卷),中共中央马克思恩格斯列宁斯大林著作编译局译,人民出版社2012年版,第478页。

结成社会组织以后，社会对人就发生了全面影响。它本身作为一种自发的力量（社会有自己的机制），创造自己的历史，带动人类进步。性固然重要，但是它不能包治百病。劳伦斯所处的时代人性被扭曲，社会道德腐败，人们的责任感淡化，这些社会问题不是性所能医治的。社会问题的解决归根到底还是要归结到社会基本矛盾——生产力和生产关系的矛盾——上来。

另外，劳伦斯把他所处的时代人的异化问题归结为工业化，在这一点上他只看到了表面，因为人的异化问题是资本主义制度造成的。劳伦斯企图用性来恢复人的本来面目，这是苍白无力的。只要社会基本矛盾没有解决，一切问题都得不到根本解决。

与此同时，我们也应该承认，劳伦斯率先涉足性文学这块禁地，打破了当时文坛那种万马齐喑的局面，他作为一个拓荒者的勇敢精神以及他对现当代西方文学的影响是应该给予肯定的。

《到灯塔去》的结构

《到灯塔去》(*To the Lighthouse*，1927）是英国著名现代派小说家弗吉尼亚·伍尔夫（Virginia Woolf）的代表作，是20世纪最伟大的英语小说之一。无论是在国外，还是在国内，对这部小说的研究都已经相当充分，这一点已经不用证明。和许多现代派文学作品一样，这部小说实验性也很强，因此，对它的研究在形式上的探讨形成了一道亮丽的风景。其中，自由间接引语的运用、象征的运用和打破线性叙述等方面的研究成绩斐然。不过，总体说来，对这部小说形式方面的研究一般都认为它在叙事上具有断裂性，这使得作品的结构显得散乱。经过认真研读这部小说，笔者发现，叙事断裂只是这部作品呈现的表象，实际上，它服务于一种秩序，它参与建构了一个小说家有意营造的、可把持得住的中心。只有意识到这个中心的存在，这部作品的结构才会清晰可见，这部作品理解起来也就容易得多。笔者认为，伍尔夫为这部小说精心设计了如下结构：中心的建立—中心的失控—新中心的建立。这一结构酷似叶芝的《第二次来临》所描述的内容，它清晰地反映出，经过第一次世界大战，人们的生活方式和价值观念发生了根本性的改变。

一、中心的建立：从《现代小说》谈起

《现代小说》（"Modern Fiction"，1925）是伍尔夫的散文代表作，是现代派小说的宣言。它最初发表于1919年4月10日的《泰晤士文学增刊》上，标题为"Modern Novels"，后来经过修改，收入散文集《普通读者》第一辑中。在这篇文章中，伍尔夫对她同时代的作家约翰·高尔斯华绥、阿诺德·班纳特和H. G. 威尔斯的创作进行了犀利的抨击，给他们的作品贴上了"偏重物质"（materialists）的标签，此处的重物质指的是，这些作品"写的事不关紧要，而他们却花了很大的技巧和很多心血，使得鸡毛蒜皮转眼即过的东西

看起来真实经久"[①]。在伍尔夫看来,这些作家因对逼真性的过分追求,而忽略了对生活的关注,或者对生活的关注不够真实。伍尔夫在这篇文章里所指的生活实际上是人们的内心世界。她说:

> 向内心看看,生活似乎远非"如此"。仔细观察一下一个普通日子里一个普通人的头脑吧。头脑接受着千千万万的印象——细小的、奇异的、倏然而逝的,或者是用锋利的钢刀刻下来的。这些印象来自四面八方,宛然一阵阵不断坠落的无数微尘;当它们降落,当它们构成星期一生活或者星期二生活的时候,着重点所在和从前不同了、要紧的关键换了地方,这一来,如果作家是个自由人而不是奴隶,如果他能写他想写而不是写他必须写的,如果他的切身感受不是依据老框框,结果就会没有情节,没有喜剧,没有悲剧,没有已成俗套的爱情穿插或者最终结局,也许没有一颗纽扣钉得够上邦德街裁缝的标准……传达着变

[①] [英] 弗吉尼亚·伍尔芙:《伍尔芙随笔全集·普通读者》,石云龙等译,中国社会科学出版社2001年版,第136页。

《到灯塔去》的结构

化万端的，这尚欠认识尚欠探讨的根本精神，不管他的表现会多么脱离常轨、错综复杂，而且如实传达，尽可能不羼入它本身之外的、非其固有的东西，难道不正是小说家的任务吗？①

在很大程度上可以说，《到灯塔去》就是伍尔夫为了履行"小说家的任务"而做的实验。她基本做到了让这部小说"没有情节，没有喜剧，没有悲剧……"。至少，这是一部反情节的小说。以小说第一部分为例，一个在苏格兰海岛度假的中产阶级家庭六岁的儿子詹姆斯问母亲，第二天是否可以到灯塔去，得到了父亲和父亲的一个学生的否定回答，孩子想在母亲那里得到最终的答案。这样一个情节被对许多琐事的叙述给打断，如对拉姆齐夫人内心活动的叙述、拉姆齐夫人和坦斯利外出购物的故事、对宴会的描述等。伍尔夫的确没有想讲一个完整而连贯的故事。她写这部小说的一个目的就是为了表达对自己已故的父母深切的怀念。小说的女主人公拉姆齐夫人的原型就是自己的母

---

① ［英］弗吉尼亚·伍尔芙：《伍尔芙随笔全集·普通读者》，石云龙等译，中国社会科学出版社2001年版，第136页。

亲。但是，伍尔夫也没有把母亲的故事讲得很完整。为了尝试在小说技巧方面的突破，伍尔夫甚至运用了大量富有诗性的语言，并且想用"挽歌"（elegy）而不是"小说"来称呼它。然而不管是《现代小说》这篇非常有影响力的文章多么容易使读者在阅读这部小说时容易有先入之见，还是伍尔夫在具体创作中践行自己的理论主张，伍尔夫在小说第一部分非常精心建构的一个中心是确实存在的。

这个中心就是小说的女主人拉姆齐夫人。她的美貌产生了强大的磁场，把小说中的其他人物都吸引到自己的周围。坦斯利是拉姆齐先生的博士生，在陪她一起扶贫的路上，他就一直被她所吸引："他有种非常奇特的感情，这感情是在花园中他要替她拿提包时开始萌生的，在城里他渴望向她倾诉自己的一切时不断增强的、一路行走时越来越发展起来的。"[①] 后来，他意识到，是她的美貌使他愿意给她拿提包，使他感觉到和她在一起走路会有自豪感。而在路边挖排水沟的

[①] ［英］弗吉尼亚·伍尔芙：《到灯塔去》，王家湘译，北京十月文艺出版社2015年版，第15页。本文所引《到灯塔去》的所有文字皆出自此书，以后随文给出页码。

男人"停下手里的活看着她；垂下了胳臂看着她"。甚至有些名人，如乔治·曼宁和华莱士先生，都会为她的美貌所折服，会在傍晚时分来到她家，和她在围炉谈心。年届六旬的生物学家班克斯先生一向严谨清白和不懂感情，但是，他看拉姆齐夫人的神情都可以用着迷来形容："像他这样一个人用像莉莉看见的那种目光注视拉姆齐夫人，确实称得上是着迷了，莉莉觉得，这相当于几十个年轻人的爱慕之和了。"（60）莉莉是画家，她对拉姆齐夫人的蛮横有些看不惯，但是，她还是禁不住对拉姆齐夫人充满爱慕。当她把头靠在拉姆齐夫人的膝上时，想到："人们称之为爱恋的感情能将她和拉姆齐夫人结为一体吗？"（65）

就这样，伍尔夫通过让来到拉姆齐家赴宴的这些宾客出场的时候，把他们每一个人对拉姆齐夫人的印象都交代出来，这不仅使拉姆齐夫人的形象更加丰满，更重要的是，拉姆齐夫人的中心地位也被确立起来了。实际上，这是一种非常新颖的叙事聚焦手法在主题表现上的成功尝试，镜头感更强，在电影叙事方面表现力会更突出些。当一个人成为每个人心中都共有的一个人物形象时，她就显得很重要。

不仅如此，为了凸现拉姆齐夫人的中心地位，伍尔夫还在叙事上运用了共时表现的技巧，安排许多人物关注或者想到拉姆齐夫人。小说一开始，读者看到的是一幅母子图。拉姆齐夫人在窗边织毛衣，身边是小儿子詹姆斯。但是，在与织毛衣动作同时发生的，还有拉姆齐先生和他的学生坦斯利在窗外来回踱步。而在宅子外边的草坪上还有一组人物：画家莉莉在作画，植物学家班克斯先生和她在一起。如果读者能够注意到这些人物几乎在同一时刻想到拉姆齐夫人或者有的甚至痴迷地看着她，她的中心地位有多重要就不用赘言了。

作为众多人物聚焦的中心拉姆齐夫人并不是被动的聚焦对象，她也在想着每一个人。她不仅是贤妻良母，还是社交达人。伍尔夫给这个中心人物安排的任务是，让她的心理活动涉及每一个人，让她对每一个人的情况如数家珍，让她的爱心波及每一个人。在整个第一部分，伍尔夫运用的最主要技巧是意识流，目的就是让拉姆齐夫人的意识流往外辐射的时候四周都可以照顾到，形成一种光源的感觉。至此，从小说叙事逻辑上，我们就不得不说，她就是灯塔。在拉姆齐夫人的家庭宴会上，她的中心地位更加了然。她下楼赴宴时，小说从全人称的视角这样描述她："像一个看到臣民聚集在大厅里的女王，她俯视着他们，然后走到他们之中，默默地对他们的赞美表示致意，接受他们对她的忠诚和膜拜。"（105）宴会的宾客性格迥异，有的彼此还有矛盾，"全得靠她来做出一切使气氛融洽、引起话题、自由交流的努力"（108）。

如果说，拉姆齐夫人是宾客的中心，那么，我们就可以把受她吸引的宾客看作一个圆。她的美和爱向四周辐射。不过，我们不应该忽视另一个更小的同心圆的存在，那就是她的家庭成员组成的圆。这一点只需要简单证明即可。她是家庭的中心。在小说中拉姆齐夫人是典型的维多利亚时代（尽管故事发生的时间属于爱德华时代）的女性，是八个孩子的母亲。每个孩子都在她的庇护之下，所有孩子的衣食起居都由她来负责。晚上，她不去孩子们的房间看望他们，他们就无法入睡。为了支持丈夫的事业，家庭重担由她一人挑起。家人每天为了这事那事来找她。

归纳起来，拉姆齐夫人中心地位如果用图表示，拉姆齐夫人作为中心人物，是个圆点，她的家庭成员是距离圆点最近的一个圆，而参加宴会的宾客，这是最外围的一个圆。而圆点和四周之间是彼此互动关系。

二、中心的失控（消解）

晚宴一结束，拉姆齐夫人便离开了。小说以全人称视角说道："她一离开就开始了溃散的过程。大家犹豫了一阵，便分散而去。"（144）这句话预示小说第二部分的内容，也是小说结构的中间环节。这个结构比较耐人捉摸。它容易使人想起爱尔兰诗人叶芝的一首诗歌《第二次来临》（"The Second Coming"）里对欧洲现代世界描述的诗句："一切都瓦解了，中心再不能保持，/只是一片混乱来到这个世界。"[①]在接下来的分析中，我们会将二者进行有趣的对比。伍尔夫对没有拉姆齐夫人之后的混乱处理得比较复杂，她一方面照顾到了第二部分作为中间部分的衔接作用，又对混乱作了多方关注。混乱的中心地位在小说中非常重要，所以在结构上需要单独另立一个部分，否则，如果这部分仅仅起过渡作用，就没有必要单独划分成为一个

[①]［爱尔兰］叶芝：《抒情诗人叶芝诗选》，裘小龙译，四川文艺出版社1986年版，第87页。

部分了。不过，她刻意牺牲了小说情节发展的线性叙述或者连贯性。

第二部分一开始，伍尔夫并没有马上另起炉灶，描述不同的话题，而是想尽量做到无缝衔接，写晚宴结束后的事情，但是已经为混乱的开始做好了铺垫。拉姆齐夫人离开后，所有房间灯光一一熄灭，留下一片漆黑。这似乎暗示，拉姆齐夫人就是那道光，就是灯塔。而在黑暗成为主宰的世界上，一切都混乱不堪："夜里充满了狂风和毁灭；树木前俯后仰，落叶四处乱飞……大海波浪翻腾、惊涛拍岸"，没有任何人来"恢复这黑夜的秩序，使世界反映心灵的航向"。而当拉姆齐夫人死后，"empty"就成了这一部分前几章的高频词。这个词在英文中既指"里边没有人"，也指"空虚、没有意义"。而在拉姆齐夫人死后，她的影响力就更加被凸现出来。她死后第二天凌晨，拉姆齐先生在一个过道跌跌撞撞地张开双臂，却"没有人投入他的怀抱"（168）。在原文中，这段引文写的是"They are empty"。值得一提的是，这句话是第三章的最后一句话。而在第四章开始的第一句话中，"empty"一词再次出现："房子空了。"这种紧密的连续性，传递着拉姆齐夫人这个中心消散后一切都分崩离析的多米诺骨牌效应。

和人去楼空相比，伍尔夫所描写的另一种混乱，也是这个部分最重要的内容，就是第一次世界大战。这是对重要历史事件的处理，把握起来比较大，历史观显得尤为重要。在这部作品中，伍尔夫对一战的看法和叶芝《第二次来临》对一战的解读有相近之处。叶芝认为，人类历史两千年重复一次，在1919年他写《第二次来临》时，一战刚刚结束。所以，那首诗中所表现的中心失控，象征着接近两千年欧洲基督教文明的终结。他预言伴随着一战的混乱结束，可能东方文明要粉墨登场，主宰另一个两千年。所以，《第二次来临》中那个朝着伯利恒走去"出生"的狮身人面怪兽是东方文明的象征。伍尔夫在第二部分主要想表达的是，战争是传统和现代的分水岭，它加剧了维多利亚时代的衰亡，使人类历史进入了崭新的时代，催生了现代价值观念。

尽管这一部分一开始并没有直接提一战，但是，伍尔夫对侵入画室的拟人化的空气向室内废纸篓里撕碎的信件、书籍和花儿提出的问题"它们是伙伴吗？它们是敌人吗？"就已经为以后提到战争埋下伏笔。

"伙伴"一词在原文中是"allies",使人想到一战作为协约国成员的英法联军。赫米恩·李(Hermione Lee)在为企鹅版的《到灯塔去》做的注释中就敏感地提到,它指的是一战。① 而在第四章一开始描写风对空屋子的侵袭时,她用了军事术语,把风比作"大队伍的前锋"(第169页),并且在描述入侵过程时用了爆破音"b"押头韵的几个动词,凸显战争的戾气。而在这章快结尾的时候,她用了"peace descended"这样的词。而我们前面分析中提到的文字"狂风和毁灭""黑夜"和"大海波浪翻腾、惊涛拍岸"等都象征着战争的到来和历史的转折或者转折时期的阵痛。

当然,伍尔夫并不回避对一战的直接描述,对安德鲁的死亡的描述就比较直接:"一枚炮弹爆炸。有二三十个年轻人在法国被炸得血肉横飞,其中有安德鲁·拉姆齐。"(175)她也提到一战英国惨重的伤亡。但是对这件事的讲述伍尔夫用了自由间接引语:"这些年里大家都失去了亲人",仿佛这是麦克纳布太太说的话。但是,对历史事件的反思,似乎不是一个打扫房

---

① Virginia Woolf, *To the Lighthouse*, London: Penguin, 1992, p. 251.

间的老太太所能做得到的。而在麦克纳布太太回忆拉姆齐夫人时候的另一句话,则更像是伍尔夫在言说:"可是天哪,从那时到现在发生了多少变化啊。"(179)

战争会带来变化。这或许是伍尔夫在写这个部分的时候描写一战的重要目的之一,让第三部分内容更加自然。在一战中,英国许多男子参战,越来越多的妇女走出家庭,参与社会事务,甚至是战时工作。这大大地削弱了社会对女性的偏见,也使英国妇女社会地位得到提升,并且在1928年获得选举权。而战后人们生活方式的转变和价值观念的变化是巨大的。这在第三部分的分析中我们会看到。

战争会毁坏,战争也会孕育。伍尔夫对下面这段混乱的描写就让读者从混沌中听到了孕育希望:

> 从这所空宅楼上的房间里倾听(如果还有人在那里倾听的话),能听到的只有无边的混沌中道道闪电夹着雷鸣翻腾起伏,狂风和巨浪尽情嬉戏,他们有着变化不定的巨大躯体,爬到对方的身上层层叠起……直到似乎整个宇宙都在兽性的混乱和放纵的贪欲中独自漫无目的地搏斗翻滚。(177)

而在接下来一段，她就开始描写了春天到来的景象。在《第二次来临》中，也是在一片混沌之中，东方怪兽出现了。而这部作品在下一部分要成为怪兽的中心人物是谁呢？

三、新的中心

第三部分中心的确立是莉莉。在第一部分中，大部分内容都聚焦在拉姆齐夫人的内心活动上，她坐在屋子里，莉莉则在屋外草坪边上作画。而经过第二部分以边缘化的叙事方式，括号的形式，宣告拉姆齐夫人死讯之后，到了第三部分，莉莉则是坐在屋里往窗外看的那个人。

实际上，熟悉这部小说的读者在第二部分快结束的时候就可以预感到莉莉会成为第三部分的中心人物。在第二部分第9章，麦克纳布太太收到拉姆齐一家的来信。由于拉姆齐一家要从这座宅子到灯塔去，所以，好几个人一起帮助打扫房间和花园，试图把宅子修复到他们离开时的样子。当宅子修复好了之后，全人称叙述者的一句话："活干完了。"（185）会使人想到在

第三部分也是小说结尾当莉莉完成她的绘画时全人称叙述者说的同样的话。仅隔了一段,小说就以括号的形式宣告莉莉即将到来。而在下一章,莉莉已经在这个宅子里伴随着海浪声沉睡了。

需要进一步指出的是,本文提到的两个中心,代表了两种核心的观念,即维多利亚时代价值观念和现代价值观。拉姆齐夫人是前者的代表。而经过第一次世界大战,莉莉·布里斯科则成了现代价值观念的代表。拉姆齐夫人是典型的维多利亚时代的贤妻良母,整天相夫教子。每个孩子的成长都由她来负责,她也相信让男人做更大的事情,女人就该做好服务性的工作。她有很强的婚姻观念,认为"一个没有结过婚的女人失去了人生最美好的部分",把莉莉这样不想结婚的人称作"傻瓜"。而莉莉则对拉姆齐夫人的许多观点并不赞同。在莉莉看来,拉姆齐夫人观念陈腐。在第一部分,她就不认同拉姆齐夫人的观点,她觉得她"还有她的画"。她"喜欢单身的生活;她喜欢成为她自己"。(63)一战后的英国,同维多利亚时代相比,"生活完全变了"(228)。保罗和明塔的婚姻是拉姆齐夫人撮合的。但是,他们的婚姻并不像拉姆齐夫人想象得那么美好。保罗有了小三，不过他们的婚姻并没有终结，甚至小三还缓和了这对夫妻的紧张关系。在小说中，伍尔夫就是通过许多类似的对比，证明拉姆齐夫人观念陈腐，不合时宜。

然而，一战摧毁了许多东西。要成为她自己，对莉莉来说也并非易事。战后的世界一切都混乱不堪，百废待举，人们需要重构价值观念和信念。他们的行动也变得漫无目的。拉姆齐先生带着一对儿女去灯塔，但是却不知道给灯塔上的人带什么。而在第一部分，拉姆齐夫人织的褐色袜子，就是给看灯塔人的儿子织的。并且这个袜子的意象被多次强调。显然是和第三部分人们的无的放矢形成对照。就连莉莉也问自己："我究竟为什么坐在这里？"她对这个屋子里的一切，包括重新返回的人，都感到陌生，"仿佛通常将食物联系在一起的环节已经被割断，他们飘上飘下，随处飘动……一切都是多么漫无目的，多么混乱和虚幻"（192）。但是，完成十年前的绘画，是她把"空着的座位"和"零散的部分"（193）连在一起的唯一方式。

喜欢成为自己，就不惜一切代价。莉莉选择放弃婚姻，成为老处女，也不放弃自己的事业，成为艺术家，去和传统的观念抗争。坦斯利先生的话"女人不会写，女人不会画"（111）令她反感。她却表示："在一个充满争斗、毁灭、混乱的世界上，一支画笔是件唯一可以信赖的东西。"（197）即使在绘画时，她也有别于传统的现实主义画家，她不喜欢镜像似的反映她看到的东西，讨厌逼真性，而是选择用几何图形这样的后印象派画法来处理她的题材。她画窗边的拉姆齐夫人和她的小儿子詹姆斯的时候，就把这幅画面用一个三角形来表达。她不让拉姆齐先生看到她的画，是不想让他所代表的严密和精确闯入。她就不认同在回忆拉姆齐夫人时，她想道："我们可以不顾她的愿望，通过改良把她的有局限性的陈旧观念摒除掉。她离我们越来越远。"（228）

而在小说的结尾，莉莉终于完成了自己的画作。这至少可以看作她事业上的成功，这是对坦斯利等男权中心主义者的胜利，也是自我的实现。她就是新的灯塔。难怪拉姆齐一家在海上回望宅子的时候，它是那样渺小。这座新的灯塔闪烁的何尝不是伍尔夫女权主义思想之光？

"非洲是一片丛林"
——《河湾》中的现代化主题

1936年10月5日,鲁迅先生在临终前十四天,发表在《中流》杂志上的一篇文章中有这样一段话:

> 不看"辱华影片",于自己是并无益处的,不过自己不看见,闭了眼睛浮肿着而已。但看了而不反省,却也并无益处。我至今还希望有人翻出斯密斯的《支那人的气质》来。看了这些,而自省,分析,明白哪几点说得对,变革,挣扎,自做工夫,却不求别人原谅和称赞,来证明究竟怎样的是中国人。①

---

① 鲁迅:《鲁迅全集》第六卷《且介亭杂文末编·"立此存照"(三)》,人民文学出版社2005年版,第649页。

鲁迅先生向国人推荐的这本《支那人的气质》的中译本最早见于1903年，如今已经有好几个现代译本。该书作者的名字在现代译本中是明恩溥（Arthur H. Smith）。[①]明恩溥为美国传教士。他在华传教二十二年，生活于社会底层，对中国民间的习俗观察细致。1894年出版的这本书，归纳了二十六项中国人的素质，其中贬多褒少。对于这样一本书，鲁迅先生之所以如此郑重推荐，有他的良苦用心，因为他想让当时的国人意识到自身的弱点，进而反省并克服。同《中国人的素质》一样，奈保尔的第三世界文本中对第三世界国家的看法也是贬低有余，褒扬不足。我们能否也对照一下他的第三世界文本，看看"哪几点说得对"，并且能对国人有所触动？

奈保尔的代表作《河湾》以一个非洲国家的现代化建设为创作题材，提出了"非洲是一片丛林"的观点。他认为，现代化在非洲只是昙花一现，非洲国家永远会走"传统"的老路，非洲没有未来。他对非洲国家现代化建设过程中出现的问题的剖析触及非洲人

[①]《支那人的气质》的第一个现代中译本见于1998年，学林出版社的译本《中国人的素质》（秦悦译）自1999年面世以来，如今已经再版两次。

的性格。同样作为第三世界国家，中国的现代化建设和非洲国家的现代化建设有许多相似的情况。因此，对非洲国家现代化的关注有可能对中国的现代化建设带来一定助益。

一、"非洲是一片丛林"

《河湾》从第一人称叙述者萨里姆的视角写非洲内陆的一个河湾小镇独立后的变迁。[①]小镇上发生的事揭示了一个刚刚摆脱殖民统治的非洲国家独立后的混乱状态和对现代化的排拒。它的一个重要主题就是非洲无法摆脱欧洲而独立存在。

在《河湾》的开始，奈保尔就向我们展示了一个

---

① 小镇的变迁大体经历了混乱、复苏、混乱三个阶段，这在很大程度上反映了这个国家，也是整个非洲，独立后的发展状况：从混乱走向混乱，一切又回到开始，一切又需重新开始，总体说来是原地踏步。耐人寻味的是，这三个阶段构成了一个循环结构。如果说，这个国家的内战处于这一循环结构的两端，即第一部分和第四部分，其标题分别为"第二次反抗"和"战斗"，那么，其现代化建设则被包裹在中间的第二部分。这似乎在暗示，这个非洲国家不管发生多大变化，最终它仍将回到混乱的丛林状态。现代化可能只不过是它的一个插曲。在小说中，现代化是奈保尔关注的一个重点，他特意给它开出一块地，叫"新领地"——也是占小说篇幅最多的第二部分的标题——来谈它的建设和失败。

分崩离析的社会：

> 这个国家，同非洲的其他国家没有什么两样，独立后就麻烦不断。处在内地、坐落在大河湾上的小镇已经几乎不复存在了；纳扎努丁说，我得从头开始。①

小说并没有具体说明"这个国家"是哪个国家，因为，它已经不太重要。反正它是非洲国家的典型代表，"同非洲的其他国家没有什么两样"；并且，小说的目的是写非洲，并非某一非洲国家。非洲国家"独立后就麻烦不断"才是小说家最想表达的，小说中发生的事件也证明了这一点。而这句话的言外之意就是：刚刚独立的非洲国家经常处于一种失控状态，它们无法自治。虽然奈保尔没说它们需要由外国/西方来统治，但是这句话的殖民主义痕迹是无法否认的。②在《自由国度》(*In a Free State*, 1971)中，奈保尔几乎

---

① V. S. Naipaul, *A Bend in the River*, 1979; rpt. New York: Vintage, 1989, p. 3. 分析《河湾》这一部分的引文均出自此书，以后只随文注出页码，如引译文会另加注释说明。
② 奈保尔也把这一观点用于他对刚刚独立的第三世界国家的描写中。

"非洲是一片丛林"

是用一种写童话故事的口吻把那个也是没有说出名字的，刚刚独立的非洲国家①的"麻烦"——两个部落的宿仇——直截了当地抖搂出来。小说的第一句话是：

The world is what it is; men who are nothing, who allow themselves to become nothing, have no place in it.（3）

许多人从这句话里看出了印度教对作者的影响。小说的中译本译者似乎也支持这种观点，把这段话译成"世界如其所是。人微不足道，人听任自己微不足道，人在这世界上没有位置"②。这种理解很值得商榷。它的意思应该是："世界如其所是。微不足道的人，听任自己微不足道的人，在这个世界上没有位置。"而如果我们回想这段开场白与非洲国家之间的联系，乍看起来好像有些牵强。但是，仔细体会，它也是在指非洲人，他们"什么也不是"，他们所梦想的自由国度就

---

① 奈保尔自称《自由国度》所描写的国家是乌干达，兼及肯尼亚。
② 引文见〔英〕V. S. 奈保尔：《河湾》，方柏林译，译林出版社2002年版，第3页。

像童话一样脆弱而不真实。

　　那么，小镇的"不复存在"又指什么呢？它不禁使人想到奈保尔与《河湾》创作密切相关的一篇文章《刚果的一个新国王：蒙博托和非洲的无政府状态》("A New King for the Congo: Mobutu and the Nihilism of Africa", 1975)中的一段话。在那段话中，奈保尔提到康拉德的短篇小说《文明的前哨》("An Outpost of Progress")中一个白人对非洲的展望：一百年后这里可能会有一个城镇，会有文明。奈保尔把城镇当作文明定义的一个部分，并且说："这样准确定义的文明来了；然后……又消失了。"[1] 这篇文章所描写的刚果这个刚刚独立的非洲国家为《河湾》的创作提供了很大的参考框架，它所传达的思想也大都被《河湾》以艺术的形式表现出来了。其中一个较为重要的思想就是非洲人拒绝文明，固守着"丛林"生活方式。在《河湾》中，欧洲殖民者曾在河湾上建起了一个小镇，他们走后，这个小镇正在被丛林所吞噬。

---

[1] V. S. Naipaul, "A New King for the Congo: Mobutu and the Nihilism of Africa", in *The Return of Eva Perón* with the Killings in Trinidad, 1980; rpt. New York: Vintage, 1981, pp.206–207.

"非洲是一片丛林"

"皮特,如果我死了,你就要挨饿,你就得回到丛林中去。"①《自由国度》中的上校——一个典型的殖民主义者——对他的黑人仆人这样说。对非洲人来说,这是典型的"殖民主义者的谎言"②。而奈保尔在他的作品中所要表达的似乎可以归结为这样一句话:"不,这是实话。"《自由国度》中,殖民者离开后(他并没有死,也没有真正地离开),这个非洲国家的混乱状态(部落战争、对国王和他的族人的杀害、对国王拥护者的折磨以及鲍比被打等)就说明了这一点。在《河湾》中,奈保尔则是用整部小说来证明。

"非洲是一片丛林"③——这是奈保尔对非洲所下的定义。在《河湾》中,我们看到的,就是被丛林覆盖的非洲,他好像是在用整部小说来给非洲下定义。他

---

① V. S. Naipaul, *In a Free State*, (1971; England Penguin, 1977), p. 181. 在《全世界受苦的人》中,法农引了一句殖民者经常说的话,与上校所说的话相似:"如果我们离开,一切都将不复存在,这个国家就会回到中世纪。" See Franz Fanon, *The Wretched of the Earth*, trans. Constance Farrington, 1963; rpt. New York: Grove Press, 1967, p. 51.

② Franz Fanon, *The Wretched of the Earth*, trans. Constance Farrington, 1963; rpt. New York: Grove Press, 1967, p. 211.

③ See Bharati Mukherjee and Robert Boyers, "A Conversation with V. S. Naipaul", in *Conversations with V. S. Naipaul*, Feroza Jussawalla, ed. Jackson: UP of Mississippi, 1997, p. 77.

对丛林好像着了魔，总是不厌其烦地提到它，丛林已经成了非洲的借代。而这定义中也含有不该忽略的潜台词，它是指殖民者离开后的非洲。他好像是在说，无论非洲怎么变化，它依然是野蛮落后的非洲，它将永远是一片丛林。

小说开篇没多久，丛林就出现在读者的视野之中。尽管是开车，而不是像康拉德笔下的马洛那样乘船，通往非洲中心的旅程也是同样艰难的，需经过"越来越多的灌木丛"（3），同马洛一样置身"令人疯狂的荒野"（4）。在非洲中心，欧洲人在大河湾上建起来的小镇，在欧洲人走后[①]几乎被毁掉了。"废墟上长出灌木"，强大的欧洲文明的痕迹被丛林覆盖，欧洲人建立起来的"街道和花园已经难以分辨"（4），"回到丛林状态"（25）。即使是在小镇复苏以后，村里人也在其中搭帐篷。

二、昙花一现的现代化

尽管同《黑暗的中心》中的非洲相隔已有八十年，

[①] 着重号为笔者所加。

但是,《河湾》里的那个想象中的非洲国家依然是一片黑暗。尽管有阿拉伯人和欧洲人的殖民,现在的非洲还是一片丛林。在这里,时间永远被定格在原始时代。奈保尔用反讽的手法把这一点表达得淋漓尽致。公立中学的校训"总有新东西"(61)是对非洲的最大反讽,原文拉丁文(semper aliquid novi)出自普林尼的作品,被这个非洲国家用来概括其现代化建设。其实,"总有新东西"是奈保尔对西方文明的理解。1990年他在纽约曼哈顿学院做了一次题为《我们的普世文明》的著名演讲。可以说,该演讲就是奈保尔对西方文明"总有新东西"所作的脚注。而在这部小说中,奈保尔反讽地把不断创新用于非洲,则暗含一种对比,即只有西方才会有新东西。

奈保尔在"新"字上做足了文章,他写了许多"新东西",如水葫芦、新领地、新总统、新军队和非洲新人等。许多人,如对奈保尔颇有研究的《联邦文学杂志》(Commonwealth Literature)主编约翰·希姆(John Thieme)[①]等,都只注意到了校训的反讽含义,

---

[①] See John Thieme, *The Web of Tradition: Uses of Allusion in V. S. Naipaul's Fiction*, Hertfordshire: Dangaroo, 1987, p. 185.

但是似乎没有注意到它是小说内在结构的一部分,是这一结构表现出了较强的主题性。它传达出这样一个观念:独立后的"现代化"非洲表面上焕然一新,实质上依然如故,没有什么本质上的变化和飞跃。[1]

最早出现的新东西是水葫芦。在谈及《河湾》时,论者一般都免不了要对它说几句,[2]因为它的象征含义是耐琢磨的。对萨里姆来说,它在不同的时期象征不同的东西:

在叛乱的日子里,它们(水葫芦)诉说着流

---

[1] 法农在《全世界受苦的人》中也有相似的论述:"〔非洲〕宣布独立后,没有发生任何新事物,一切都从头开始。"(p.76)另外,他在该书其他地方对非洲的"新"也非常注意。《河湾》中有许多东西同《全世界受苦的人》相似,笔者认为,这部小说的创作受到了《全世界受苦的人》的影响。他曾经在一个研讨会上说到蒙博托拙劣地模仿法农思想的事。See V. S. Naipaul, preface, *East Indians in the Caribbean: Colonialism and the Struggle for Identity: Papers Presented to a Symposium on East Indians in the Caribbean*, The University of the West Indies, *June, 1975*, Millwood, New York: Kraus International Publications, 1982, p. 7.

[2] See, for example, John Thieme, *The Web of Tradition: Uses of Allusion in V. S. Naipaul's Fiction*, Hertfordshire: Dangaroo, 1987, p.185-186; Peggy Nightingale, *Naipaul: A Materialist Reading*, Amherst: The University of Maswsachusetts Press, 1988, pp. 212-213; Lynda Prescott, "Past and Present Darkness: Sources for V. S. Naipaul's A Bend in the River", in *Modern Fiction Studies*, Vol. 30, 1984, pp. 558-559.

血；在沉闷、炎热、阳光耀眼的下午，它们诉说着了无趣味的经验；在皎洁的月光下，它们与某一特定夜晚的情调相交融。(58)

但是，对于土著非洲人来说，虽然水葫芦出现已经有几年了，可他们依然称它为"新东西"[1]，他们可能永远这样称呼它，本地的方言里没有词可以称呼它。它不是外来货，是生态灾难的结果，"是这条河自己的产物"(46)。这个"新东西"尽管花开得好看，却像霍桑的短篇小说《拉帕契尼的女儿》中花园里的美丽花朵一样充满着危险，并没有给当地人民带来什么好处，起着束缚和羁绊的作用。"它能缠住汽船的螺旋桨。即使汽船不被缠住，即使不再有战争，就是刚果的水葫芦也会把河上的人永远禁锢在丛林生活之中。"[2] 河流、船和螺旋桨这些词组合在一起，构成了国家和国家发展动力的象征。有了水葫芦，国家的发展将举步维艰。对环境问题没有关

---

[1] 萨里姆认为非洲土著人"对新东西感兴趣……但是，他们的口味固定在他们第一次接受的东西上"(5)。这其实也就是说他们不愿意接受新事物。

[2] V. S. Naipaul, "A New King for the Congo: Mobutu and the Nihilism of Africa", in *The Return of Eva Perón* with the Killings in Trinidad, 1980; rpt. New York: Vintage, 1981, p. 197.

注，这是许多后殖民国家在立国初期的一个大问题。奈保尔在这一个问题上略施笔墨，他让水葫芦和小镇上堆积如山的垃圾反复出现，使那些革命热情过高的新国家在致富路上犯下的急于求成，急于现代化，不惜以毁坏自然为代价的通病得以凸现。这个问题在西方现代化的早期也同样出现过，但是西方用他们的教训告诉我们，现代化的一个重要指标，恰恰就是人对环境问题的充分关注。在很大程度上，我们似乎可以这样说，对于水葫芦，即使不是像评论家那样象征地看，而是干脆就谈它所揭示的环保问题，也未必不是一个有效的解释。对于奈保尔这样来自高度现代化西方国家的人来说，第三世界国家现代化初期的环境问题是显而易见的，也是大问题。

而作为第三世界读者，看到水葫芦被称作"新东西"（the new thing），我们总是难免要想到另一个具有时代印痕的词"新生事物"。或许这才是对"the new thing"的正确翻译，并且，也可能暗含奈保尔对某些第三世界国家强调"社会主义新生事物好"的理解，所谓的新生事物，在他看来，注定会成为这些国家发展的障碍。如果我们把水葫芦和小说中后来陆续出现的"新"东西联系起来，会得出这样一个启示："新"

是危险的，新领地就是一个明证。

新东西（水葫芦）、新领地、非洲新人和新总统等在《河湾》中是奈保尔精心设计、用"新"字串起来的一条结构线。新领地是这个国家出现的一系列新东西中最惹人注目的。迄今对《河湾》的研究不仅忽视了这一重要结构的存在，而且对新领地在小说中所占的分量重视也不够，还没有人对它进行过认真的研究。它距小镇不远，是新总统大人物在殖民地时期欧洲人居住的废墟上建造的一座新城，是国家的新领地。它代表现代化新非洲，标志着对"由丛林和村庄所组成的非洲"的抛弃。领地豪华的建筑令人惊异："水泥的天窗、巨大的水泥高楼、色彩斑斓的玻璃。"它的目的是要比欧洲人建的城市"更壮观"（100）。

奈保尔在"新领地"这一部分刚开始不久就把它建起来，可谓有的放矢，他的目的就是对这一现代化工程进行批判。他的批判或明或暗，贯穿整个部分。刚刚描写完象征非洲现代化的参天大楼，他就迫不及待地通过叙述者萨里姆敏锐的眼睛告诉读者，这是大人物和许多第三世界国家装大和爱大这一不成熟心理的外在投射。① 但是，这片新领地属于盲目建设，建设之初还不知道用它来做什么，没有被派上合适的用场。它只是"为了满足总统个人的某种需要"（101），是彰显他业绩的"形象工程"（260），是总统政治的一部分，后来变成了大学和研究中心，速成了一批费迪南式的未来政府管理者。"这些楼就是为了满足总统个人需要和增加民族自豪感吗？但是它们可是花掉了无数的钱啊！"（101）奈保尔借萨里姆之口这样慨叹道。②类似的形象工程又岂止存在于非洲国家？！新领地建得过快，质量不过关，已经有裂痕，注定要倒塌。萨里姆走进领地上的雷蒙德住处时，发现它在灯光下很耀眼，这暗示了它昙花一现的性质。在奈保尔的小说和非小说作品中，闪光的东西多半是有欺骗性的，它们要么象征短暂易逝，要么象征幻想和幻想的破灭。萨里姆在谈到领地的家具时用了"flashy"（101）这个词。它使人们想到 a flash in the pan（昙花一现）这

---

① 在《河湾》中，马赫什开的大汉堡连锁店充满"大"的广告词句句不离"大"："Bigburger–The Big One–The Bigwonderful One."（p. 97）这是对那些爱"大"的第三世界国家人民族心理的捕捉，也是对他们的反讽。

② 萨里姆作为第一人称叙述者，除了讲述故事，还肩负着为奈保尔代言的重任。表面上是他在说话，实际上是隐藏在他背后的奈保尔在言说。所以，在这部小说中，他的许多话都传递着奈保尔的价值观念。

"非洲是一片丛林"

个英语成语。在《刚果的一个新国王：蒙博托和非洲的无政府状态》中，奈保尔描述蒙博托的"总统领地"也用了同样一个词，并且说它"虽华丽，却暗示着死亡"①。

在此，我们不应该疏漏的是，奈保尔在描写领地的楼房时，用一段话有意让读者联想到他的《毕司沃斯先生的房子》："领地的楼房建得过快，从前灯光掩饰的缺陷现在在正午的强光下显露出来了。墙上的石膏有许多地方已经裂缝……"（172）领地的房子同《毕司沃斯先生的房子》中毕司沃斯先生买法务官文书的房子何其相似！毕司沃斯先生第一次去看房子时，是个下雨的下午，他被"厚重的红色窗帘映衬着光可鉴人的地板"所吸引，认为它"使得整个房间华丽温馨得就像广告里的场面！"②他从来没有在有阳光的下午去看过那房子，结果房子刚一买下，它的问题就暴露出来了。奈保

---

① V. S. Naipaul, "A New King for the Congo: Mobutu and the Nihilism of Africa", in *The Return of Eva Perón* with the Killings in Trinidad, 1980; rpt. New York: Vintage, 1981, p. 202. 小说中许多描写带闪光的东西都被奈保尔赋予了易逝的特点。如写马赫什起居室中东西时用了"shiny"（p. 200），在临别时，描写河流用了"dazzled"（p. 276）。

② ［英］V. S. 奈保尔：《毕司沃斯先生的房子》，余珺珉译，译林出版社2002年版，第4页。

尔曾经说过，他的每一本书都基于以前的写作，都包括以前写的所有作品。[①]这不仅意味着他的每一本书都是一部未完成的作品，也暗示着任何一本书的意义生成都有赖于以前的作品。而从新领地的房子指涉毕司沃斯先生的房子来看，毕司沃斯先生的房子的象征意义是我们必须要考虑的。毕司沃斯先生想拥有一间属于他自己的房子，不仅仅表明他个人想获得独立，而且还被奈保尔赋予了民族独立这层象征含义。在这部小说中，房子是一个很重要的象征。不同的房子有不同的象征含义，但是它们大都与独立、自由等概念相关。毕司沃斯先生离开特尔西家，可以被看作殖民地人民或者特立尼达人企图摆脱帝国统治，争取独立的象征，因为奈保尔对这一家族的描写就像是在写处在末日的大英帝国：他把汉努曼（Hanuman）大宅写成一个坚固的城堡，把其中的女主人比作女王。而毕司沃斯先生在绿谷所建的房子则可以被看作殖民地人民还不具备独立的条件，房子建筑材料短缺就暗示了这一点。而那场强大得足以使人想到莎士比亚的悲剧《李尔王》的暴风雨，摧垮了房子，这

[①] V. S. Naipaul, "Two Worlds: The 2001 Nobel Lecture", *World Literature Today*, Vol. 76, No 2 2002, p. 5.

暗示着离开了宗主国，殖民地人民就像房子里的昆虫那样无助。从整个小说，我们看到，在《毕司沃斯先生的房子》中，房子总是被建起又倒塌，这暗示着盲目、没有成就和没有历史。而毕司沃斯先生的房子与新领地的房子之间的最大相似之处还在于，它也是"现代的"房子，是这房子"现代的前门"[1]令他昏了头。也正是因为现代化问题在该书中没有得到充分的讨论，所以在《河湾》中奈保尔用"新领地"一章来探讨这一话题。

领地的周围"独木舟依旧、溪流依旧、村庄依旧"（101）[2]。而这片领地也只不过"是河流和灌木丛之间仅存的一块空地。这个世界上除了灌木与河流之外好像什么也没有"（138）。领地的空地上，村里的人支起了帐篷。在小说临近结尾时，它完全失去了现代形象工程的特点，越来越像非洲人的居住地，领地上长起了高高的玉米和酷似灌木的木薯叶子。"这片土地——在它上面发生了多少变化！河湾旁的森林、人群聚集的地方、阿拉伯人的定居点、欧洲的前哨、欧洲的郊区、

---

[1]［英］V. S. 奈保尔:《毕司沃斯先生的房子》，余珺珉译，译林出版社2002年版，第4页。
[2] 引文见［英］V. S. 奈保尔:《河湾》，方柏林译，译林出版社2002年版，第105页。

像死亡文明那样的废墟、新非洲的领地,现在又是这样。"(260)新领地是非洲的缩影,它无论怎么变化,都会回到开始——丛林,不会给文明留下空间。对萨里姆来说,纳扎努丁的话——它只是一片丛林——应验了,它"几乎没有什么新东西"(118)。就连首都在萨里姆从欧洲回来之后,看上去也只不过是森林尽头的一个"假象"(247)。

三、现代化的败因

在小说中,奈保尔还指出了新领地或者非洲现代化建设失败的原因。他多次借萨里姆之口明确指出,失败在于建设速度过快。在领地建设之初,萨里姆就说:"这事进行得非常快……推土机震耳欲聋的响声在和急流的声音竞赛。"(100)领地建成后,针对其建筑质量问题,他又说:"快速建起来的领地,当然毁得也快"。(102)在大人物看来,现代化是可以速成的。他试图"在2000年把这个国家变成世界强国"(138)。按照他的逻辑,建成一个世界最大的什么东西就会迅速成为世界第一。"在急流附近的灌木丛中清出一块地"(99),在上面建几座高楼就能实现现代化。新领地建成后,关于新领地的照片出现在欧洲出版的、宣传新非洲的杂志上。这些照片传达出这样的讯息:"在我们新总统的统治下,奇迹出现了:非洲人已经变成现代人了,他们也可以建成用水泥和玻璃组成的大厦,也能坐在有仿天鹅绒坐垫的椅子上。"(101)不过,后来领地的失败和非洲又走回传统与这段引文形成了情境反讽,表达了奈保尔对"速成"的看法。在奈保尔看来,现代化和人才的培养是一个长期的过程,是不能"速成"的。在西方国家,这些"要花好长时间"(102)。第三世界国家的现代化尽管有西方国家现成的模式可以借鉴,会少走许多弯路,但是,也绝非一夜之间就能"大跃进",它至少也需要几代人的努力。"砸碎万恶的旧世界"并不会立即看到"万里江山披锦绣"的美景。奈保尔曾经回忆说:"当我在东非时,我到处都能听到非洲的时代这种说法,好像非洲突然在技术、教育、文化上变得先进,在政治上变得强大了。"[1]

---

[1] Adrian Rowe-Evans, "V.S.Naipaul: A Transition Interview", in *Conversations with V. S. Naipaul*, Feroza Jussawalla, ed., Jackson: UP of Mississippi, 1997, p. 28.

新领地的失败，还在于把物质现代化作为现代化的全部内容。现代化不能速成，也并非宣传新非洲杂志上的几幢高楼所能代表。高楼大厦只不过是现代化的幻象，现代化物质层面的体现。但是，现代化是一个巨大工程，它还包括许多其他方面的内容。按照塞缪尔·亨廷顿（Samuel Hungtington）的总结，现代化"涉及到人类思想和行为所有方面的变迁。其内容至少包括：工业化、城市化、社会动员、分化、世俗化、大众传播媒介的发展、识字率的提高和教育的普及、政治参与的扩大"[①]。这些恐怕是大人物们不知道的。因为他们只知道"秩序和金钱"（86）是现代化的保证。非洲人把现代化和金钱画等号。"每个人谈的只有钱。"（25）人们"尽可能地戴金饰物——金边眼镜、金戒指、金笔套、金表"（119）。只追求物质现代化，并且简单地将它视为现代化的全部内容，现代化工程的畸形与失败就在所难免。因此，只搞经济建设是不行的。萨里姆在首都机场看到的不和谐景象就印证了

[①]［美］S. 亨廷顿：《关于现代化的几个基本理论问题》，载谢立中、孙立平主编《20世纪西方现代化理论文选》，上海三联书店2002年版，第204—205页。

这一点：国内航班候机区的布告栏是"现代的电子设备"，与他在伦敦和布鲁塞尔看到的没有什么区别；但是，布告栏下面的检票口和行李称重处却"仍旧是一片混乱"。(250) 就这样，现代化只流于形式，作为现代化主体的人仍然是传统的。

在现代化的诸多因素中，起决定作用的是人。没有人的现代化，一个社会从传统到现代的转型就是徒劳的。奈保尔无疑意识到了这一点，所以在《河湾》开篇，他就通过"微不足道的人（men who are nothing），听任自己微不足道的人，在这个世界上没有位置"这句话，尤其是其中的 nothing 这个单词，从相反的意义上表达，只有举足轻重的人（men who are something）才能在这个世界上占有一席之地。这句话同时也暗示人们要"使自己有用"（make something of yourself）。在奈保尔看来，非洲在世界上没有位置，就是因为非洲人听任自己微不足道。具体地说，他把矛头指向对非洲人国民性的批判。非洲人的性格弱点使他们在思想和行为方式等方面仍然是传统的，没有为现代化做好准备。

非洲人性格中最大的弱点就是没有个性。这从处在"新"字链上、极力张扬"个性"的非洲"新人"善于模仿这一点可约略窥见。非洲"新人"也是速成的。奈保尔不无讽刺地说:"把一个孩子从丛林里带出来,教他读书和写字;把丛林铲平,建成大学,把孩子送到那里去。好像就这么容易。"(102)这样速成出来的新人是什么样子呢?奈保尔在《自由国度》中也提到了非洲新人。他们泡酒吧,梳英式发型,喝鸡尾酒。在《河湾》中的非洲新人跟这些人在骨子里是一样的。公立学校的学生们除了空洞的语言之外,没有学到什么有用的东西。他们以非洲新人自居。从武士部落来的那些学生看不起其他地区来的人,他们模仿欧洲人的贵族气派。费迪南是这些学生中的典型。他在奈保尔塑造的众多模仿者形象之中也是比较典型的一个。他的脸长得就"像一张面具"(48),并且总是在模仿不同的人,做出不同的姿势。他先是在举止上模仿他的欧洲老师,然后,又同来自武士部落的那些学生一起模仿欧洲贵族。好像模仿"会变为成就似的"[1]。

---

[1] Cathleen Medwick, "Life, Literature, and Politics: An Interview with V. S. Naipaul", in *Conversations with V. S. Naipaul*, Feroza Jussawalla, ed., Jackson: UP of Mississippi, 1997, p. 59.

需要指出的是，非洲"新人"的模仿，与霍米·巴巴的模仿（mimicry）是不同的。很难说巴巴的模仿概念是来源于法农还是奈保尔（巴巴的博士论文写的就是奈保尔），这一概念在《关于模仿与人：殖民主义话语的矛盾性》一文中被用作殖民地的一种权力策略，它的模仿过程是对模仿对象的颠覆。模仿者对白人形象的重复实际上是对权威表征的转换，是一种再创造。一种不易察觉，却又有着明显不同的新东西被创造出来了。它扭曲了殖民者眼中的世界，又返还给他。同时，模仿者也想成为一个"再生的、可识别的他者，一个不同的主体，样子几乎相同，又不尽相同"[1]。但是，奈保尔笔下的费迪南们是没有颠覆企图的，他们没有西方人的创造精神，只是为强调自己的主体地位而机械地模仿和复制。如果说他们有什么创造性的话，那就是表现在制作面具上。面具是不能重复的，否则就失去魔力了。萨里姆发现，费迪南的个性中"什么也没有"（there was nothing there）(48)。这与莎士比亚的悲剧《李尔

---

[1] Homi K. Bhabha, "Of Mimicry and Man: The Ambivalence of Colonial Discourse", in *The Location of Culture*, London and New York: Routledge, 1994, p. 86.

王》中的一句话形成了上下文:"没有只能换到没有。"(Nothing will come of nothing)①奈保尔刻画这些模仿者,意在表明,他们总是在模仿很容易模仿到的东西,如衣着、举止、口音等。他认为,成功是努力和奋斗创造出来的,模仿还远远换不来成功。②

非洲新人表面上焕然一新,但是骨子里却与过去没有什么两样。他们依旧相信迷信,不相信科学,这是他们性格中的另一个弱点。尽管有阿拉伯人和欧洲人的殖民,但是,非洲人还是抱着原始宗教不放。原始宗教和祖先崇拜在他们心中依然根深蒂固。非洲的原始宗教因地区和种族的差异而呈现多样性。然而,在整个非洲,人们一般都对万物有灵论坚信不疑,相信所有自然物中

---

① [英]莎士比亚:《莎士比亚全集》第五卷,朱生豪等译,人民文学出版社1997年版,第430页。

② Cathleen Medwick, "Life, Literature, and Politics: An Interview with V. S. Naipaul", in *Conversations with V. S. Naipaul*, Feroza Jussawalla, ed., Jackson: UP of Mississippi, 1997, p. 61. 奈保尔还把模仿延伸到国家建设上,他认为像新领地那样的速成的现代化工程也是不可取的。它只能使非洲"用现代工具走回老路"(p.201)。模仿缺乏创造,不会激起人们的原创性意识,去考虑电话是怎样制成的,更不会去考虑发明新电话,只能被动地接受一切现成的东西。"没有人愿意走出他的界限。"(9)这样,构成西方世界的思想、哲学和法律就只能照搬,而不会考虑到与具体的国情相结合。模仿是第三世界国家落后的一个主要原因。在这一点上,奈保尔同法农的看法是一致的。在《全世界受苦的人》中,法农用了"令人作呕"(311)一词。在这部书的结尾,他告诫第三世界国家的人抛弃模仿。

都有神灵，这些神灵在自然物死后依然存在。同时，它们还存在于物之上，这就是物神崇拜。此外，在非洲宗教中，还有祖先崇拜。传说中的英雄或者部落首领先是作为祖先受到崇拜，然后被列入神祇。非洲人祖先或者神祇不但能向他们显灵，而且还可以占有他们。所以，他们要举行各种宗教仪式祭拜祖先，以求保护。对非洲人来说，不管发生什么，"祖先都会呵护他"（9）。所以，他自己无须再做什么。渔夫的船头依旧画着大眼睛以求好运，他们禁止别人给他们拍照，因为这会把他们的灵魂偷走。公立学校教室的墙上依旧挂着大人物的肖像。大人物的"新军队""把自己既当作非洲新人，又当作新非洲的人"（91）。他们大肆宣扬国旗和总统肖像，但是，这并不代表他们对历经磨难之后新国家的自豪感，国旗和总统肖像只不过是用来壮大自己声势的神物。作为非洲新人，他们看不出自己国家有什么可以建设的。奈保尔断言，非洲要实现现代化，"根除巫术比民主和选举更重要"[1]。

---

[1] Bernard Levin, "V. S. Naipaul: A Perpetual Voyager", in *Conversations with V. S. Naipaul*, Feroza Jussawalla, ed., Jackson: UP of Mississippi, 1997, p. 97.

心术不正是非洲人的另一个劣根性。他们赚钱的方法不是通过劳动,而是挖空心思,耍花招。他们在计谋上却是颇富创造性的。尽管他们不会"三十六计"和"七十二变",但是却也十分讨厌,奈保尔用malin(害人精)这样的法语词来称呼他们。为了从萨里姆身上骗钱,公立学校的学生编着各种瞎话。即使在现代化建设过程中,非洲新人也还在猎象牙,偷黄金,"如果再加上奴隶,和古老的非洲就没有什么两样了"(91)。萨里姆个人的体验是,仍"有士兵愚弄我,有海关官员为难我,我的心态陡然一变,回到原来的感觉"(101)。萨里姆的非洲腹地丛林之旅举步维艰,不仅受到沙丘和被毁坏道路的阻隔,还有道道关卡需撒下银两,给出"更多的钱,更多的听装食品"(3)①。那些"卡油"的同狄更斯笔下的奥利弗一样,"要得更多"。制度和法律形同虚设,被执法者所践踏。"除非付钱,否则这些官员就会证明你是错的。"(58)在经济增长时,"每个人谈的只有钱"(25)。至于对国家应尽的责任和义务,这些对他们来说,奈保尔也只能用

---

① 着重号为笔者所加。

"陌生"(new)这样的不充分叙述(understatement)来表达了。"金玉其外,败絮其中。"这些人的内心深处,有的只能是"垃圾"(54)。

心术不正的人难免缺乏公德意识。奈保尔仅通过下面两个句子就把非洲人没有公德意识表现得淋漓尽致:

(欧洲人留下来的)房子被放火——烧掉。放火前后只有本地人需要的东西遭到了洗劫。

The houses had been set alight one by one. They had been stripped-before or afterwards-only of those things that the local people needed.[①]

从这两句话中,我们可以看出奈保尔对非洲人性格的洞察力实在是令人叹为观止。他对缺乏公德的本地人的行为方式在原文中做了精细的表现:"one by one"说明本地人在放火的时候表现得出人意料的冷静,这种冷静是为他们洗劫服务的,他们仿佛想找到所有该要的东西;"stripped"和"only"被隔开非常有

[①] V. S. Naipaul, *A Bend in the River*, 1979; rpt. New York: Vintage, 1989, p. 27.

趣，先见到前者，人们愿意想到"洗劫一空"这个词，但是"only"一词的使用和被隔开突出了作者想表达的缺乏公德的人"仅仅"是为了一己私利；而插入语"before or afterwards"则好像是在暗示，他们没有趁火打劫，也不用这样做，因为火是他们自己放的。缺乏公德的丑陋就这样被展示出来了。

通过对非洲（新）人的性格分析，我们发现，非洲新人乏"新"可陈。他们只是表面上现代，实质上依然是传统的。其中的原因令人深思。它与这个非洲国家的制度有着密切关系。这从大人物的统治上可见一斑。大人物是一位军人出身的"新总统"[①]（68）。但是，他并没有给他的国家带来什么新气象。他的名字容易使人想到奥威尔小说《1984》中的"big brother"（大哥）[②]。奈保尔用"创造（create）现代非洲"和"创造奇迹"（100）来描述他，其实是对他的反讽。在奈

[①] 大人物的原型是扎伊尔国王蒙博托。See V. S. Naipaul, "A New King for the Congo: Mobutu and the Nihilism Africa", in *The Return of Eva Perón with the Killings in Trinidad*, 1980; rpt. New York: Vintage, 1981, pp. 183-220. 他的名字容易使人想到奥威尔的"big brother"。笔者认为，奈保尔使用这个名字在于讽刺大人物装大和狂妄自大。

[②] Timothy F. Weiss, *On the Margin: The Art of Exile in Naipaul*, Amherst: U of Massachusetts P, 1992, p. 189.

"非洲是一片丛林"

保尔的作品中,"创造"一词被用来赞美欧洲人。他的总统不是经选举产生的。他连跟人打招呼都模仿法国总统戴高乐,他却不了解法国的政治体制,因为他搞个人崇拜,他的个人肖像遍布全国各地。当然,他更不知道现代化建设也有政治文化方面的内容。他还出了本书,一本绿色的小语录,以便把他的思想传遍全国。这种做法其实是在模仿亚洲某位第三世界国家领导人。在管理国家方面,他没有自己的想法,用从欧洲留学归来的人来培养未来国家的管理者。他自己也依赖西方人当顾问。当时,许多第三世界国家都是如此。来自欧洲某个国家的历史学家雷蒙德就是他的"红人"(125)。① 总统稳定政局也要靠白人士兵,他们的枪声是"秩序和稳定的承诺"(79)。他的服饰大体反映出他的本质:他并不着西装,而是身穿非洲传统酋长服装,头戴豹皮酋长帽,手拄一根雕着图案象征酋长身份的拐杖,口操部落方言演讲。但是,演讲这种来自西方的舶来品,被他引进,是为了把非洲带回到老路上去,就连演讲中不断使用的法语词"公民"

---

① 原文为 white man。

(citoyens and citoyennes），也只是为了增加音乐效果。这种"用自己的方式来使用外国东西"（252）的方法，使我们想到萨里姆在机场大厅看到的一个非洲旅客，他的西服上面罩着一个蓝色浴衣。民主就是这样被游戏和践踏。这位大人物也并非现代化总统，而是地地道道的"非洲酋长"（138）。大人物的统治没有任何民主，每个人都必须对他顶礼膜拜。在这样的政治环境下，在民众的思想中，大人物永远是高高在上的神，他们自己微不足道。因此，他们把一切都寄托在大人物身上，自己对国家也就不再负有任何责任和义务。那么，现代化又如何去建设呢？对奈保尔颇有研究的卡乔（Selwyn Cadjoe）认为，奈保尔用一个部分描写大人物，在于揭示制度对人的潜能的扼杀。[①] 看来他是理解奈保尔的创作意图的。

现代化建设要成功，人的现代化要先行。奈保尔对这一点也有含蓄的表达。人的现代化是现代化的前提。没有人的现代化，从西方国家引进的政治体制就会变形和扭曲，遭到大人物们的践踏，从国外引进的

[①] Selwyn R. Cudjoe, *V. S. Naipaul: A Materialist Reading*, Amherst: U of Massachusetts P, 1988, p. 187.

先进技术和设备也就没有人来操作。在《河湾》中,奈保尔让我们看到,某个外国政府赠送的六辆拖拉机只能"在空地上整齐地一字排列,生锈"(101),变成废钢烂铁;模范农场也要由外国人来建。社会的进步和发展受到了人的因素的制约。美国学者英格尔斯就曾经明确指出,如果一个国家的人民还没有"从心理、思想、态度和行为方式上都经历了一个向现代化的转变,失败和畸形发展的悲剧结局是不可避免的。再完善的现代制度和管理方式,再先进的技术工艺也会在一群传统的人手中变成废纸一堆"[1]。这种转变实质上属于精神文化建设范畴。有趣的是,鲁迅在20世纪初针对中国的现代化,也提出了国民劣根性和改造国民性问题。他清醒地意识到,人在精神方面的变革是困难的,但是,他同时又一针见血地指出,如果国民性不改变,中国的现代化就如"沙上建塔,顷刻倒坏"[2]。国内对奈保尔的研究已经注意到和鲁迅的对比,如把《米格尔大街》同鲁迅的短篇小说进行对比,但是,两

---

[1] [美]阿历克斯·英格尔斯等:《人的现代化》,殷陆君编译,四川人民出版社1985年版,第4页。
[2] 鲁迅:《习惯与改革》,《鲁迅全集》第四卷,人民文学出版社2005年版,第229页。

位小说家为什么谈到现代化时都注意到了国民性,这应该是值得比较文学学者关注的。

四、固守传统:丛林依旧

很显然,大人物也不会意识到人的现代化是现代化的终极目的。因为他搞现代化主要是为了巩固自己的统治,而不是为了人民的福祉。为了巩固自己的统治,他什么都可以做。而一旦对西方的东西借鉴失败,就走向对西方的憎恨,从而固守传统文化。在小说的后半部分,我们看到,面对另一种文明时,大人物的非洲无政府主义思想暴露无遗,它尽管不是流血,而是强调本真(authenticity)。非洲无政府主义需要我们简单地解释一下。它是指"原始人苏醒过来,发现自己被欺骗和冒犯所表现的愤怒"[1]。一提到这个词,人们便会想到刚果的前教育部长皮埃尔·穆莱(Pierre Mulele)。他就是一个无政府主义者。他在斯坦利维尔

---

[1] V. S. Naipaul, "A New King for the Congo: Mobutu and the Nihilism of Africa", in *The Return of Eva Perón* with the Killings in Trinidad, 1980; rpt. New York: Vintage, 1981, p. 208.

"非洲是一片丛林"

挑起动乱，据说，杀死九千个能读书写字的人和戴领带的人。这是同西方对抗所表现出的愤怒。而奈保尔则把蒙博托当成不流血的无政府主义者，他的非洲性完全排拒西方，这一点从他塑造的大人物身上就可以看出来。

萨里姆从欧洲回来后发现，第一个发现从欧洲到刚果航线的英国探险家斯坦利的雕像已经被表示战争姿态的、手持长矛和盾牌的非洲雕像所取代。① 其实"charter"一词在原文中是 pioneer 的意思，它与布莱克诗《伦敦》中的"chartered Thames"是不一样的。这说明，从维吉尔的诗《埃涅阿斯纪》(*Aeneid*) 中篡改的码头上的那句格言："各族融合，团结合一，深合他意。"② 真的变成了一句空话，成了对狭隘的民族主义的强调。他对这一点看得更透，它表现出了一个来自丛林中的人想使自己变大的一种"粗暴方式"。他把它

---

① 中译本在此对原文理解有误，把"charted the river"译成"把大河承租下来"。See V. S. Naipaul, "A New King for the Congo: Mobutu and the Nihilism of Africa", in *The Return of Eva Perón* with the Killings in Trinidad, 1980; rpt. New York: Vintage, 1981, p. 203.

② 译文见［英］V. S. 奈保尔《河湾》，方柏林译，译林出版社 2002 年版，第 63 页。在《刚果的一个新国王：蒙博托和非洲的无政府状态》中，在金莎萨，它是"Open the Land to the Nations"。

当作一声尖叫(248),这声尖叫使人想到奈保尔在他的《普世文明》中谈到的康拉德笔下的马来人面临另一种文明时发出的尖叫,表现出了两个文明[1]——笔者则用"传统文明"一词与原始文化同义的冲突——先进文明与原始文化的对抗,一个弱小文明对一个强大文明的憎恶。在《刚果的一个新国王:蒙博托和非洲的无政府状态》中,奈保尔说大人物原型蒙博托的话同样也大体适用于大人物本人:

> 对康拉德来说,斯坦利维尔——1890年在斯坦利福尔斯(Stanley Falls)站点——是黑暗的中心。在康拉德的小说中,库尔茨是在那里进行统治。这个象牙代理人从理想主义堕落到野蛮状态,被荒野、孤寂和权力带回到了人类最初的时代,他的房子被钉着人头的木桩包围着。七十年后,在这个河湾,类似康拉德的幻想的某种东西变成了现实。但是,那个"没有约束、没有信仰、没

---

[1] 自1874年E. B. 泰勒出版《原始文化》一书以来,英美人类学家倾向于用"文化"这一概念来描述他们所研究的原始社会,用"文明"来描述与原始文化相抵触的现代社会。见[法]费尔南·布罗代尔《文明史纲》,肖昶等译,广西师范大学出版社2003年版,第26页。

有恐惧,有着神秘而不可思议的灵魂的人物"是黑人,而不是白人;并且他不是由于同荒野和原始主义的接触而发疯,而是由于同那些拓荒者建立起来的文明接触而发疯的……①

所以小说最后一章的标题"战斗"既指带着萨里姆离开的汽船上发生的战斗,也指非洲文明与西方文明的冲突。而更有趣的是,这部小说以战斗结尾,奈保尔别有意图,这使小说又回到了它的开始——动乱,好像这个国家一直在原地踏步。

经过对西方现代化模仿又走回到传统的非洲不也是在原地踏步吗?模仿没有创造,因而也就没有历史。非洲是没有历史的,这是奈保尔对非洲的看法。在他看来,"历史是建立在贡献和创造基础之上的"②,而非洲人对世界根本就没有做出过什么贡献,他们依旧过着原始的生活。人们在外表上模仿欧洲人,但是骨子里仍然是

---

① V. S. Naipaul, "A New King for the Congo: Mobutu and the Nihilism of Africa", in *The Return of Eva Perón* with the Killings in Trinidad, 1980; rpt. New York: Vintage, 1981, pp. 209-210.

② V. S. Naipaul, *The Middle Passage*, 1962; rpt. Harmondsworth: Penguin, 1985, p. 29.

原始的，他们的原始思维还没有改变。他们在建设和毁坏中生活，结果什么也没有做成。这个想象中的国家的建设就是这样，不管它做了什么，最终都要毁坏它，因为非洲总爱回到开始，循环往复，没有进步。

奈保尔在表达非洲人没有历史这一点上做得非常含蓄。对于非洲人仅仅会简单的技艺，他通过萨里姆之口这样说："这里的人们会很多技艺；他们能够自给自足。他们会鞣皮革，织布，打铁；他们能够把大树掏空做成独木舟，能够把小树掏空做成研钵。不过，要是想要个不沾水不沾食物也不漏的容器，拥有一个瓷釉盆子，该多福气啊！"①（5）言外之意，非洲人根本就只会雕虫小技。在小说中有一段描写了非洲白天和夜晚对比的情景，在那段对比中，夜晚的非洲是真实的非洲。在夜晚，你会觉得这片土地把你带回到一百年前的那种"熟悉""亘古未变"（9）的状态。这同《黑暗的中心》中的一段描写是一样的。这种相似并不是简单的模仿，而是构成了互文性，增加了文本的张力。这也就意味着非洲至今还是那么"熟悉"，什

---

① 引文见［英］V. S. 奈保尔《河湾》，方柏林译，译林出版社 2002 年版，第 5 页。译文有改动。

么也没有发生。这同他的评论散文《康拉德的黑暗》中的一段文字何其相似:"对我来说,康拉德的价值在于,他六七十年前就思考着我的世界,今天我认出的世界。"① 隔了半个多世纪他还能认出康拉德的世界,这暗示着非洲的历史没有变化,非洲人没有取得任何成就。这同黑格尔的观点如出一辙。黑格尔就曾经说过:"非洲不是世界历史的一部分,它没有运动或发展可以呈现。"② 奈保尔在《自由国度》里也表达了同样的想法:"也许这里什么事情也没有发生要比发生的任何事情都更有趣。也许在这样一个地方不会有什么新闻。"③ 这部小说与康拉德的非洲世界近得几乎不用分析,他不但直接提到了康拉德的名字,而且还多次描写了丛林中赤身裸体奔跑或者围着篝火跳舞的黑人。非洲社会不断地"构建和拆解自己,没有目的"④。

---

① V. S. Naipaul, "Conrad's Darkness", in *The Return of Eva Perón with the Killings in Trinidad*, 1980; rpt. New York: Vintage, 1981, p. 236.
② [德] 黑格尔:《历史哲学》,王造时译,生活·读书·新知三联书店1956年版,第145页。译文有改动。
③ V. S. Naipaul, *In a Free State*, 1971; rpt. Harmondsworth: Penguin, 1981, p. 143.
④ V. S. Naipaul, "Conrad's Darkness", in *The Return of Eva Perón with the Killings in Trinidad*, 1980; rpt. New York: Vintage, 1981, p. 233.

时间在非洲的土地上是不流动的,在《自由国度》里的同名中篇小说中,鲍比的表被非洲人给砸碎似乎也说明,时间在他们眼里没有什么用处。"过去与现在没有区分。过去所发生的一切都被冲洗掉了,永远只有现在……人们生活在永久的黎明。"(12)萨里姆有了欧洲经历之后,从伦敦回到首都,在首都高空看到了这样的景象:

> 黎明突然来临,西方的天空是淡蓝色,东方的天空是红色,被道道厚厚的黑云遮盖着。(247)
> The dawn came suddenly, in the west pale blue, in the east red with thick horizontal bars of black cloud.

难道仅仅是字面意义上的东方和西方?在写东方时,bar 这个意象和那厚厚的乌云叫人感到束缚和压抑,它似乎在暗示,非洲的大地还将是一片黑暗,"那里的黎明还没有到来;森林和溪流仍将是非常黑暗的,被森林覆盖的大地绵延不绝"(247)。小说还有一处提到"封建主义的结束和一个新时代的黎明"(29)。而这话又易使人们想到黑格尔关于非洲的那段评论:"非洲一直是童年的土地……它被夜的黑斗篷包裹着,没有自我意识历史的白天。"①

在回答《河湾》中对非洲的看法时,奈保尔说:"非洲没有未来。"②这种悲观的想法"来自在丛林中的生活","来自对被丛林吞掉的恐惧,来自对丛林中的人的恐惧,他们是我所珍爱的文明的敌人。这种恐惧至今在我身上还没有完全消失"。③奈保尔说,他是带着很多"辛酸"说非洲又回到丛林状态的,因为在那里,制度没有了,再也没有什么可以参照的。法律的观念、公用资金的诚实,或者所有人的权力都无从参照,因为种族政治拒绝所有这些价值。我希望人们能够懂得,人类价值崩溃真的令人伤心。④在《河湾》中,

---

① [德]黑格尔:《历史哲学》,王造时译,生活·读书·新知三联书店1956年版,第156—157页。译文有改动。

② See Elizabeth Hardwick, "Meeting V. S. Naipaul", in *Conversations with V. S. Naipaul*, Feroza Jussawalla, ed., Jackson: UP of Mississippi, 1997, p. 49.

③ Michiko Kakutani, "Naipaul Reviews His Past from Afar", *New York Times*, December 1, 1981, p. C5.

④ See Bharati Mukherjee and Robert Boyers, "A Conversation with V. S. Naipaul", in *Conversations with V. S. Naipau*, Feroza Jussawalla, ed., Jackson: UP of Missippissi, 1997, pp. 83-84.

奈保尔把他的恐惧投射到萨里姆身上。作为一个想闯出一番事业的外国人，在一个动乱频仍、正在被丛林吞没的国家，他多半时候内心充满了恐惧。这种恐惧在小说的最后一段有所表现：

> 这时候，我们能看到汽船上的探照灯，灯光照在河岸上，照在驳船和乘客身上。驳船已经和汽船脱开了，正在河边的水葫芦丛中斜着漂流。探照灯照亮了驳船上的乘客，他们在栅栏和铁丝笼子后面，可能还不知道自己脱离了汽船独自在漂。后来，又传来了枪声。探照灯关上了，驳船再也看不到了。汽船又发动了，所有灯都关上，汽船在一片黑暗中沿河而下，离开了打仗的区域。空气中肯定满是蛾子和各种飞虫。探照灯还开着的时候，能看到成千上万这样的虫子，在白色的灯光下，白茫茫一片。[①]（278）

探照灯像照相机一样拍下两幅快照，一个是驳船，

[①] 引文见［英］V. S. 奈保尔《河湾》，方柏林译，译林出版社2002年版，第295页。有改动。

在此它是殖民地的象征，离开了汽船（宗主国）就只能处于漂泊状态。船上的乘客象征着殖民地人民，他们得到了自由后又失去了自由，他们对自己和国家的现状丝毫不了解。而那在白色的灯光下白茫茫的蛾子和各种飞虫就是恐惧的意象。这一意象在《自由国度》里的同名中篇小说中就出现过，在那部小说中它是危险的象征。鲍比在精神崩溃时对白色充满了幻想，他觉得这种颜色是安全的。但是，当他被打后就遇上了"白色风暴"①。数以百万计的白蝴蝶从丛林中飞来，无序而混乱，它们多么像暴君统治下的暴民。在《河湾》中，白蛾子也使人想到与船只发生战斗的青年，他们愚昧而不自知。但是他们的无知同知识一样，也是一种力量，可以带来灾难。是对被压迫者的恐惧使萨里姆最终离开。奈保尔在写《效颦者》时，对美国作家泰鲁说："憎恨压迫者，但是永远害怕被压迫者。"②

在小说中，奈保尔对殖民者是持有同情的。他用"单纯"来形容他笔下的那些欧洲的代理人，说他们

---

① V. S. Naipaul, *In a Free State*, 1971; rpt. Harmondsworth: Penguin, 1977, p. 234.

② Paul Theroux, *Sir Vidia's Shadow*, New York: Houghton Mifflin Company, 1998, p. 61. 着重号为笔者所加。

是"单纯的人,从事着简单的职业,卖着简单的商品"(249)。在这种词语的描述下,掠夺和杀戮被完全遮盖了。在他看来,他们的坟冢是"小小的无生命的聚居点,一切都由此而生,我们小镇的种子就是在这里种下的"(249)。字里行间渗透着凭吊的口吻。当他在恐惧中最后离开小镇时,他的目光首先就落在了殖民时代修建的庄园和豪华别墅上。奈保尔在为殖民者唱挽歌,也为第三世界的读者留下了批评他的证据。然而,他所描写的第三世界国家的问题会不会也同时留在第三世界读者的心中,让他们自省呢?

"总有新东西"是以拉丁文写成的公立中学的校训。它也是非洲的发展目标。非洲也确实总有"新东西",出现了水葫芦、新领地、非洲新人和新总统等。可是,通过以上分析,我们已经看出,这些新东西不新。奈保尔运用反讽技巧把这一点表达得酣畅淋漓。卡乔把《河湾》仅当作"政治文献,而不是小说文本"[1],看来他没有注意到这部小说的艺术性。

极端的话语往往容易招惹批评的眼光,然而,在

---

[1] Selwyn R.Cudjoe, *V. S. Naipaul: A Materialist Reading*, Amherst: U of Massachusetts P, 1988, p.92.

极端的偏失中，往往有令人回味的地方。有时，人们甚至可以在回味中得到补益。奈保尔对非洲国家的批判正是如此。他把非洲国家发展落后的原因全都赖在他们自己身上，这确实有失公允。他对这些国家的批判还不时带着鄙夷之情，有时我们好像都可以隐隐地听到他的嘲笑声。但是，他是否揭示了非洲国家建设中的某些实情？减免非洲国家债务的问题常常成为国际峰会的议题。许多非洲国家的内战到今天仍然没完没了，好像永无休止。帝国主义已经被赶走几十年了，贫困依然是这些国家发展的一个难题。这些国家有没有考虑一下自身应负的责任？仅仅指责奈保尔作品中的殖民主义话语有助于自身问题的解决吗？人类在文明的进程中，会面对许多共同的问题。奈保尔作品中揭示的第三世界国家现代化建设过程中的问题有些也是我们今天现代化建设中遇到的问题。冯友兰在他的《中国现代哲学史》中有这样一段话涉及中国人自我批评的问题：

> 胡适认为，中国之所以贫穷、落后，完全是由于自己的错误，不承认如果没有帝国主义的束

缚，中国完全可以自发地进入资本主义社会。他要求中国人完全承认自己的错误，不要把错误推到别人身上。他说："我们全不肯认错。不肯认错，便事事责人，而不肯责己。我们到今日还迷信口号标语可以打倒帝国主义。我们到今日还迷信不学无术可以统治国家。我们到今日还不肯低头去学人家治人富国的组织与方法，所以我说，今日第一要务是选一种新的心理：要肯认错，要大彻大悟地承认我们自己百不如人。"[1]

总之，在阅读奈保尔作品时，今天有足够自信的中国人，如果能够反省自身，一定会从中有所收获。

---

[1] 冯友兰：《中国现代哲学史》，中华书局1992年版，第81—82页。

从未抵达吗？
——破解《抵达之谜》

奈保尔具有特立尼达、印度和英国三种文化身份。他曾经自认为无家可归，"是个难民，总是扮演着边缘人的角色"[1]。美国著名小说家、奈保尔从前的好友保罗·泰鲁（Paul Theroux）在他那部著名的评论著作《V. S. 奈保尔作品介绍》(*V. S. Naipaul: An Introduction to His Works*, 1972)中，把旅行者分为有家和无家两类，奈保尔被他归为"无家"和"无根"[2]那一类。在后殖民批评盛行的今天，流亡（exile）、飞散（diaspora）和去国（displacement）这些关键词经

---

[1] Ian Hamilton, "Without a Place: V. S. Naipaul in Conversation with Ian Hamilton", Feroza Jussawalla, ed., *Conversations with V. S. Naipaul*, Jackson: UP of Mississippi, 1997, p. 16.

[2] Paul Theroux, *V. S. Naipaul: An Introduction to His Work*, London: Andre Deutsch, 1972, p.77.

常被认为是描述这位英语世界最伟大的小说家比较恰切的词汇。就连《诺贝尔文学奖授奖辞》也这样描述他:"奈保尔是一个文学世界的漂流者,只有在他自己的内心,在他独一无二的话语里,他才真正找到了自己的家。"①

针对他的自传体小说《抵达之谜》(*The Enigma of Arrival*, 1987),国外有许多评论都认为它记录了奈保尔本人与英国文化格格不入、无家可归的深切感受。著名文学评论家布鲁斯·金(Bruce King)在评价这部小说时指出,奈保尔"总是感觉到幻灭、不自在、无家可归"②。目前在香港中文大学任教的英语文学学者梯莫西·韦斯(Timothy F. Weiss)在对该小说进行分析之后得出的结论是:奈保尔"是一位无家可归的作家"③。海伦·海华德(Helen Hayward)关于《抵达之谜》的论述经常被研究奈保尔的学者引用,她也说"(奈保尔)在英国社会环境中是局外

---

① 瑞典文学院:《诺贝尔文学奖授奖辞》,阮学勤译,《世界文学》2002年第1期。

② Bruce King, *V. S. Naipaul*, New York: Palgrave, 2003, p. 138.

③ Timothy Weiss, *On the Margin: The Art of Exile in Naipaul*, Amherst: The University of Massachusetts Press, 1992, p. 202.

人","文化错位不仅是《抵达之谜》的主题,而且在形式上也得到了反映"。① 然而,如果仔细阅读《抵达之谜》,我们就会发现,它表达一个正好相反的主题。小说通过奈保尔对自己在英国威尔特郡乡间十年生活经历的记录,向读者解开了他的"抵达之谜":他并非像许多论者所言,无家可归,而是终于实现了自己童年时代"在林中拥有一个安全家园"的梦想,并且成为英国经典作家中的一员,同英国文化和社会水乳交融。有趣的是,谜底的解开主要是通过他对英国乡村的喜爱表达出来的,从中我们不难看出帝国意识形态的浸淫。

一、从小说开篇说起

《抵达之谜》共分五卷:"杰克的花园""旅程""常春藤""乌鸦"和"告别仪式"。其实,仅从第一卷"杰克的花园",我们便可看出,奈保尔从心理上对英国文化的认同。在该部分(以及整部小说)文本中,

---

① Helen Hayward, *The Enigma of V. S. Naipaul: Sources and Contexts*, New York: Palgrave, 2002, p. 49, p. 66.

对奈保尔来说,"抵达",即融入英国文化,是一个复杂而又艰难的过程。它经历了从最初的与周围环境格格不入到最后的水乳交融这一本质上的飞跃。小说开篇的头两段就浓缩了这一抵达过程:

> 最初的四天,一直在下雨。我简直搞不明白自己身在何处。后来,雨停了。在我的小屋前面草坪和附带建筑那边,片片田地尽收眼底,地界都被林带隔开。在远处,一条小河依着天光,波光闪闪。奇怪的是,那波光有时好像是在地平线之上。
>
> 这条河叫艾汶河;但是,不是和莎士比亚相关的那条河。后来,当这片土地具有了更多的含义,当它比我长大的那条热带街道消耗了我更多的生命的时候,我就能够把那些平整、湿润,有壕沟的土地叫作"水草牧场"或者"湿地牧场"了,把小河对岸作为背景的低缓的小山叫作"丘陵"。尽管我在英国生活已经有二十年了,不过刚来的时候,我所能够看出来的一切只不过是片片

平整的田地和一条狭窄的小河。①

  从这两段引文中,我们可以读出特别多的内容。作者坦言,初到威尔特郡乡村时,他不知道自己"身在何处"。其指向是双重的,它一方面说明天气使自己迷失;另一方面,更重要的,是表达自己对英国的陌生和茫然不解。或许也正是因为后者,奈保尔对河水泛出的波光好像是在地平线之上感到"奇怪"。在原文中,"奇怪"(oddly)一词被用逗号隔开,加以强调,凸现了奈保尔对当地环境的生疏。不过,他很快就让读者看到了他的成长。如果说,"最初的"时候,在他看来,眼前看到的一切"只不过是片片平整的田地和一条狭窄的小河",那么,"后来"他就会用"丘陵"(down)和"湿地牧场"(water meadows)等地道的词汇来形容英国乡间的景致了。此外,小说以谈天气开始,敏感的读者就会联想到,这可能是一个英国人在说话,因为英国人往往爱以谈天气开始一个话题。

---

① V. S. Naipaul, *The Enigma of Arrival*, New York: Vintage, 1988, p. 5. 笔者所引《抵达之谜》中的文字,除非特殊注明,均从此书译出,以后随文标出页码。此外,文中所有着重号均为笔者所加。

在写这部小说的时候，奈保尔的言谈方式已经非常英国化了，这似乎表明，他已经"抵达"了，这是一位已经融入英国文化的作家在谈他初到英国时的感受。

同时，细心的读者还可以发现，这两段文字所描写的从"最初的"陌生（未抵达）到"后来的"熟悉（抵达）这一过程浓缩了这部小说的结构。① 无论是"杰克的花园"这一卷，还是其他四卷，甚至整部小说的写作都基于这一模式。当然从整体上把握，这一写作模式呈循环性。如果对这一模式不了解，也就不易察觉习惯于用结构承载意义的奈保尔要表达什么，② 因而也就难免只注意每一循环过程开始的"未抵达"，而对其结尾的"抵达"视若无睹。这从以下对"杰克的花园"这一卷的分析中可见一斑。

"杰克的花园"这一卷刚刚开始后不久，奈保尔这位初到英国威尔特郡乡间居住的外来人便感觉"根本不适应"（7），"没有着落和陌生"，与英国生活"格格

---

① 应该注意的是，奈保尔在他的许多小说中，都爱用开始的一段或者几段文字把该小说结构巧妙地亮出来。

② 奈保尔曾经担心自己会遇不测，无法完成这部小说的创作，打算让保罗·泰鲁继续完成，后者看了完成的大部分书稿之后称，不知道奈保尔要表达什么，便拒绝了。See Paul Theroux, *Sir Vidia's Shadow*: *A Friendship across Five Continents*, Boston: Houghton Mifflin Company, 1998, p.291.

不入"(15)。不过,或许害怕读者误会,奈保尔直言,这只是他在威尔特郡乡间"最初那些日子"的感觉。[1]他在暗示读者,以后他的感觉会有变化。但是,那些给奈保尔扣上"流亡者"帽子的学者们对作家的坦白和暗示全然不顾。看来,英国著名评论家富兰克·克默德(Frank Kermode)的警告"小说开始的部分尤其难读"[2]是值得重视的。后来,奈保尔这种"最初"的感觉就逐渐消失了,并且最终被"家"的感觉所取代。在这部分的结尾,在总结自己在威尔特郡乡间生活的时候,奈保尔的喜爱之情自然地流溢出来:"这个地方的美丽,我对它逐渐产生的强烈爱恋——强烈的程度超过了我所知道的其他任何地方——使我在这里驻留太久。我的健康已经受到了影响,但是,无论那时,还是现在,我都不在乎。"(88)萨尔曼·拉什迪(Salman Rushdie)评价这部小说时说:"有一个词,在《抵达之谜》文本中的任何地方我都找不到,这个词就

---

[1] 着重号为笔者所加。在小说中,奈保尔不止一次指出,他初到英国时的感受和后来的感觉是不同的。前文引述小说开始文字的第二段中"刚来的时候……"和"后来……"的对比便是一例。

[2] Frank Kermode, "In the Garden of the Oppressor", *New York Times Book Review*, March 22, 1987, Section 7, p. 11.

是爱。"① 看来，他是没有细读文本。尽管付出了健康的代价，奈保尔在这里却收获了自己"第二个更加快乐的童年"，自己的"第二段生活"和"对自然界事物的第二次认识"（88）。每过一段时间，他都会说："至少我在这里度过了一个春天"，或者"至少我在这里度过了一年"。（87）这些富有诗意、透着爱意的文字，在那些持有奈保尔是流亡者观点的学者的文章中我们是找不到的。其他的人来了，又走了，成了谷地的匆匆过客，而奈保尔则最终在这里扎下了根。他在河谷的一个干燥的丘陵上，把两个废弃的农舍翻盖成一个房子，"实现了童年时代在林中拥有一个安全家园的梦想"。奈保尔相信，这是"失去""自己的家园"（88）所得到的补偿。"自己的家园"指特立尼达，是一个地理意义上的家园，而在威尔特郡乡间建起的房子则是理想的精神家园。

从"陌生"到"抵达"不仅具有结构义涵，而且还有内容指向，它包含了一个过程，一个认识过

---

① Salman Rushdie, "A Sad Pastoral", *The Guardian*, March 13, 1987. Accessed 5 November 2018. https://www.theguardian.com/books/1987/mar/13/fifiction.vsnaipaul.

程。值得一提的是，在这部小说中，奈保尔承认，自己对许多人和事物最初的感觉都是错觉。他曾经把自己在路上散步经常看到的玫瑰花当作野玫瑰，后来才发现它们是人工栽培的。他对杰克的看法应该最为典型。起初，他把杰克当作年轻人，把他的生活看成是"有根基的，完全适应的"（15）。后来才发现杰克快50岁了，他也是刚刚搬来不久。他还把杰克当作"过去的残余"，在第一部分临近结尾时，他说："我曾经把杰克当作是坚实的，在他那片土地上扎根。但是，我还曾经把他当作来自过去的某种东西，一个残余（remnant）……我对杰克的这些看法是错的。他根本不是一个残余；他创造了他自己的生活、他自己的世界，他几乎就要创造了他自己的大陆。"（93）

奈保尔对杰克的看法的修正是如此直截了当，非常容易引起误读。像下面这样含蓄的表达，其真意就更难捕捉了："所以我逐渐感觉到（帝国的）辉煌属于过去，我来英国太晚了，不是时候，已经无法找到我幻想中创造的、处在帝国中心的英格兰。"（130）如果我们以为这段话表达了奈保尔对英国的失望，那就错了，因为它的下一句话值得我们注意："Such a big judgment about a city I had just arrived in！"这部小说的中译本是这样译的:"我居然对一座我刚进入的城市就做出如此重大的判断！"①看来译者读懂了作者此刻说话的语气,尽管译文中的有些地方值得商榷。这是作为小说家的奈保尔对作为小说中人物的奈保尔,也是初到英国时的奈保尔的看法的修正。②而就连海伦·海华德也因把持奈保尔"文化错位"的偏见,导致了对这段话的错误理解。③

就这样,奈保尔总是不断修正自己对事物的看法,因为事物"呈现得非常缓慢"(16),换言之,他"对事物的认识是缓慢的"(30)。而他的"抵达"也是经历了一个漫长的过程。"未抵达"的感觉的消除和对另一种全然陌生的生活的接受并非易事。为此他做了很多。用文学的眼光看问题,求诸幻想,在自己所看到

---

① [英]奈保尔:《抵达之谜》,邹海仑等译,浙江文艺出版社2004年版,第143页。

② 从叙事学的角度来说,小说人物、叙事者和作者之间是不能画等号的。但是由于这部小说的自传性极强,大多数论者都把它当作自传来读,认为这三者是一个人,不追究它们之间的差异。笔者也认同学界大多数人的看法。

③ See Helen Hayward, *The Enigma of V. S. Naipaul: Sources and Contexts*, New York: Palgrave Macmillan, 2002, pp. 40–41.

的事物中寻找一种特殊的过去,就是一个比较有效的方法。他从杰克的鹅想到古罗马帝国的鹅,又想到莎士比亚著名悲剧《李尔王》中的一句话:"呆鹅,要是我在萨勒姆平原看到你,看我不把你打得嘎嘎乱叫,赶回卡米洛老家去。"然后,又想到亚瑟王。这些过去构成了他在文学作品中熟悉的古代世界。由于想象自己属于这一熟悉的世界,他就"能够消除在英国是一个陌生人的神经紧张"(19),因此,他"从来没有停止过想象自己属于那些逝去的时代"(20)。同时,这种想法又因他每天在山谷那宽阔的草地上和绵延不尽而又空旷的丘陵上漫步得到巩固。空旷给了他安全的感觉。在散步过程中,他有意识地增进自己与土地的感情。他说:"我在每一个土丘上下周围来回走;在那些日子里,我想把每一个能够走到的土丘都看个遍。感觉着如果看得仔细和长久,我所能够达到的,就不是对宗教神秘的理解,而是对自己劳动的欣赏。"(19)他试图用这种方式让自己属于这片土地。而这种有意识的行为,与他来英国的目的一样清楚,并不是盲目的流亡和漂泊。每天孤寂的散步好像是通向过去的仪式。终于,在一个秋日,他想读《高文爵士和绿衣骑士》。此时，他第一次感觉到在英国"与景致相融合"（21）。而在第二卷近结尾时，他又说："我将会发现自己与景致融合的程度是在特立尼达和印度无法想象的。"（173）

奈保尔的"抵达"确实是一个艰难的旅程。而他为抵达有意识地所做的努力，尽管过去没有这方面的研究，却是耐人寻味的。是什么促使他去"抵达"，并且为"抵达"而做了那么多？这表明人类在心理上对"家"的渴望，还是与他童年的理想有关？还是与他童年所受的英式殖民教育有关？

二、从旅行者到作家

奈保尔的"抵达"在小说第二部分"旅程"中表现得也很明显。在这一部分，他记录了自己从飘零的旅行者蜕变成英国作家的过程。他从帝国的边缘到帝国中心的旅程，不仅使他在威尔特郡乡间扎下了根，而且还使他消除了写作焦虑，达到了自由的写作状态，成功地实现了"抵达"。

奈保尔在特立尼达接受的是殖民地英式教育。他曾经引用 C. L. R. 詹姆斯的这样一段话来说明特立尼达殖民教育的情形："我们的先生、我们的课程设置、我们的道德规范，任何事物都基于不列颠是一切光明和知识的源泉这一点。而我们所要做的，就是羡慕、惊叹、模仿、学习。"① 英国殖民教育的成功在奈保尔身上可以得到充分的体现。他 11 岁就立志离开文化土壤贫瘠的特立尼达，去英国当作家，18 岁时实现夙愿，考取政府奖学金，就读牛津大学。从奈保尔的著述中我们不难看出，特立尼达在他看来是蒙昧的黑暗地带，他对自己的出生地是没有感情的，他离开那里就没有想再回去。在"诺贝尔奖获奖演说"中，他对特立尼达只字未提，而对英国却一直充满感激。1990 年 10 月 30 日，奈保尔应邀为纽约曼哈顿学院做了一次题为《我们的普世文明》（"Our Universal Civilization"）的演讲。在这篇演说中，他认为，只有英国才能使他实现当作家的梦想，连美国都做不到这一点。从他对普世文明（其实就是英国文明）的赞誉中，我们可以约略窥见他对英国的感激之情："它是既给予我从事写作

---

① See V. S. Naipaul, "Cricket", in *The Overcrowded Baracoon*, 1972; rpt. Harmondsworth: Penguin, p. 22.

生涯动力和想法,又给予实现那一动力方法的文明;它使我能够实现从边缘到中心之旅。"① 可见,这次边缘到中心的旅程无异于弃"暗"投"明"。

奈保尔记录自己作家梦想实现的过程是以意大利超现实主义画家切里科(Giorgio de Chirico)的画《抵达之谜》开始的。这幅画描写的是古罗马时期地中海地区的一个码头:背景隐现出一艘古船的桅杆;画的中心是空荡荡的大街上两个穿长袍的人,一个可能刚到达码头,另一个可能是本地人。奈保尔认为这幅画说出了"抵达的神秘"(98)。他打算将来有一天根据这幅画写本小说,写刚刚抵达的那个人的故事,把他写成一个丧失了先前的使命感、迷失在这个城市中的人,当他真的想返回的时候,却发现那艘古船已经离开了。奈保尔看这幅画时刚到威尔特郡,由于下雨,他对周围一切还一无所知。同时,他正在处于一种写作的焦虑状态。那时,他正在创作的《自由国度》的写作相当不顺利,可能面临出版商的罚款。其实,"不想上岸"(172),想返回的感觉,只是他初到威尔特郡

---

① V. S. Naipaul, "Our Universal Civilization", in *The Writer and the World*: *Essays*, New York: Knopf, 2002, p. 506.

时的写照,并非一成不变。可能怕读者误读,他后来还强调说:"当我初到这个河谷时,我也像来英国二十年后想到的那个故事中的人物一样,'不想上岸'。"(174)奈保尔把自己的这种感觉描写得相当精确,他说:"我没有想到,我心中的这一令人愉快的幻想,实际上已经作为事实出现了,它是我自己的一个方面。"(172)此处的"一个方面"即指自己当初对一个陌生环境的恐惧感。而它也暗示自己还有另一个方面,这就是这句引文的下一段,由于这段引文太长,笔者节译如下:

> 我不知道周围的环境实际上是宜人的,这是我遇到的第一个具有这样特质的环境;我不知道我在这里会康复,并且会有像第二次生命这种事情;我不知道头四天的雾……对我来说像再生;我不知道在英国待了二十年之后,我终于了解了这里的节气;我不知道在如此年岁,以最不可能的方式,会与一种景致相融合……(173)

无须赘述,"抵达"的含义渗透了字里行间。奈保尔按他原来的构想写出的，是他自己的故事，他自己去英国当作家的经历，这一坎坷的经历成就了《抵达之谜》的"另一个版本"（104）。这个版本同他当初想象的有所改变，它写了奈保尔终于与英国生活相融合。他经历了从"人与作家的分离"到"人与作家的同一"（110）这一巨大转变，即从旅行者蜕变成作为旅行者的作家。他经历了从一开始的不会记素材到终于找到素材，到找到合适的语言，到消除写作焦虑，到可以自如地写作，再到与英国经典作家为伍。而他的"抵达"又与威尔特郡分不开。

在威尔特郡那个更加静谧的地方，他每天的散步使他的写作更加游刃有余："我那创作和散步的节奏轻松地继续着，上午写非洲，午饭后用一个半小时左右在威尔特郡散步。我把非洲投射到威尔特郡。威尔特郡——我漫步的威尔特郡——开始让我想到非洲。就这样，在我身上，人（旅行者）和作家终于统一了，圆画完了。"（171）

原文中三个"Wiltshire"的紧紧相连，再三重复①，好像一个被丘比特神箭射中的青年不停地叫情人的名字一样，凸现了奈保尔对威尔特郡的无比热爱。而"圆画完了"则标志着他从旅行者到作家的蜕变完成了，自己从帝国边缘到中心的旅程也画上了一个圆满的句号。他终于看到了那个作为作家的自我："在杰克的小屋前走过的那个人好像第一次看清了事物。文学典故自然地浮现在他的脑海中，但是他已经渐渐地学会了用他自己的眼睛发现，二十年前他是不会如此清晰地发现事物的。"（173）这段引文中人称从第一人称到第三人称的转换可谓用尽巧思，它产生了一种强烈的距离感，把一个"抵达"的奈保尔亮了出来，无论在作为小说叙述者的奈保尔面前，还是在读者面前都是一目了然。同时，奈保尔好像还和我们玩起了捉迷藏的游戏。前文提到，他到威尔特郡乡间写的小说是《自由国度》，在那里，他找到了轻松的写作节奏。这一小说的英文名字 *In a Free State* 的另一层含义暗示读者，他的写作已经达到了"一种自由状态"。

---

① 原文为 I projected Africa onto Wiltshire. Wiltshire-the Wiltshire I walked in-began to radiate or return Africa to me. So man and writer became one。

《自由国度》使奈保尔获得了英国文坛最高奖布克奖。威尔特郡不仅使奈保尔实现了人与作家的统一，而且还成为《抵达之谜》创作的题材。奈保尔把威尔特郡写进自己的作品的同时，他自己也加入了英国经典作家的行列。威尔特郡具有英国特色，奈保尔称之为"英国的古老心脏"（103）。书中描写的巨石阵，托马斯·哈代、E. M. 福斯特和华兹华斯等英国著名小说家和诗人都曾经描写过。在小说中，他经常提到这些作家的名字，好像自己已经成了他们队伍中的一员，其实，他已经成为他们的继承者了。

三、乡村与帝国

对于"抵达"还是"未抵达"的讨论其实是非常有意义的。因为许多跨文化旅行的作家往往爱称自己为"流浪者"，这事实上是一个优势立场，它表明作家不属于任何一种文化，又对两种或三种文化都了解，同时也似乎表明了一个"客观"的写作态度。然而，事实上，他们的写作态度却往往是有倾向性的。在笔者前两部分，我们通过奈保尔对威尔特郡的热爱，论

从未抵达吗？

证了他经过多年实现夙愿,终于同英国文化与社会相融合。他对英国乡村的热爱这一因素对他的"抵达"来说功不可没。而这又与他早年所受的殖民地英式教育不无关系,其中浸淫着帝国意识形态。

1835年2月2日,托马斯·麦考莱发表了题为《印度教育备忘录》("Minute on Indian Education")的演讲,发出在印度进行英式教育的号召。简单地说,英式教育,就是在殖民地开办学校,让殖民人民通过学习英国设置的课程,如英语、英国文学、欧洲历史等,最终接受欧洲文明的观念。从本质上看,英式教育所要灌输给殖民地人民的,就是欧洲至上的观念。为了达到这一目的,英国政府不仅投入了大量的金钱,还在许多方面挖空心思。它向东方输送的官员都是精心选拔的。英国派往印度和其他殖民地的官员,一到55岁就退休,好让殖民地人感觉西方一切都是最好的,西方人永远年轻、精干。[1] 它派往殖民地的教师也都经过精心选拔,同时,它还特意为殖民地人民精心编写教科书。殖民地人民所能读到的英国文学作品经过仔

---

[1] 参见[美]爱德华·W. 萨义德《东方学》,王宇根译,生活·读书·新知三联书店1999年版,第52页。

细筛选，好让他们对宗主国充满幻想。

在维多利亚时代，英国已经是工业化程度非常高的国家。但是，它向殖民地输出的却是乡村英国形象，以掩盖工业化带来的许多负面东西，如环境污染和残酷的剥削等。威廉斯就曾经说过："英国殖民主义高峰时期的专注自我的爱国主义在乡村的过去找到了它最甜美和最阴险的表现形式。"① 约翰·罗斯金（John Ruskin）的一篇关于帝国命运——"统治或死亡"——的著名演讲《就职演说》（"Inaugural Address"，1870）就谈道，为了培养英国人对自己国家的自豪感，英国必须是"干净的"②。而他勾画出的干净的英国就是乡村英国，它会让英国人自豪，也会让殖民地人神往：

> 将要称霸半个地球的英国……她必须在一切美好的方面再次成为她曾经是的那个英国：如此快乐、如此僻静、如此纯洁，在她那不染乌云的天空上，她能正确地说出每一颗星星的名字；在

---

① Raymond Williams, *Politics and Letters: Interviews with "New Left Review"*, London: New Left Books, 1979, p. 258.

② See Edward W. Said, *Culture and Imperialism*, New York: Knopf, 1993, p. 104.

她井然有序、宽广美好的田野上,她能正确地说出每一颗带露珠的植物的名字。①

在威尔特郡的山坡上,奈保尔看到了有蓝天白云作衬托的黑白花奶牛,这是他孩提时代在从英国进口的炼乳听商标上看到的。他回想起炼乳销售商在学校举办的涂色比赛。比赛的内容就是把放大了的炼乳听商标按原色重新涂一遍,谁涂得多谁就获得第一名。奈保尔说:"对一个不知道像画中的那些牛和画中那些长满草的平滑山坡的孩子来说,他的脑子里会出现什么样的风景啊!"(331)从这一点,我们不难看出,殖民主义已渗透到殖民地生活的方方面面。

田园牧歌式的乡村英国不仅在炼乳听商标上看得到,殖民地的学生课本更是不可或缺的宣传阵地。英国19世纪有名的风景画家约翰·康斯特布尔(John Constable)的作品主要描绘英国乡村的美丽、安宁与纯净,被当作英国的象征输出。他那幅名画《从主教的领地看索尔兹伯里大教堂》(1825),就是奈保尔

---

① See Edward W. Said, *Culture and Imperialism*, New York: Knopf, 1993, p. 104.

在他的学校课本上看到的。它画有吃草喝水的黑白花奶牛、高高的山毛榉树和高耸入云的教堂塔。奈保尔当时认为那是他所看到的"最美丽的画"（7）。这幅画是在他"幻想的最中心，一个孩子对美丽异域的幻想"（84）。他在威尔特郡住的就是这个梦寐以求的纯净的地方。林中的溪水"反映着树叶和天空清晰干净的色彩"。在原文中，他用押头韵"clear clean colors"（206）强调其纯净，抒发他对纯净英国景致的热爱。

文学作品更是大英帝国乡村英国价值观念输出的一个重要手段。哈代的小说、华兹华斯和托马斯·格雷的诗歌等，这些乡村题材的英国文学作品奈保尔早在特立尼达时就烂熟于心。到了威尔特郡乡村之后，他首先看到的，都是他从文学作品中读到的，如杰克的岳父，使他想到华兹华斯笔下的一个人物。看到牛时，立即想起了格雷的《墓园挽歌》。当然，他也可能从《德伯家的苔丝》中读到描写弗洛姆河谷中在阳光的照耀下令人炫目而美丽的黑白花奶牛那段文字，还有干草堆和剪羊毛……尽管奈保尔同萨义德是死对头，但是我们仿佛看到，他的这些描述似乎印证了《文化与帝国主义》的观点，即帝国文化的发展使帝国的建立和剥削正当化、强化了。文化成了帝国主义，它参与了帝国的建构，创造了威廉斯所称的"情感结构"。而这一结构支持、完善并且巩固着帝国的实践。① 到了20世纪，虽然帝国已经失去了对殖民地的政治控制，帝国的建构已经结束，但是帝国主义（即推行帝国的政策）还阴魂不散，它仍然"驻留原地，在一般文化领域以及具体的政治、意识形态、经济和社会实践中得以显现"②。

不仅如此，乡村英国还被赋予了"家"的含义。威廉斯就谈到许多人把乡村英国当作"家"，他说："大约从1880年起，风景与社会关系就有了联系。英国作为'家'的想法也得到了惊人的发展；此处的'家'特指记忆和理想……许多'家'的意象带有乡村英国的理念。它绿色的宁静与实际工作的热带和干旱地区形成了对照。"③ 在童年时代，奈保尔就梦想有个安全的林中小屋。在小说中，他并没有说出这一想法

---

① See Edward W. Said, *Culture and Imperialism*, New York: Knopf, 1993, p. 14.
② Edward W. Said, *Culture and Imperialism*, New York: Knopf, 1993, p. 9.
③ Raymond Williams, *Politics and Letters: Interviews with "New Left Review"*, London: New Left Books, 1979, p. 26.

的来源。这可能是出于康斯特布尔的一幅风景画或者某部英国文学作品。在威尔特郡,他如愿以偿,住在一个爱德华时代庄园边上的一个"光线柔和温暖"的林中小屋里,这个小屋"总是令他充满快乐和惊奇"(193)。他住的小屋是石砌的,"有安全感"(171)。奈保尔似乎在寻找维多利亚时代,像一个大资本家在喧嚣的城市挣完钱后到农村寻找平静安逸(232)。所以,他选择居住在帝国处于权力和财富巅峰时建造的大宅(manor)中,颇有一副英国绅士的派头。有趣的是,他特意指出,他有时到国外去,是"为了赚钱"(196)。他是否在模仿英国绅士?从他与房东的关系上我们或许会找到答案。

在威尔特郡居住几年之后,奈保尔逐渐与周围的人成了朋友。房东的地产经理菲利浦先生和夫人、出租车司机布雷、园丁匹顿和他的邻居杰克。他把他们全都看成是威尔特郡乡间的人物原型。尤其是他的房东。房东身患淡漠症,喜欢离群索居。但是,奈保尔对他不仅是"同情"而且还感到一种"亲缘关系"。奈保尔说:"我感到与自己在庄园所看到的,或者认为自己所看到的和谐一致。我在我的身上感到了同样离群索居的倾向……我感到和房东是一致的。"（192）苏曼·古普塔（Suman Gupta）并非有名的奈保尔专家，他还把《抵达之谜》中园丁的数量说错了，但是，在奈保尔和他房东的关系这一点上，他却显得非常有洞察力。他说："在《抵达之谜》中，奈保尔做出的最清晰的自我评价是和他身为贵族的房东的关系，这是具有非常重要意义的。"[1] 这句话既表明了奈保尔对贵族房东的羡慕，又表明了他把贵族作为自己的理想和认同标准。他渴慕19世纪的英国，想过贵族式的生活。但是贵族式的生活在奈保尔看来，不是享乐和虚伪的礼仪。他曾经写过一篇题为《为势力小人一辩？》（"What's Wrong with Being a Snob？"）。在这篇文章中，他对二战后英国成为福利国家，消灭阶级差距嗤之以鼻。他认为，阶级的存在会使统治阶级成为被统治阶级的榜样，使被统治阶级也有社会责任感。[2] 在小说中我们不应该忽视的一个细节是，在去美国的飞

---

[1] Suman Gupta, *V. S. Naipaul*, Plymouth: Northcote House, 1999, p. 55.

[2] See V. S. Naipaul, "What's Wrong with Being a Snob？", in Robert D. Hamner, ed., *Critical Perspectives on V. S. Naipaul*, Washington, D. C.: Three Continents Press, pp. 34–38.

机上,空姐叫他"先生"给他留下了深刻的印象。这在《父子书信》中有所记录。在写到第一次去英国的旅程时,奈保尔还说,生来第一次有人叫他"先生"。①1951 年 6 月,在给父亲的信中,他说:"我发现,在我身上,有着所有的贵族特征。"②

《抵达之谜》出版三年后,奈保尔被英国女王封为骑士。保罗·泰鲁在 1998 年出了一本书《维迪亚爵士的影子》(*Sir Vidia's Shadow*),仅从这本书的标题,我们便可以看出,此时,在他的心中,奈保尔已经不是无家可归的流亡者,而是维迪亚爵士。

在小说临近结尾时,奈保尔说:"在阳光明媚的日子里,在这样的漫步中,尤其是当有些牛站在山顶上与天空相映衬的时候,在我的幻想中有一个角落,我总是感到某种(童年时)遥远的思念被满足了。而我则是置身在那个炼乳听商标上的原始素材中。"(331)从看那个炼乳听商标图案而唤起的对那种乡村景致的憧憬,到成为那个乡村风景中的人,奈保尔"抵达"

---

① V. S. Naipaul, *Letters Between a Father and Son*, London: Little, Brown and Company, 1999, p. 10.

② V. S. Naipaul, *Letters Between a Father and Son*, London: Little, Brown and Company, 1999, p. 114.

了，帝国的目的也达到了。

　　从笔者对《抵达之谜》的分析中，我们似乎可以看出，对文学文本的分析，如果能够细读作品，并且摆脱定见、偏见和前见的干扰，不机械地用理论去对作品片面地切割，并且注意作家创作不同时期思想的变化，注意揣摩作家的创作意图，注意挖掘作家为了实现自己创作目的、表达自己思想而为作品精心设计的结构，我们对作品的阐释可能就会更加有效。

阿米塔夫·高希历史小说《烟河》中的道德主题

阿米塔夫·高希（Amitav Ghosh，1956— ）是当代英语文学著名作家。加尔各答是他的出生地，印度、孟加拉、斯里兰卡和伊朗等国都留下了他成长的足迹。高希先在印度就读大学，后来，在牛津大学获社会人类学博士学位。迄今为止，高希发表多部小说和非小说作品，包括《理性之环》(The Circle of Reason, 1986)、《阴影线》(The Shadow Lines, 1988)、《玻璃宫殿》(The Glass Palace, 2000)等。他还查阅档案资料，写就以鸦片战争为题材的历史小说"朱鹭号三部曲"：《罂粟海》(Sea of Poppies, 2008)、《烟河》(Smoke of River, 2011)和《战火洪流》(Flood of Fire, 2015)。其中，《罂粟海》曾获曼布克奖提名。2019年,他出版了新作《枪岛》。印度人的个人或者民族身份认同是高希作品常见的主题。在创作手法上,他可以说是奈保尔(V.S. Naipaul)的传人。如果说奈保尔的写作打破了小说和非小说之间的界线,那么,在高希的小说中,历史档案资料和虚构的界线同样模糊不清。

《烟河》是"朱鹭号三部曲"中的第二部,也是三部曲中写得最好的一部,相信它会经受住时间的检验,成为英语文学历史小说的经典。令人遗憾的是,到目前为止,这部作品还没有引起国内外学术界太大兴趣。国内只见两篇介绍性的文章,国外对它的研究同《罂粟海》比起来,也是显得热情不足。① 有一篇题为《城市植物学:从阿米塔夫·高希的〈烟河〉看中国的城市生态》的文章对比了今天和19世纪广州城市生态之

---

① 参见王冬青《穿行于"烟河"的迷宫——读印度作家阿米塔夫·戈什新作〈烟河〉》,《外国文学动态》2012年第4期;Chitralekha Basu, "Indian Trilogy Writer Strikes 'Black Gold'", *China Daily*, 2011-07-22 11:05, https://www.chinadaily.com.cn/life/2011-07/22/content_12960599.htm。

间的继承关系。①实际上，这部历史小说具有很强的现实相关性。尤其是，它选取中英第一次鸦片战争前夕发生在广州的鸦片贸易——虎门销烟——为创作题材，提出了许多值得今天的中国人思考的问题。正如《印度快报》(*Indian Express*)所指出的那样："这本书更加广泛地探讨了跨文化影响、国际政治和自由贸易问题。"②本文主要尝试探讨这部小说中非常突出的道德主题。需要指出的是，在《烟河》中，这一问题不是一般文学作品中通常所揭示的人物的言行和他/她所处时代与社会的伦理价值之间的关系，而是指国际贸易中的道德操守。通过印度帕西商人巴拉姆和英国政府在鸦片走私过程中对鸦片贸易正当性的态度呈现，高希试图想强调国际贸易中道德的重要性。在他看来，如果在国际贸易中突破道德底线，贸易公平性就会遭到践踏，他人的利益就会受到侵犯。然而，令人悲观的是，无论在过去还是现在，由于人们贪婪和自私的本

---

① See Kanika Batra, "City Botany: Reading Urban Ecologies in China through Amitav Ghosh's *River of Smoke*", *Narrative*, Vol. 21, No. 3, October, 2013, pp. 322-332.

② Nandini Nair, "Write of Passage", *Indian Express*, June, 18, 2011, 23：45hrs, http://archive.indianexpress.com/news/write-of-passage/805475/.

性，在国际贸易中践踏道德往往是常态，讲道德只能是昙花一现般短暂而少见的存在。

一、巴拉姆在鸦片贸易中的道德选择

作为一部历史小说，《烟河》人物众多，但是支撑小说情节架构的人物主要来自三艘遭遇一场风暴的船。1838年9月，印度洋上形成一股强烈的风暴，有三艘船遭到风暴的袭击。在孟加拉湾，"朱鹭"号载满契约劳工，它正从加尔各答驶向毛里求斯，曾经是贵族、涉嫌伪造罪的囚犯尼尔趁乱逃生；"安娜希塔"号装有三千箱鸦片，船主巴拉姆·莫迪要把这些鸦片运往中国广州，进行一场他有生以来获利最大的交易；苗圃船"雷德鲁斯"号也是要来广州，园艺师费切尔奉命寻找一种价值昂贵的名为"金山茶"的植物，如果找到，在英国大面积种植，会产生极其可观的经济效益。这些躲过风暴劫难的人物在广州番鬼城努力追逐着自己的梦想。

鸦片是毒品。从18世纪后半叶开始，西方列强就开始向中国走私鸦片，对清政府屡次颁布的禁烟诏谕不予理睬，给中国人民的身心健康带来极大的危害，甚至威胁到社会的发展。臭名昭著的东印度公司于1773年开始从事鸦片贸易，拉开了鸦片贸易的序幕。而普通中国读者很少知道，英国向中国倾销的鸦片，主要都是在印度生产和加工的。在东印度公司没有垄断的个别地方，有些印度商人抓到机会，也参与到鸦片贸易中来。《烟河》的主人公巴拉姆·莫迪就是其中的一位。在鸦片贸易过程中，他数次面临良心拷问。高希并没有把他简单地刻画成善或者恶的化身，而是让他在善与恶的抉择中有思想斗争，把他对善与恶的选择不仅放在个人和家庭利益面前，甚至还放在国家利益和国际关系中。正如埃塞克斯大学现代史学者马克·R. 弗罗斯特（Mark R. Frost）所说："帕西鸦片商人巴拉姆·莫迪可能是《烟河》甚至是整个三部曲中塑造得最成功的人物。"[1]

巴拉姆一开始从事鸦片贸易，是想让岳父一家人看得起他。他的岳父米斯特雷老爷经营造船厂，在孟买是非常有名的企业家。作为富人家的上门女婿，他

---

[1] Mark R. Frost, "Amitav Ghosh and the Art of Thick Description", *American Historical Review*, December, 2016., p. 1543.

阿米塔夫·高希历史小说《烟河》中的道德主题

家境贫寒，在妻子家没有地位，因此，鸦片贸易成了他出人头地的机会。他最初想到的只是用财富证明自己。在说服岳父同意他从事鸦片贸易的时候，他说："现在卖有用的东西赚不到最多的钱，反倒是卖那些没什么用的赚得多。"至于鸦片给人带来的危害，他更是了然于胸，但是，他更看重的是稳定的市场："鸦片这东西，一般吸上就再也停不下来；所以市场会越来越大。"① 巴拉姆的岳父此前一直靠实业发家，从来不做投机倒把的事情，所以一开始并没有答应他。而他自己的祖父曾经是有名望讲道德的纺织商，后来投资失败，宁可变卖家产也要把欠别人的钱还上，分毫不差。而巴拉姆的从商之路，却是以昧良心，投机取巧，不择手段开始的。这说明他是唯利是图的那类商人。

按照故事讲述顺序，读者第一次读到巴拉姆面临从事鸦片走私的良心拷问，是在他想录用尼尔作翻译时让尼尔翻译英文报纸《广州丛报》上的文字。尼尔选译的是一位中国大臣写给皇帝的奏章中关于鸦片危

---

① ［印度］阿米塔夫·高希：《烟河》，郭国良、李瑶译，人民文学出版社 2016 年版，第 44 页。本文所引《烟河》的所有文字均从该书译出，以后随文注出页码。

害方面的几段文字。翻译这段文字，相当于尼尔把鸦片的危害当着巴拉姆的面讲了一遍。但是，巴拉姆没有听完。当尼尔读到"幼者吸食损其寿、断其后……壮者吸食，只可速终其岁"（119）时，他就一把夺去尼尔手中的报纸，告诉他通过了测试。表面上，是尼尔的英文水平非常高超，不用译完整篇文章就通过考试。实际上，是鸦片给人们带来的毒害之大，让巴拉姆听不下去。这说明他是个有良心的人，而非铁石心肠。

而按照事件发生的先后顺序，巴拉姆第一次面对从事鸦片贸易的道德方面的问题则是由拿破仑提出的。1816年，巴拉姆和朋友扎迪乘坐东印度公司的船去英国，途经圣赫勒拿岛，他们拜见在岛上囚禁的拿破仑。就"卖鸦片是否是邪恶的"这一问题，巴拉姆这样回答拿破仑："鸦片就像风和潮汐，我没有力量左右它的行进方向。乘着这阵风开船的人，不能简单地说他是善还是恶。要看他如何处理周围的事情——他的朋友、他的家人、他的下人——才能正确地评判他。这是我的信条。"（156）巴拉姆就这样以被动卷入时代的浪潮为借口小心翼翼地躲避责任，又巧妙地限制了道德评判群体，确保自己做的不是恶事。这从另一个层面也说明他心虚，不想把"恶"的标签贴在自己身上。作为道德行为的主体，人们选择的行为具有道德属性和倾向，即使是从众的行为也有道德印痕，不会因为行为本身的从众性质而免受道德评判。只做对自己、家人和身边的人有利的事，不顾及他人或者是否妨害到他人利益，就是自私的表现，就是不道德。这是精致的利己主义，它严重地污染社会生态。无论是个人、利益群体还是国家，都可能会找这样一个"漂亮的"借口，侵犯他人、其他群体和他国利益，达到自己自私自利的目的。至于道德评价的标准，恰恰是别人而不是家人和亲人怎么看你，是社会舆论和长期以来形成的公序良俗。在销售鸦片上，巴拉姆鬼迷心窍，一意孤行。即使后来扎迪提醒他中国人民已经明确反对鸦片贸易了，他还以中国官员腐败为由进行狡辩，好像鸦片贸易屡禁不止和他没有关系。

　　高希笔下的巴拉姆是善恶混合体。他把巴拉姆的复杂性表现得很充分。他对儿子阿发、情妇池梅和身边的人非常好，并且受到手下的爱戴和尊敬。尤其是，当阿龙在广场上被处决的时候，他提前退出饭局。因为阿龙被绞死是因为进行鸦片交易，鸦片正是从他手上买的。而后来当查理提醒洋人，之所以在洋行前处死阿龙，是为了让洋人自检的时候，"他一阵寒悸，手本能地抓住腰带"（335）。这一行为表明他良心的触动比较大。

对巴拉姆比较大的一个良心煎熬，是他所信奉的认为善恶永远处于争斗状态的宗教。巴拉姆不是印度教徒，而是帕西人，信奉琐罗亚斯德教（Zoroastrianism），也叫拜火教。这一宗教是古波斯帝国的国教，在中国被称为"祆教"。该教创始人是琐罗亚斯德，也叫查拉图斯特拉，尼采的名著《查拉图斯特拉如是说》写的就是他。该教于公元8世纪传入印度，教徒主要分布在古吉拉特邦和孟买。孟买的拜火教徒被称为帕西人，他们主要从事工商业，在印度经济发展中有一定影响。阿胡拉·马兹达为这一宗教最高神，是善神。他和恶神安哥拉·曼纽特（阿里曼）之间不断地进行争斗。该教的基本主张是，善与恶处于不断斗争的状态。在二者之间，人们支持哪一方，具有个人选择的自由。但是，该教义的善有善报、恶有恶报理念实质上表明，信众要向善弃恶。此外，该教还把人生前的活动分为思想、言论、行动三类。每类中均分为善恶两种，并将其与天堂、地狱相联系。显而易见，它强调的是善思、善言、善行。到广州之后，巴拉姆刚好赶上了帕西人的宗教节日诺鲁孜节。在祈祷仪式中，一种敬畏之情在他心底油然而生："他闭上双眼，感觉好像他的头、整个身体都被那善与恶争斗的火焰点燃了。他的膝盖发软，不得不把住椅背，生怕自己从椅子上跌落。"（385）从这段引文，我们大体可以看出，尽管一再狡辩，他知道自己所做的是恶行。并且，他内心深处善和恶一直在争斗着。但是，由于他把所有的本钱都押在这批货上了，不仅说服妻子变卖了自己的珠宝首饰，又借了外债，如果不沿着这条路走下去，他就无法回去面对家人和众多投资人。尤其是考虑到要让亲人过上好日子，他选择了地狱。

印度作为英国殖民地的尴尬处境甚至也成了巴拉姆从事鸦片贸易的借口，好像是他被逼得走投无路，不得已而为之。在诺鲁孜盛宴结束之后，朋友扎迪问巴拉姆，如果他母亲知道餐桌上所有的美味都是巴拉姆用卖鸦片赚的钱买来的，她会怎么说。巴拉姆回答："她会说莲花若不能扎根在泥里，就不会开出莲花——

重要的是它能长出来的东西是什么。"(386)在他看来,鸦片贸易会给他带来"未来"。这个未来,就是印度的未来。

巴拉姆做出的最后一次的道德选择是代表印度。他是洋行商会委员,是洋行里唯一一位印度代表。在委员会投票决定是否交出停在港口的鸦片,终止鸦片贸易的时候,巴拉姆出于自身利益考虑,成了英国人的帮凶。作为洋行商会委员,他许多时候和英国人靠得很近,还自称是"女皇最忠实的子民"(387—388)。尽管他自己认为,为了让自己家人过上美好生活,他宁可下地狱。但是,他的选择势必给中印关系带来影响,这是作为普通商人的巴拉姆可能不会相信的。正如美国商人查尔斯·金意味深长地指出的那样:"你的回答不但代表了你自己的祖国,更是给你的邻国一个交代。我们各位都从遥远的国度而来——我们的后代不像你们的,要长久地承受今天的决定引发的后果。我们今天的一切决定,都要由你的子子孙孙承受。"(400)的确,作为英国殖民地,印度在鸦片贸易中扮演的角色很尴尬,因为和鸦片贸易有关的一切事务都是由英国来安排的,印度无能为力。但是,后果还要由印度来承担。在这一点上,尼尔比巴拉姆更清楚。刚刚入职阿差(丰泰)洋行不久,尼尔就看到,洋行里来自印度各地本来可能互不往来的人在这里却仿佛成了一家人,被一种纽带联系起来:

  这种联系并不是一种增强的自尊感,反倒是一种你我共有的羞耻感。因为你知道,几乎广州所有的"黑泥"都是从你们家门口的海岸运来的;而且你也知道,就算你家依靠那黑泥赚得的财富再微乎其微,也不能洗去你身上沾染的那恶臭,因为和其他鬼子相比,它似乎更无法甩掉地粘在你身上。(170—171)

尤其是引文的最后一句话,道出了作家高希的无奈。1947年,印度摆脱英国殖民统治独立后,英国殖民者鸦片战争期间利用印度这块殖民地向中国倾销鸦片,印度助纣为虐,给中国人民造成了伤害,并且肯定对中印关系造成影响。如今,印度应该如何赢得中国人民的信任,这是它必须认真面对的。

正如高希在接受凤凰文化栏目冯婧采访的时候所

言，鸦片战争"驱使中国和印度之间形成了一种特殊的关系，这种关系是通过西方社会——也就是英国——建立起来的。我认为，从很多方面来说，我们依然在为此支付着沉重的代价"①。高希还谈道，作为英国的殖民地，过去英国和中国以及其他一些国家的边境谈判，印度人没有参与，不了解具体情况。印度独立后，发现和周边不止一个国家有边境争议。英国人留下的烂摊子，给印度和周边国家带来很大麻烦。

巴拉姆在小说临近结尾时，和其他洋人一样，交出了鸦片。但是，他选择了跳海自杀。他的故事结束了，但是他作为商人多次面临的道德纠缠不禁让我们感觉到，道德在贸易中是占有非常重要的位置的。仅仅从一个普通商人的贸易活动中面临的道德斗争和选择，我们似乎可以看到国际贸易的缩影。巴拉姆遇到的问题，是作家高希给他出的，高希让他在历史大潮中自主选择逆势维稳或者随波逐流。在一次访谈中，他说："在一部小说中，历史……如果不能成为一个人

---

① 冯婧:《印度作家高希：到处都是吃土青年，这世界不会好了》, 2016-11-10 20: 21, http://culture.ifeng.com/a/20161110/50235049_0.shtml, 2021年3月4日。

面临困境的背景，就会索然无味。""我对伦理困境感兴趣。"① 由于《烟河》是历史小说，它肯定也昭示今天的读者注意当下全球商业活动中的道德问题。而作为印度作家，高希也希望他的印度读者不要淡忘鸦片战争期间印度对鸦片贸易的参与，以及今天中印关系的现状有历史原因。他说："直到今天，我们都一直被殖民和前殖民力量所操控，作为一个被殖民三百年的民族，在世界上想有任何责任担当的确很难做到。"②

巴拉姆在鸦片贸易过程中面临的几次道德选择都伴随着他昧着良心的辩护，仿佛他别无选择。但是，在小说中众多的商人里，并不是所有的人都做鸦片生意。扎迪就只卖钟表和一些小玩意儿。在巴拉姆一次次为他的行为辩护时，扎迪每次都提醒巴拉姆的做法是错误的。比如在一次讨论鸦片贸易时，他说："继续鸦片贸易到底是对不对头？过去我们不知道中国人

---

① Chitra Sankaran, "Diasporic Predicaments: An Interview with Amitav Ghosh", in *History, Narrative, and Testimony in Amitav Ghosh's Fiction*, Chitra Sankaran, ed., New York: State University of New York Press, 2012, p. 1, p. 13.

② Chitra Sankaran, "Diasporic Predicaments: An Interview with Amitav Ghosh", in *History, Narrative, and Testimony in Amitav Ghosh's Fiction*, Chitra Sankaran, ed., New York: State University of New York Press, 2012, p. 3.

是不是真的反对鸦片。但是现在已经毫无疑问了。"（178）同孚洋行不贩卖鸦片同样可以获利丰厚。不过，也正是由于巴拉姆谈到殖民地人的处境的确艰难，巴拉姆最终的悲剧性结局难免令读者产生一丝悲悯之情，增加了对殖民者的痛恨。

二、英国在鸦片贸易中的道德立场

在高希的"鸦片战争三部曲"第一部小说《罂粟海》中，迪提通过不断给婆婆饮食中投放鸦片，达到最终控制婆婆的目的。下边这段话是她对鸦片的理解：

> 至于迪提，她越摆弄这鸦片，就越是佩服它的力量：人类是多么脆弱的生物，这么一小点儿东西就可以让人变得这么乖巧！现在她明白了，加兹布尔的工厂为什么由这些老爷和军官们如此兢兢业业地值守了——只是这么一点点胶状的鸦片就能让她控制这位老女人的生活、性格，甚至她的灵魂，那么，如果她能再有多一点儿，难道她就不能操纵一个个王国、掌控无数的民众吗？况且，世界上能达

此功效的肯定不止这一样东西呵。①

迪提的想法没有错，鸦片的确可以控制"一个个王国"，英国向中国倾销鸦片，表面上披的是鸦片贸易的外衣，实际上隐藏着其卑鄙险恶的用心，它真正想达到的目的就是用鸦片麻痹中国人民，这样一个羸弱的国家就可以任其宰割，它也可以不费吹灰之力，把中国财富抢走。这一点虽然已经被当时的中国有识之士认识到，但是，由于中英两国军事实力相差比较悬殊，中国已经无法以弱胜强，只能被动挨打。在《烟河》中，英国对印度和中国的贸易，都是奉行霸道逻辑。

鸦片战争前夕的英国，正如今天的美国，是全球最强大的国家。为了在贸易中立于不败之地，无所不用其极。依仗强大的军事实力，在国际贸易中奉行霸凌主义。这种霸道行为并非今天才有。巴拉姆岳父的造船厂为英国东印度公司和皇家海军造船，比英国人自己造的船更好更便宜。英国人意识到这一点后，立

---

① ［印度］阿米塔夫·高希：《罂粟海》，郭国良、李瑶译，人民文学出版社2012年版，第31页。

即实行贸易保护主义政策，想方设法让东印度公司和皇家海军买不到印度造船厂造的船只，同时又制定法律，使其他国家从印度购买的船只比从其他地方买的船只要更加昂贵。英国此番教科书般的操作，被今天的美国效仿。巴拉姆岳父敏感地意识到，由于英国的无理干预，不仅自己的造船厂维持不了多久，印度的其他行业也不会有未来。巴拉姆曾经这样评价英国人："只要对他们有利，他们就会大谈贸易自由化。"（387）

1729年起，中国就开始明令禁止鸦片贸易。由于19世纪英国从中国大量进口茶叶、瓷器、漆器和丝绸等奢侈品，而中国人对英国商品如羊毛和呢绒不感兴趣，并且在生活的各个方面已经能够自给自足，无须购买外国商品，导致对华贸易逆差显著，于是英国企图用鸦片贸易扭转贸易困局。东印度公司的垄断被打破之后，英国企业在广州贩卖鸦片的行为日益猖獗，导致从19世纪30年代起，每年都有五六百万两白银外流，出现银贵钱贱的现象。中国也从持续两百多年的出超国变成入超国。这是一个没有道德底线的行为。东印度公司从印度向中国倾销鸦片，使中英贸易逆差很快出现反转，大量白银开始流入英国。但是，也给

中国带来了近乎毁灭的灾难。用美国商人查尔斯·金的话说:"成千上万、甚至有上百万中国人都沦为了鸦片的奴隶。"(306)

高希特意用互文性的手法写巴拉姆在1816年去英国途中路过圣赫勒拿岛见拿破仑的轶事,表达不公平贸易可能带来的后果。英国使节阿美士德勋爵曾经访华,试图说服清政府多开商埠,进行自由贸易。但是由于在见拜见嘉庆帝礼仪细节方面没有谈妥,他无功而返。在途经圣赫勒拿岛的时候,阿美士德拜见了当时被囚禁在岛上的拿破仑。他说中国是泥足巨人,表面强大而已,并且提出用武力敲开中国大门的打算。他的这一想法被拿破仑否定。拿破仑把中国比作睡狮的那段话尽管语焉不详,但是还是被高希写进这部小说。他说:"既然是英国在向那里派使节,那意思就是他们更需要中国。"(154)这句话的潜台词就是,既然英国对中国商品需求量大,又愿意购买,出现贸易逆差是市场供需关系正常的反映,无需人为干预。而对英国用走私鸦片解决贸易逆差的策略,拿破仑也不敢苟同:"多么讽刺啊?如果是鸦片让沉睡着的中国醒了过来呢?如果中国真的醒来,你觉得会是好事儿吗?"

中国在鸦片战争前四十年就宣布鸦片贸易违法，但是英国人对中国法律视若无睹，鸦片走私有增无减，范围越来越大。而英国也深知鸦片的危害，其法律也规定，鸦片在英国是禁止交易的，犯鸦片走私罪要被处以死刑。但是英国为了扩大财富积累，不择手段，突破道德底线，不惜发毒品财。正如林则徐在给维多利亚女王的信中指出的那样："只惜己命，视他民为草芥，贪心恋利，伤及民命。"（463）这样的做法，不仅违反英国所信奉的基督教的基本理念，也是对国际贸易基本原则的践踏。林则徐给维多利亚女王的信的第一句，基本可以当作国际贸易最基本原则："举天下以为公；不可为利己以为害他人。"高希说："人人都知道，市场必须有一定的道德边界。这个边界到底是什么、在哪里，这是可以讨论的，但是这个边界一定是存在的，也必须存在。"[①]"一个国家为牟取卑鄙的利益，满足对金钱的无限贪婪，迫使拥有亿万人口的中国，在政治、健康和社会道德方面走上了下坡路。英国人

[①] 冯婧：《印度作家高希：到处都是吃土青年，这世界不会好了》，2016–11–10 20：21，http：//culture.ifeng.com/a/20161110/50235049_0.shtml，2021年3月4日。

根本不讲什么道义,什么责任,什么良知,只有敛财的强烈欲望,这就是十九世纪他们的基督教文明!"①

为了发鸦片财,英国的商人们竟然把亚当·斯密的《国富论》中提出的自由贸易理论搬了出来。在这本被奉为西方经济学圣经的巨著里,斯密提出,利己主义是一切经济行为的动机。个人出于自身的利益在市场中自由地进行商品交易,背后有一只无形的市场之手牵引,促进社会利益。自由贸易不需政府干预。宝顺洋行创始人、鸦片贩子约翰·颠地就是自由贸易的信徒。在为渣甸送行的宴会上,他就提出,清政府对贸易的干预,违反了自由贸易的原则,这会改变贸易流向,也是对个人自由的冒犯。《广州纪录报》的主编约翰·施赖德就扬言:"现在是个新时代,应该是贸易与商业决定政策的时代。"(209)言外之意,清政府不应该干涉鸦片贸易,"按他们的需求提供这些货品,我们不过是在遵循自由贸易的法则啊"(210)。不仅如此,他还借题发挥,大谈享有自由的价值,指责清朝百姓在皇帝暴政统治下没有自由可言。然而,他在东

---

① [印度] 泰戈尔:《鸦片——运往中国的死亡》,《泰戈尔经典散文集》,白开元译,新世界出版社2010年版,第217页。

拉西扯中还是露出了马脚。他所谈的自由被金发现"不过是一根用来殴打别人的棍子"（210）。而对使贸易陷入僵局的"鸦片"，始终回避躲闪，只字不提。

自由贸易虽然基于个人自身利益的考虑，也有交易的自由，但是，它并非什么都可以交易，也并非不需要考虑交易行为需要承担责任和可能产生的后果。詹姆斯·英尼斯在已知清政府明令禁止鸦片交易的时候，还出售鸦片。当这一违反中国法律的行为在受到中国法律惩罚的时候——驱逐出境，他竟然能够以大英帝国臣民的身份得以豁免，因为这是对他人身自由的侵犯。在洋人商会特别会议上，商会主席林赛先生就替英尼斯辩护说："作为一名不列颠国的臣民，他享有一定的自由权利，所以我们无法违背他的意愿将他逐出这个城市。"（303）自由并非为所欲为和肆意妄为，自由是有边界的，它应该是在一定约束限制内的自由。至于自由的边界和约束，一般是指法律和道德等约定俗成的习俗或者政府为限制人们行为规范而规定的一系列制度。毫无疑问，对英尼斯的支持，就是支持犯罪。而一个国家如果允许自己的公民伤害掠夺外国人，这和强盗行为无异。自由的名号就是这样被滥用，以便使违法分子逍遥法外，使违法交易合理合规。

被英国人找借口的，还有中国官员的腐败。鸦片贸易在中国之所以屡禁不止，的确和官员腐败有很大关系。官员接受贿赂，不讲原则，官商勾结，使禁烟运动很难执行。所以巴拉姆说，比鸦片流毒更可怕的是官员的腐败。渣甸在告别晚宴上就直言不讳："是清朝政府，是清朝的官员在走私、纵容默许，甚至鼓励走私，而不是我们。"（349）利用一些中国人的弱点为自己谋利益，未免有些不光明磊落。林赛则提出一个阴险的想法，就是日后在中国沿海建立英国人的居住地。言外之意，不深入内陆腹地，依靠中国的走私商人，把自己洗白，罪责完全由中国人承担。鸦片战争后，根据1842年签订的中英《南京条约》，中国确实开放了五个通商口岸。而施赖德则大言不惭地说："我们必须留在这里，不为别的，只为保护这些中国人不受政府压迫。"（362）

不仅如此，法律上的双重标准也违背贸易公平。难怪巴拉姆说："世上再没有什么语言比英语更适合把谎言变成法律条文了。"（303）林则徐到广州之后，让外国商人交出走私鸦片，施赖德却认为这是对大英帝国子民财产的掠夺,这足以成为英国对华开战的理由。而在英国,走私被列为重罪,会被处以极刑。

道德作为人们社会生活及行为的准则和规范,也包括对法律的遵守。英国商人肆意践踏中国法律,从事肮脏的鸦片走私活动,这显然是违反道德的强盗行为,从其贪得无厌、唯利是图的本性,不难看出英国资本主义已经发展到全球扩张阶段。依仗强大的经济、军事和文化实力,英国在确立国际贸易秩序。在这种秩序里,霸权主义国家占据统治和优势地位,而其他国家只能服从。当时外强中干的大清帝国也不例外。结果是,英国人从中国带走的是各种花卉,留下的却是鸦片。马克思对这场道德和强权的对抗有过精辟的论述:"一个人口几乎占人类三分之一的大帝国,不顾时势,安于现状,人为地隔绝于世,并因此竭力以天朝尽善尽美的幻想自欺。这样一个帝国注定最后要在一场殊死的决斗中被打垮:在这场决斗中,陈腐世界的代表是基于道义,而最现代的社会的代表却是为了获得贱买贵卖的特权——这真是任何诗人想也不敢想的一种奇异的对联式悲歌。"①

鸦片战争后,新的飞地在广州又建立起来,上边"那些呆板的欧洲建筑,一本正经的正面,却有着贪婪食人的门楣:这个新建的飞地就像是邪恶势力建起的纪念碑,用来庆祝他们在历史上取得的凯旋"(471)。而由于这种秩序的确立是靠强权来取得的,因此,势必遭到贸易中处于劣势地位的那些国家的反抗,它并非稳定,而是永远处于斗争状态。

三、从鸦片战争到中美贸易战——无休止的善恶较量

历史小说家书写过去,往往不仅在于他们与历史学家不同,爱以虚构或者虚实结合的方法记录过去,还在于他们意识到了过去的某个历史事件或者历史人物与当下现实高度关联,因而有必要让今天的读者从历史中获得经验和教训。除了让他的印度读者重新思考印度在鸦片战争中扮演的角色和应该承担的责任并进而重新思考中印关系之外,高希还从印度作家的视

---

① 马克思:《鸦片贸易史》,《马克思恩格斯选集》第一卷,中共中央马克思恩格斯列宁斯大林著作编译局译,人民出版社 2012 年版,第 804 页。

角，试图告诉他的西方读者，鸦片战争的起因是什么，在鸦片战争中英国对中国做了什么，以及在今天的国际贸易中道德操守的重要性。更加有趣的是，虽然高希在写这部小说的时候，并不能预见当下正在发生的中美贸易战，但是中美贸易战的确和鸦片战争有惊人相似的地方，仿佛历史在重演。

2018年7月6日，美国总统特朗普宣布，对来自中国的一部分商品加收25%的额外关税。而增收关税的理由是，在中美贸易中，美国出现巨大贸易逆差。这和鸦片战争前中英贸易的现状非常相似。那时候的英国，为了迅速扭转贸易逆差，突破道德底线，祭出杀招，向中国倾销鸦片。而今天的美国早已取代英国，成为世界霸主，在经济、军事和文化实力上远非其他国家能与之匹敌。特朗普上台后，在国际舞台上更是倡导美国优先的政策，实行贸易保护主义，这是自私自利的霸权主义行径。两年多来，在中美贸易中，美国对中国的打压愈演愈烈。对华为就是典型的例子，这家中国民企生产的具有国际竞争力的手机不得在美国和它的欧洲盟国销售。为了搞垮华为，美国还禁止供货商向华为提供手机芯片，以保护苹果手机的市场占有率。这和当年莫迪岳父的米斯特雷造船厂受到英国政府打压惊人的相似。

从鸦片战争到今天，已经有一百八十多年。历史的重演，似乎说明，国际贸易中，大国尽管在科技上呈线性发展，但是在道德上却没有进步。只要有强大的军事力量作支撑，贸易霸凌就不会停止，公平就无从谈起。所谓的贸易逆差，和当年所谓的自由贸易一样，只不过是借口而已。资本主义为了追求利润，不择手段，这一点一直也没有变。帝国扩张过程中编造谎言更是家常便饭。在鸦片战争之前，以英国为首的西方国家就说中国"闭关锁国"，不让西方商人进入内陆从事商业活动。而实际情况是，历史上的中国曾经是向世界张开怀抱的。这一点从高希对广州城的描写就可见一斑。

广州城具有极大的包容性，每条巷道都有异域美。成百上千的印度人、阿拉伯人、波斯人和非洲人都住在这里。他们可以建自己的朝拜圣地。城里佛教寺庙众多。建城的标志性建筑就是一座印度教神殿，城的守护神是观音，其形象是头戴纱丽的印度女人。菩提达摩也曾来此传教。不仅马可·波罗在这里留下了足迹，就连珠江的名字由来都和外国商人有关。来自世界各地的人不分肤色种族和宗教信仰，在这里和谐相处。盛唐时代，有十多万来自世界各地的人在广州城居住，与城里百姓和谐相处。只是后来荷兰人的到来，他们以建医院为由建碉堡，企图侵占我国沿海岛屿。由于欧洲人的失信，中国不得不闭关锁国，用在城外建番鬼城的办法处理国际贸易。

如今，由于世界新冠疫情严重，国际贸易很难充分展开，中国正在努力打造闭环经济，释放自身能量。将来有一天美国会不会又说中国闭关锁国？

贸易的基本原则是公平。任何优势或者优先，都是对这一基本原则的践踏。有道德意识的人会依照这一原则为人处世。在《烟河》中，高希把 18 世纪和 19 世纪初的广州描写成这样一个国际贸易理想的地球村。在鸦片战争爆发之前的很长一段时间里，国际贸易已经非常繁荣。来自世界各国的商人们在广州做生意，并且自然地形成了一个共同体（community）。这些国际商人具有"community"这个词在古拉丁语 commūnitās 词源中含有的公共精神，践行公平的原则进行商品交易，包括他们使用的语言，都不是地道的英语，而是体现公平精神的"商务英语"，或者叫洋泾浜英语（pidgin）。这种英语的语法和广东话一样，词汇主要是英语、葡语和印语。用这样一种语言做生意，每个人都失去语言的优势，因为它不是任何一个人的母语，任何一个人使用起来，都稍微有点儿别扭，但是为了交易的公平性，它成了商人们普遍认可的行语。在小说中，这成了理想的国际贸易生态模式象征。而这一公平原则因英国对华贸易逆差而被打破。

美国在苏联解体后成为世界上唯一超级大国让高希看到了帝国主义不仅没有灭亡，可能会在相当长的一段时间内存在。只是换个国家的名字而已。国家既然是由人来管理的，就有统治的野心。但是，高希理想化地认为，帝国的理想是不应该存在的。他曾经说："帝国不应该成为人人都追求的目标。在帝国管辖的世界里，有些人是统治者，有些人是被统治者。所有人都拥有帝国的情况是不可能存在的……每个人都应该属于一个国家和所有的国家都应该是平等的，确切地说，这两点并不矛盾，尽管真实情况可能完全不是这么回事。"[1]在残酷的弱肉强食、适者生存法则面前,高希依然坚持对理想的追求,试图塑造人类应该持守的共同价值观念。这无疑体现了作家的责任担当。的确,就连美国的盟友欧盟也对美国进行贸易反制措施。而世界各国去美元化进程则似乎体现了对公平正义追求的团结性。

在《烟河》中,最让巴拉姆后悔的,不是他损失了三千箱鸦片,而是他选择了恶,结果却什么也没有得到。得道多助,失道寡助。英国的殖民主义不可谓不成功。到了20世纪初,只有三千万人口的英国,占领了地球表面四分之一的领土。不过,没有哪个国家可以仅仅凭借军事力量一直称霸世界。今天的美国奉行的单边主义政策相信也不会走太远。

通过《烟河》这部小说,高希似乎在传达,在国际贸易中,善和恶的永恒较量。但是他相信,善终将战胜恶。

---

[1] Amitav Ghosh, "Imperial Temptation", 2002-00-00, https://amitavghosh.com/essays/imperial.html.

也谈《终结的感觉》的历史主题

英国当代著名小说家朱利安·巴恩斯（Julian Barnes）的布克奖获奖小说《终结的感觉》(*The Sense of an Ending*)自2011年出版以来，就以高超的写作技巧深受读者青睐。当年的布克奖评委会主席斯黛拉·雷明顿夫人（Dame Stella Rimington）认为这部作品具有"英国文学经典的特征"[①]。到目前为止，学术界对这部小说的研究主要集中在历史、道德、自我等主题上。在形式方面的关怀，除了偶尔有对重复技巧的探讨，许多研究把兴趣放在它令人称道的不可靠叙述上。笔者认为，对这部小说涉及的关于"历史是什

[①] Anita Singh and Anitasingh, "Julian Barnes wins the 2011 Man Booker Prize", *The Telegraph*, 18 October 2011, https://www.telegraph.co.uk/culture/books/booker-prize/8834464/Julian-Barnes-wins-the-2011-Man-Booker-Prize.html.

么"这一问题的研究还有进一步挖掘空间,所以就把阅读作品时的一些零星想法稍作整理,和大家分享。

一、从历史的定义看巴恩斯的历史观

历史是巴恩斯小说创作非常重要的主题之一。《终结的感觉》延续了《福楼拜的鹦鹉》(*Flaubert's Parrot*,1984)和《10½章世界史》(*A History of the World in 10½ Chapters*,1989)、《英格兰,英格兰》(*England,England*,1998)、《亚瑟和乔治》(*Arthur & George*,2005)等前几部小说对历史主题的写作兴趣。目前,国内外对巴恩斯在他小说创作中表现出的历史观还缺乏有说服力的研究。许多研究,包括对《终结的感觉》的研究,倾向于认为,巴恩斯的历史观是后现代的。实际情况果真如此吗?接下来,让我们仔细分析一下《终结的感觉》中的历史主题,管窥其中蕴含的巴恩斯历史观。为了方便分析,我们需要简单了解一下这部小说的情节。

《终结的感觉》写的是一个退休老人托尼讲述自己的人生经历。他本以为自己退休后可以平静地度过余

也谈《终结的感觉》的历史主题

生,和前妻保持友好关系,和唯一的女儿平淡相处。然而,令他意想不到的是,有一天他突然收到大学时代女友维罗妮卡的母亲萨拉寄来的一封信。萨拉给他遗赠500英镑,并且把他中学时代好友艾德里安的日记托付给他保存。然而,艾德里安的日记在维罗妮卡手里。顺着向维罗妮卡索要艾德里安的日记这条情节线,托尼打开记忆的闸门,向读者讲述他叛逆的中学时代、与维罗妮卡的恋情的大学时光和艾德里安自杀之谜。在他对自己过去的回忆中,四十年前的他是一个宽厚平和与世无争的人。然而当他看到当年自己给艾德里安写的那封祝福信实际上是封充满诅咒的绝交信时,他开始重新审视自己,以及他是否应该对艾德里安的自杀负责。他在信中让艾德里安向维罗妮卡母亲求证维罗妮卡是否受过创伤,结果艾德里安在找维罗妮卡母亲的时候,彼此产生好感。由于萨拉后来怀孕了,艾德里安不得不用自杀来逃避这一切。

"要形容任何历史事件(historical event)——譬如说,即使是第一次世界大战的爆发——我们唯一真正可说的一句话就是:'发生过的事件'(something happened)。"[1] 这句话出自小说第一人称叙述者托尼高中同学、新来的高才生艾德里安的历史课课堂发言，它暗含对传统史学的否定，意指历史的原貌无法呈现，且略带嘲讽口吻。这无疑是一种后现代历史观。[2] 在中学的一堂历史课上，艾德里安在回答历史教师老乔·亨特关于"历史是什么"这一问题时，他又如此给历史下定义："不可靠的记忆与不充分的材料相遇所产生的确定性（certainty）就是历史。"（20）这句话也被许多研究认为是这部小说的主题或者巴恩斯的历史观。考虑到小说后来发生的事情，即托尼对发生在他和大学时期女友维罗妮卡之间的一些事情的回忆证明了他的记忆力是多么不靠谱，以及他得到的艾德里安不完整的日记复印件，读者一般不会对这一观点产生怀疑。不过，小说中有不止一处细节似乎在提醒读者，虽然显得早熟，但是处于青春期叛逆阶段、无论

---

[1]［英］朱利安·巴恩斯：《终结的感觉》，郭国良译，译林出版社2012年版，第6页。此处引文对译文有改动。本文所引《终结的感觉》中的文字均出自此书，以后随文注出页码。

[2] 在文学领域里，人们探讨挑战传统史学的后现代史学理论往往爱用"新历史主义"这个术语。但是在历史学领域里，人们基本上使用"后现代史学"这一术语。本文由于涉及的主要话题属于历史学领域，所以使用的术语是"后现代史学"。

也谈《终结的感觉》的历史主题

在自我建构还是心智发展都欠成熟的艾德里安发出的声音,未必是作者的声音。至少小说第一人称叙述者托尼也曾经发过类似的声音。在讲述发生在他高中时代的几件趣事之前,托尼说:"我得简要重提那几件演化成趣闻的事情,回溯某些模糊的记忆,时间已将它们扭曲变形,使我笃信不疑。"(4)这句话的原文是:I need to return briefly to a few incidents that have grown into anecdotes, to some approximate memories which time has deformed into certainty. 而托尼则是作者借助隐含作者讽刺的对象。

艾德里安把罗布森的自杀当作"历史事件"(20),以及他认为对这一事件无法还原这两点上,也有隐含作者的提醒。艾德里安认为,尽管罗布森因为把女友的肚子搞大而自杀的事件刚刚发生不久,就已经有许多不确定和不可知的因素。比如:罗布森的自杀是否还有其他原因?他当时的心态如何?怎么能证明那个孩子一定就是他的?他自杀时留下的那个纸条现在还留着吗?五十年以后,当他父母已经不在,他的女友不愿意回忆有关他的一切,谁还有能力记录他的故事?……而老亨特对他这些问题的回答则是:"我觉得

349

你低估了历史，因而也低估了历史学家。为了便于讨论，我们姑且认为可怜的罗布森将来会有历史价值。"（22）这是老亨特对历史不可知论反击的开始。仅仅"历史价值"（historical interest）这个词至少有两方面含义。一方面，他是在暗示，不是生活中的任何事件都可以成为历史事件。历史学家在历史写作过程中确实会面临历史素材取舍的问题，历史写作有客观标准。比如，材料是否有历史价值，是否符合历史客观性等。另一方面，他也表明，艾德里安表面上咄咄逼人，他在历史学方面的知识还有提升空间，因为他对历史学基本常识还有搞不懂的地方。他善于思考、质疑，自以为是多，自以为非少，看不到自己因年龄原因可能产生的对事物认识不足之处。这是隐含作者在小说中埋下的伏笔，让作者的读者在阅读的时候意识到，艾德里安对历史学的看法有偏颇之处，有必要重新思考艾德里安给历史所下的定义，不要被艾德里安带偏。

在被问及艾德里安关于历史的定义出自哪里时，他的回答是"帕特里克·拉格朗日，先生。帕特里克·拉格朗日，是个法国人"（20）。然而，拉格朗日并非法国历史学家。他可能是巴恩斯虚构的一个人物，

也谈《终结的感觉》的历史主题

也可能是托尼在讲这个故事片段的时候记错了人名，甚至可能是艾德里安自己胡乱编造的一个人名。如果是小说家虚构的一个人名，那么他或许意在强调这个定义缺乏权威的依据，并且暗示他自己并不认同；如果是托尼记错了人名，则旨在说明人的记忆的不可靠性；如果是艾德里安胡编乱造，那么他就没有资格给小说家代言。这三种可能性都存在。但是，从接下来艾德里安以同学罗布森自杀事件为例解释他给历史下的定义以及他和老亨特之间的辩论来看，小说似乎有为传统历史学辩护的意思。

针对艾德里安提出的关于罗布森自杀事件无法还原时提出的一连串问题，老亨特说：

> "历史学家向来都有缺乏直接实证的问题。他们早已习惯如此。还有，别忘了在此事例中定会涉及验尸，因此一定会有验尸报告。罗布森很可能写过日记，或是写过信，还打过电话，这些内容都可以被人们记起。他的父母也会答复他们收到的那些吊唁信。而五十年后，考虑到现在人们的平均寿命，他的同龄人中有相当一部分还可以

接受访问。这个问题也许没有你所想象的那么可怕。"（22）

"但什么都无法弥补罗布森本人的证言，先生。"

"从某一方面来说，确实不能。但是，同样地，历史学家也需要用怀疑的态度来对待某位亲历者对事件的说辞。通常，那些着眼于未来的说辞最值得怀疑。"

"您可以这么说吧，先生。"

"而从行为也常常能推断出心理状态。一个暴君就很少用手谕下达铲除已经的命令。"

"您可以这么说吧，先生。"（22—23）

可以说，这是一场传统史学和后现代史学的对话。在这场对话中，咄咄逼人的新历史主义仿佛是自我膨胀的青春期少年，而传统史学则用其丰富的经验教训了这位少年。在第一次回答老亨特关于亨利八世统治时期的问题之后，艾德里安还为老亨特没有接他的话茬儿而感到失望，仿佛如果老亨特一旦接了他的话茬儿，他就会把老亨特驳得体无完肤。但是这次和老亨特唯一的一次交锋让他甘拜下风。从舌战双方在每个对话轮的话语控制权看，几轮下来，艾德里安就无法招架。而更具有讽刺意味的是，几年之后，他竟然成了下一个罗布森。

从以上分析，我们大体可以看出，隐含作者认同的并非艾德里安的历史观，而是在维护传统史学。这虽然不是巴恩斯写这部小说的初衷，但是老亨特对传统史学的维护大体上代表了巴恩斯的态度。小说开始部分老亨特和艾德里安关于历史基本问题的探讨，浓缩了这部小说的主题——历史真相问题，也为小说以后的情节发展定下了基调。在下一部分，我们将跟随托尼一起破解艾德里安自杀之谜，直击传统史学最为后现代史学诟病的历史真相问题。

二、历史真相

在《终结的感觉》中，巴恩斯充分运用不可靠叙述的技巧，把第一人称叙述者托尼这一不可靠叙述者对自己故事的讲述用于历史主题的呈现。由于本部分和下一部分的探讨涉及不可靠叙述这一概念，为了便于探讨，让我们先简单了解一下不可靠叙述。不可靠叙述这一概念是美国著名文学评论家韦恩·布斯（Wayne C. Booth）在他那部非常有影响力的《小说修辞学》(*The Rhetoric of Fiction*, 1983)中最先提出的。布斯说："如果叙述者的言行和作品的标准（即隐含作者的标准）一致，我就会称他为可靠的叙述者，反之，则称之为不可靠的叙述者。"[①]这段引文中提到的隐含作者是《小说修辞学》中另一个重要术语。简单地说，他是处在创作状态而非现实生活中的作者。布斯认为，称他为"作者的第二个自我"要更合适[②]。作家在作品中所要传达的价值观念、判断标准和鉴赏理念均由隐含作者来完成，他在作品中把这些信息潜藏，让作家理想的读者，即作者的读者，来寻找。而不可靠叙述者的言行之所以不可靠，就是因为他的言行和隐含作者在作品中置入的信息相背离，和作家要表达的观点和态度有距离。由于不可靠的叙述者视野的局限，他往往不知道他的言行和隐含作者在小说文本中表达的

---

① Wayne C. Booth, *The Rhetoric of Fiction*, Chicago: The University of Chicago Press, 1983, pp.158–159.

② Wayne C. Booth, *The Rhetoric of Fiction*, Chicago: The University of Chicago Press, 1983, p.73.

观念不一致，因而就会形成对他的反讽。

关于不可靠叙述的判断，布斯认为，主要可以在事实轴和价值轴上判断。他的学生詹姆斯·费伦（James Phelan）在对日裔英国作家石黑一雄的《长日留痕》中的不可靠叙述进行分析时，发现布斯的两个轴线无法覆盖这部小说不可靠叙述的复杂性，所以，他在这两个轴线的基础上又增加了认识/感知轴。并且，他还划分了六种不可靠叙述类型：错误报道（misreporting）、错误解读（misreading）、错误评价（misevaluating or misregarding）、不充分报道（underreporting）、不充分解读（underreading）和不充分评价（underregarding）。还有一点需要指出的是，费伦对不可靠叙述的认定仅限于叙述者的言语，不包括行为。本文的不可靠叙述在概念上选用的是布斯的界定，在判断上依据的是费伦的六种类型划分。①

如果说罗布森自杀之谜是艾德里安为他的历史不可知论举的不当例证，那么，艾德里安的自杀则是隐含作者为了反驳艾德里安的历史不可知论而举的恰当

---

① 不可靠叙述判断的研究还有认知学派，由于和本研究关系不大，故不作介绍。

例证，是对传统史学具有一定说服力的辩护。

托尼是一个以自我为中心、喜欢过平淡无奇生活的人。他本无意于破解艾德里安自杀之谜，只是由于收到维罗妮卡母亲信件并得知艾德里安的日记需要由他保管时，他才开始向维罗妮卡索要艾德里安日记——他猜想里边可能有对他自己不利且可以作为证据的东西——顺便揭开了艾德里安自杀之谜。

关于艾德里安的自杀原因，根据艾德里安本人写给验尸官的信，验尸官给出了思维紊乱这一结论。他的确留有遗书，遗书内容——"生命是一份礼物，却非我辈索取而得……"（63）——也支持验尸官的结论，好像其他人无需为此事负责。托尼向维罗妮卡索要艾德里安日记的过程——包括设法联系到证据持有人、证据持有人拒绝配合，以及证据被毁等——非常艰难，读者能够感受到证据的获得并非易事。而出乎托尼意料的是，他在一次和维罗妮卡见面的时候，见到了艾德里安的儿子。他这样说："他的眼睛，从颜色到神情，他那苍白的脸颊，还有整个脸部的骨架结构。他的身高及其跟骨骼和肌肉这两者的比例。这些都是证据，他就是艾德里安的儿子。"（177）他后来又对这番话进

也谈《终结的感觉》的历史主题

行了补充，确认他亲眼看到的那个人就是艾德里安和维罗妮卡的儿子。实际上，这个男子是艾德里安和维罗妮卡的母亲生的孩子。这不仅使人想到老亨特在历史课上反驳艾德里安的话——"亲历者本人的说辞"往往是历史学家不会轻易相信的。托尼之后对艾德里安的儿子在第一次相遇地点的跟踪，相当于传统历史编撰中的实地走访。多次在艾德里安的儿子可能出现的酒吧"蹲点儿"之后，托尼终于再次见到艾德里安的儿子，并且从救助站护工那里得知这个智障男子实际上是艾德里安和维罗妮卡的母亲生的孩子。他回想起这个智障男子曾经管维罗妮卡叫玛丽（维罗妮卡的中间名），而艾德里安也管维罗妮卡叫玛丽，这也间接佐证了护工的说法——这个环节类似于考证。至此，艾德里安自杀之谜终于被解开。虽然托尼一直没有得到艾德里安的日记，但是具有讽刺意味的是，维罗妮卡给他的那封当年他写给艾德里安的绝交信表明，他对艾德里安的自杀负有一定责任。

托尼对艾德里安自杀真相的考察，虽然是作家以虚构的形式呈现的一个关于真相追寻的案例，却大体暗合历史学家对"史实"认定的方法，即通过史料搜集、整理、考证、真相追寻等环节。既然历史是实实在在发生过的事情,并且可能会留下痕迹,那么只要按图索骥,加上正确的方法,历史真相就可以被还原。这就是《终结的感觉》试图向读者传达的讯息。必须承认,历史的写作难免主观,难免有疏漏,考证可以有效地解决历史写作中的主观性问题,还历史以本来面目。艾德里安自杀之谜的揭开,从官方给出的心理紊乱到最后托尼完成真相的还原,长达四十年。它充分说明,对真相的揭示,不但不能一蹴而就,而且还需要时间。巴恩斯曾经说:

> 历史有一个特质值得我们为它辩护,那就是,历史非常擅长发现事物。我们试图掩盖事物,但是历史则不然。它的优势是它有的是时间,有时间性和科学性。无论我们怎么拼命把自己早期的思想抹掉,历史却总会有读到它的办法。我们偷偷地将受害者埋掉(被勒死的小王子、遭受辐射的驯鹿),但历史早晚会揭穿我们

的所作所为。①

小说开始的时候，托尼说："我们生活在时间中——时间掌握并塑造我们。"（3）隐含作者通过小说中关于真相问题的探寻还向读者告知了时间的发现功能，时间是真相的答案，它也是被"用来衡量历史的"（78）。

在小说中我们也不难看到，艾德里安自杀之谜的破解过程，涉及许多次纠错，但是每次纠错都离事件的真相更近了一步。这也提醒我们，对历史的认识，不要因为事件考察过程中的一次甚至几次错误而失去可以见到其本来面目的信心。巴恩斯在《10½章世界史》中借书中人物之口说：

> 我们还是要相信，客观真理是可能的；换句话说，有99%实现它的可能性；要么，如果我们不相信这一点，我们就必须认为，43%的客观真实总是会比41%的客观真实好。我们必须这么

---

① Julian Barnes, *A History of the World in* 10½ *Chapters*, New York: Vintage, 1990, p.240.

做，否则就会无所适从，掉入相对论的陷阱，盲目地珍视每个说谎者自己版本的讲述。①

这段关于历史真实性的引文是和关于真爱是否存在作对比来谈的，这一章的第一人称叙述者接下来又说："爱情令我们失望时，我们必须依然相信爱情。"②言外之意，尽管传统史学有种种不尽如人意之处，我们还是要相信有真爱存在一样，相信历史真相是存在的，是可以还原的，否则就可能有更大的麻烦。在一次访谈中，巴恩斯承认这段文字表达的就是自己的历史观。他认为，写到第八章后半部分他必须站出来说几句，以满足读者的阅读期待。在"附带说明"部分，他为传统史学作了一些辩护，是因为这本书一直在诋毁传统史学。③ 从这段引文，我们可以看出，给巴恩斯扣上后现代主义者或者新历史主义者的帽子是不合适

---

① Julian Barnes, *A History of the World in 10 ½ Chapters*, New York: Vintage, 1990, pp.243-244.
② Julian Barnes, *A History of the World in 10 ½ Chapters*, New York: Vintage, 1990, p.244.
③ See Vanessa Guignery, "History in Question(s): An Interview with Julian Barnes", in *Conversations with Julian Barnes*, Vanessa Guignery and Ryan Roberts, eds., Jackson: UP of Mississippi, pp.55-56.

的。他一直冷静地和后现代史学保持着距离。这一点从我们下一部分的分析中可以看得出来。

三、托尼的历史

巴恩斯坚信,历史中的真相可以获得。而后现代史学家则试图打破文学和历史的界限,强调"历史的文本性和文本的历史性",即历史是叙述,是用语言来呈现的,因而难免主观,并且有历史学家所处的时代和社会痕迹。而文本虽然是虚构的,却具有真实性,如实地反映现实和人性,可以承担历史书写任务。在《终结的感觉》中,巴恩斯运用不可靠叙述叙事技巧,通过让托尼——大学时读历史系,退休后又是伦敦当地历史学会会员——讲述自己一生的经历,即"我们自己那微小、私密、基本无从记录的历史"(78),展示出历史如果由个人讲述会是什么样子。

作为同故事叙述者,即身兼故事中人物和故事讲述人双重身份,托尼也是不可靠叙述者。他给读者讲述自己故事的时候,已经是退休老人,能够感觉到生命即将结束,已经有"终结的感觉"。选择这样一个人物作小说的叙述者讲述自己的经历，就相当于巴恩斯已经想用不可靠叙述的技巧了。正如小说中的一段话所说的那样："我们多久讲一次关于自己的故事？年岁越多越爱粉饰自己，对故事删减，改变，因为几乎没有多少人挑战我们故事的真实性。结果我们讲的不是我们自己，变成了我们自己的故事。"（123）这段话很容易被看作托尼说的话，实际上，它是作者声音的插入。它在原文中用的是一般现在时，不是托尼讲故事时常用的一般过去时，并且托尼讲述时惯用的单数第一人称"我"变成了复数第一人称"我们"。它暗示读者，这是作者巴恩斯说的话，是巴恩斯对后现代史学的质疑。它将矛头直接指向个人接管历史讲述可能会出现的一个问题。巴恩斯曾经说：

> 当我们接近死亡回顾我们一生的时候，如果"我们懂我们的叙事"，并且给它赋予最终意义，我们只不过是在虚构，往某种或者任何一种可信的故事里添加奇怪、无法理解和矛盾的东西。这样的故事只有我们自己会相信……我希望有一位垂死的人做不可靠叙述者，因为对我们有用的东

也谈《终结的感觉》的历史主题

西一般都会和真相相矛盾。①

托尼向受述者（narratee）讲述的关于自己的故事，与隐含作者向作者的读者传递的信息往往不一致，形成强烈的反讽。巴恩斯在表现这一点的时候，表现出了教科书般的规范。他不时地给读者一些暗示，揭托尼的老底，让读者注意他是不可靠叙述者——他说的一些话不符合实情。

针对不可靠叙述的三个轴，考虑到凸现与事实和事件密切相关的历史主题，以及篇幅限制，我们将侧重点放在事实/事件轴上的不可靠报道，同时也会兼顾另外两个轴。

出于各种原因，包括记忆偏差和自我保护等，托尼错误报道了许多事实和事件。但是并不是每一个错误报道都是不可靠叙述意义上的。下面我们就看一个错误报道的例子。作为不可靠叙述者，托尼往往爱歪曲事实。他有意地错误报道，多半是为自己开脱免责或者出于自我形象维护。比如，在他和维罗妮卡发生

---

① Julian Barnes, *Nothing to Be Frightened of*, Canada: Random House, 2008, pp.189–190.

363

性关系这件事上,他说:"我们分手以后,她和我上了床。"(47)这是逃避责任的一句话,是道德甩锅,不想背上始乱终弃的骂名。不过小说文本中留下的蛛丝马迹表明,他是有意说谎。先看看托尼对这件事的反思和叙述:

> 我从来都没想到会发生这一切:无论是我和维罗妮卡两人在酒吧相遇(她并不喜欢酒吧),还是她让我送她回家,或是她半路停下和我接吻,或是我们走进她的房间,我打开灯而她又立刻把灯关上,或是她褪下内裤递给我一盒杜蕾斯,甚至是当她从我笨拙的手中抽出一个套戴在我的小弟弟上时,或者在整个匆匆完事的过程中。(47)
>
> I didn't see it coming at any point: when Veronica and I bumped into each other at the pub (she didn't like pubs), when she asked me to walk her home, when she stopped halfway there and we kissed, when we got to her room and I turned the light on and she turned it off again, when she took her knickers off and passed me a

pack of Durex Fetherlite, or even when she took one from my fumbling hand and put it on me, or during the rest of the swift business.①

　　这段话有许多耐人寻味之处。括号里的文字"她并不喜欢酒吧"意在说明，是维罗妮卡去酒吧找他的，而不是"偶遇"。而这段文字的句法结构也是托尼精心设计，在一连串由"when"引导的时间状语从句中，主语都是"she"，宾语是"me"，巧妙地把自己变成了动作的被动接受者，厘清了主观故意之嫌。只有一句是"I"和"she"分别做主语："我打开灯而她又立刻把灯关上。"这句话使他自己的责任更是撇得一干二净。

　　如果读者没有注意到这一段文字，还有其他几个地方，隐含作者给出了提醒，暗示托尼的不可靠性和说话不真实。做爱后再见面时，维罗妮卡生气地说他"简直就是强奸"（48），就暗示了他的主动性。过了几页，他提到，读者可能会认为他得出的所有结论都是

---

①　Julian Barnes, *The Sense of an Ending*, New York: Vintage, 2012, pp. 39–40.

"截然相反的"(58),比如,不是分手之后他和维罗妮卡上了床,而是他和维罗妮卡上床之后才分手。这是更加明显的提示。作为故事的讲述者,托尼充分行使了自己的话语权,略去了对自己不利的内容,篡改了一些情节,为自己粉饰太平,开脱责任,成为一个彻头彻尾的说谎者。

除了错误报道,在事实/事件轴上,巴恩斯还充分地运用不充分报道的技巧。其中一个比较容易被读者忽略的例子是:"等我下楼告别时,福特先生抓住我的行李箱,对他妻子说:'我想你应该数过勺子的数量了,没少吧,亲爱的?'她根本懒得回答,只是对我微笑着,好像我们俩有什么秘密似的。"这段引文的最后一句话中的"微笑"和"秘密"可谓轻描淡写,一笔带过,又被置放在一个稍显忙碌的道别场景中。这样的报道不显山,不露水,不充分。但是它并非没有意义,因为这部小说的每个细节都在言说。接下来维罗妮卡的母亲向他挥手的姿势也与众不同:"不是像普通人那样抬起手掌挥舞,而是在腰部位置进行水平摆动。"这种偷偷摸摸的举动会让人想起她的"微笑"中的确可能有所隐藏。而托尼坐上送他去火车站的车上和维罗妮卡说的第一句话就是："我喜欢你妈妈。"（38）这句话可以被看作普通意义上的喜欢。不过后来维罗妮卡的妈妈遗赠给托尼500英镑的确匪夷所思，的确给读者留下了遐想空间。书中还有一些其他细节或许可以帮我们探讨不充分报道可能隐瞒的内容。

在维罗妮卡家的那个周末，托尼和维罗妮卡的妈妈有几个小时的独处时间，会不会有什么事情发生？如果有，他也会故意遮掩，不愿意讲出来。比如，他和维罗妮卡的母亲可能彼此产生了好感，甚至也可能发生过性关系。他在回忆20世纪60年代英国人的性观念时曾说："在当时，对于性这一话题，没有人吐露全部实情。因此在这方面，世界并没有怎么改变。"（28）这段引文的最后一句话似乎话里有话，好像是来自他的经验之谈。而他故作天真实则老到之处在于，除了前妻，和他发生过性关系的女性没有一个怀孕的。这是他的底线，因为他充分吸取了罗布森自杀事件的教训。而后来艾德里安的自杀也证明了让异性怀孕带来的责任和压力并非轻而易举可以承受。在他和维罗妮卡交往期间，他提到过自己对女性的月经特别感兴趣，并且觉得每天和维罗妮卡的亲密接触，让他了解到"女人月事的神秘和种种后果"（32）。这个细节可能是巴恩斯在作品中埋下的一个比较重要的细节，它提醒读者关注作品中和怀孕甚至不怀孕相关的人和事。而托尼对秘密的隐藏，则显然是出于加引号的"自我保护"。

不充分报道最典型的例子，无疑是大家都熟悉的托尼给艾德里安写的那封绝交信。在他第一次给受述者讲述那封信的内容时，故意略去了心中那些充满恶意和诅咒内容的报道：

> 等我终于得体地回信时，我完全抛开了那愚蠢如"信函"一样的字眼。如果我没记错的话，我把自己对他们在一起的种种道德顾忌的想法一一告诉了他。同时我还告诫他要小心，因为在我看来，维罗妮卡很早以前一定受过伤害。然后我祝他好运。（55）

上段引文写得得体，没有一个脏字，并且表达了对朋友的关心和祝福。而实际上，他写的是一封足以让艾德里安和维罗妮卡看后就分手的报复长信。信中充满了对这对恋人的诅咒，令人难以卒读。当维罗妮卡把那封信还给他的时候,"过去年少的我回头来惊醒现在年老的我",他才"想到自己先前的形象:易怒,善妒,邪恶",(127)进而对自己过去的行为感到"悔恨"(128)。之所以略去信中恶毒的对维护自己形象不利的内容,还有一个众所周知的原因——信中有导致艾德里安自杀的言论。这一点前面情节介绍已有交代,在此不作赘述。说来说去,托尼的隐瞒,是有选择的遗忘,主要是想逃避对艾德里安自杀应该负的责任。

在对这个例子进行分析的时候,我们或许应该顺带考虑一下,托尼是不是像他所说的,真的为自己过去做的事情感到"悔恨",是不是真的洗心革面了?接下来让我们看一下他描述自己悔恨心情的那段文字:

> 回溯往事,他们告知我他们的恋爱关系,这并非残酷……我此刻没有感到耻辱,或者愧疚,而是我生命中很少有过的、比前两者更强烈的感觉:悔恨。这一感觉更复杂、更纠结、更原始。其基本特点是:无可奈何——时间已经流逝,伤害已造成,无法弥补了。(128—129)

这是一段过度报道（overreport）的文字。费伦给出的不可靠叙述类型划分中没有这个术语。但是它的确存在，并且也可以像不充分报道那样发挥作用。从这段文字看，我们明显可以感觉到，托尼在考虑用什么词来表述他的心情。换句话说，他不是在悔恨，而是在寻找可以表达悔恨的词。选择耻辱、愧疚还是悔恨，选择哪个词效果最好。他对悔恨心情的表述显得过于准确了。他可能忘记一个常识，当我们的情感处于极端状态的时候，我们会失去理性和逻辑。由于选词露了马脚，我们有理由认为他的悔恨是应该打上折扣的，他演得有些过了。实际上，他依然故我，并没有什么实质上的改变。他说："就在最近我才发现，我们的人生的见证者日渐减少，我们的基本证据也随之消减。如今我手里握着的正是关于我过去的十分不愉快的见证。要是维罗妮卡烧掉的是这份文件，那该多好啊。"（127）从这句话，我们能看到他悔恨的诚意吗？他还想到回复艾德里安的来信时曾发的明信片，上边印的是克利夫顿悬索桥，每年都有一些人从桥上跳下自杀。这是在暗示艾德里安自杀，对他也很不利。而最有讽刺意味的是，这一切是他喝了烈酒之后说的。

也谈《终结的感觉》的历史主题

也就是说,如果不是喝酒,他不会吐真言!而在第二天清醒的时候,他还不忘记为自己开脱。他说:"年少敏感的时候,我们最容易伤害到别人。"(128)这句话暴露了他在认识/感知轴上的不可靠。

巴恩斯在伦理/评价轴上的不可靠技巧运用主要是体现托尼的道德责任感缺失。托尼在和维罗妮卡的恋爱过程中,没有表现出情感投入,更不用说谈婚论嫁,他只是为了消除寂寞。这也是最后导致他和维罗妮卡分手的主要原因。而关于和维罗妮卡分手,他却这样说:"我告诉自己,我不必为任何事情感到愧疚。我们都差不多是成年人了,应该对自己的行为负责,只不过自由地步入了一段关系,最终没有结果而已。既没有人怀孕,也没有人死去。"(50)由于没有情感的投入,我们从这段引文中看不到托尼失恋的痛苦。他理性、冷血到了令人感到恐怖的程度。他谙熟并且狡猾地利用恋爱中的道德底线,钻道德的空子,用开放的性观念为自己不负责任的性行为开脱。

由于自身性格和认知方面的局限,托尼对许多事情表现出他在认识/感知轴上的不可靠。比如,在回忆他和维罗妮卡的关系时,他依然认为自己是受害者:"我尽量做到实事求是……那颗年轻的心遭到了背叛,那副年轻的身体被肆意玩弄,那个初出茅庐的青年被屈尊对待。"(157)之所以说这段文字是不可靠叙述,是因为艾德里安和维罗妮卡谈恋爱,是在托尼和维罗妮卡恋情结束以后。而他感觉朋友背叛了他,是因为艾德里安和维罗妮卡哥哥杰克读的都是剑桥大学,他感觉是高智商的朋友把女朋友给撬走了,咽不下这口气。在他和维罗妮卡的性关系中,他是主动的一方,他摆出一副受害者的姿态,说自己的身体被玩弄,实在令人费解。他表里不一,表面单纯,实际处事老辣圆滑。相比之下,维罗妮卡才是受害者。巴恩斯选维罗妮卡名字的时候一定费了心思。Veronica这个单词在词源学上有拉丁语 vera "true" 和希腊语 eikon "image" 混合而成的含义,即"真实的形象"。在小说中,维罗妮卡的确表里如一,形象和性格一直没有变化。而托尼认为维罗妮卡家人对他"屈尊对待"则完全出于去比自己社会地位高的家庭由于自卑产生的偏见引起的,他自己都承认,"那只是我的猜测,我并没有任何确凿证据"(55)。这对搞历史科班出身的人来说,无疑是莫大的反讽。

也谈《终结的感觉》的历史主题

通过以上运用费伦不可靠叙述类型的三个轴对托尼的分析,我们不难看出,托尼对历史写作中事实和事件部分有遮掩,有多述,有少述,有歪曲。在对事物认识和感知方面,他的认识充满偏见。在伦理方面,他三观不正。且不说小说暴露的托尼其他方面的问题,如爱把想象当作现实、记忆力不好等。仅从这三个方面来看,历史如果由托尼这样的人讲述会让人放心吗?托尼虽然在大学时主修历史,却是编故事的能手。尤其是在没有别人监督他的时候,他就会罔顾事实,肆意编造。通过编造故事,他达到了对自己美化、免责和安慰的目的。

或许会有人质疑小说家用一个不可靠的叙述者这样比较特殊的案例来谈历史由个人讲述可能会是什么样子。但是巴恩斯把托尼这位不可靠的叙述者呈现得非常普通:"上大学时和工作后都是平均水平(average);交友、忠诚、恋爱方面平均水平;在性方面,毫无疑问,也是平均水平。"(129)这样的一种人物的刻画,意在表明,每个个体在讲述历史的时候都可能不靠谱。这部小说文第奇国际出版公司版本的"宣传页"第二页《波士顿环球报》(*The Boston*

Globe）给出的颂词就精准地捕捉到了巴恩斯试图要表达的内容："正如巴恩斯非常优雅而又尖锐地指出的那样，我们都是不可靠叙述者，不是记忆的准确性而是愿意质疑记忆的准确性才会使我们挽回些许颜面。"①

后现代史学质疑大写的历史——关于一个民族或者人类社会的宏大叙事——的真实性，强调小写的、个人的、复数的历史。而文学文本尽管以虚构为其主要特征，却可以反映出人性的深刻内涵，因而具有真实性和历史性。但是把"编造故事"当作历史写作，巴恩斯并不认可。从托尼对自己的人生讲述来看，个人历史的讲述是危险的。

巴恩斯在其他作品中不乏调侃历史的言论，但是他一直没有抛弃传统史学，拥抱后现代史学。在他看来，传统史学尽管有许多不尽如人意之处，但是仍有可取之处，比如《终结的感觉》就证明了真相是可以还原的。并且他也提倡人们相信这一点，否则，如果相信重解构轻建构的后现代史学，相信从主观出发的复数历史，我们将无所适从。

---

① Julian Barnes, "Acclaim for Julian Barnes's *The Sense of an Ending*", in *The Sense of an Ending*, New York: Vintage, 2012.